10|18
12, avenue d'Italie — Paris XIIIe

Du même auteur
dans la collection 10/18

LA VENGEANCE D'HAMLET, n° 2961

UN CAS D'ÉCOLE

PAR

MICHAEL INNES

Traduit de l'anglais
par Thierry ARSON

10|18

INÉDIT

« Grands Détectives »
dirigé par Jean-Claude Zylberstein

Titre original :
Death at the President's Lodging

ISBN 2-264-02623-5

NOTE

Les aînés des collèges d'Oxford et de Cambridge sont indubitablement des hommes parmi les plus équilibrés, les plus portés sur le sens moral. Ils ne font rien d'aberrant et ne cèdent jamais à l'impétuosité ou la hâte. D'essence conservatrice, leur société se définit par le savoir, le monde des idées, une certaine tendance à la distraction, une bienveillance naturelle et un goût pour des marottes toujours innocentes. Ce sont, comme aurait dit Ben Jonson, des personnages rêvés pour la comédie ; il est beaucoup plus facile de forcer leurs traits dans l'humour que dans le mélodrame, car ils se montrent particulièrement imperméables à la psychologie quelque peu tortueuse que réclament nombre de romans policiers. C'est fort dommage, ne serait-ce qu'en regard de leur cadre de vie — ces bâtiments où ils discutent, mangent et dorment — qui offre un décor parfait pour les astuces et les faux-semblants prisés dans ce genre littéraire.

Par bonheur, il existe un endroit du territoire anglais où le vernis de ces hommes raisonnables et vertueux craque. Là ils trahissent tous les symptômes de l'irritabilité, de l'impatience, de la passion et un manque de bonté, ce qui aplanit bien des obstacles pour le romancier. Il est de notoriété publique que, si un de ces universitaires « traverse » — s'il va de Cambridge à Oxford, ou d'Oxford à Cambridge — il doit passer par une région étrangement nocive pour la sérénité académique. Mystérieux hasard de la nature, cette région est située à peu près à mi-distance des deux vénérables sièges du savoir, tout près des environs de Bletchley. Un esprit scientifique du type le plus superficiel, accoutumé à débattre de conditions physiques immédiates, a jadis proposé d'expliquer ce fait par les déficiences dans l'économie de *Bletchley Junction*. Il fallait y attendre si longtemps (un argument incontestable) et dans un tel manque de confort matériel... qui ne finirait par céder à la contrariété ?

Mais tout cela appartient au passé ; la dernière fois que je m'y suis aventuré, la gare ressemblait à un petit paradis ; par ailleurs, mon tempérament littéraire me pousse à des explications d'ordre plus métaphysique. Je préfère penser qu'entre les deux polarités puissantes d'Athènes et de Thèbes l'éther est troublé ; pour un érudit, l'air n'est jamais doux ni vivifiant. J'ai imaginé que si ces clercs d'Oxford qui firent sécession il y a de cela quelques siècles avaient choisi Bletchley, l'université — ou au moins le collège — que je voulais pour cette histoire aurait pu voir le jour... Quiconque consulte une carte en lisant le chapitre X constatera que j'ai lâché la bride à mon imagination. St. Anthony est un collège fictif appartenant à une université tout aussi fictive. Et ses fellows[1] sont totalement imaginaires, sans aucune réalité et, cher lecteur tolérant, sans aucune vérité travestie pour déguiser leur nudité. Ce sont des fantômes, qui évoluent dans un monde purement spéculatif.

1. Fellow : statut universitaire particulier à Cambridge et Oxford et donnant droit à certaines prérogatives. Les fellows sont souvent chargés de cours. (*N.d.T.*)

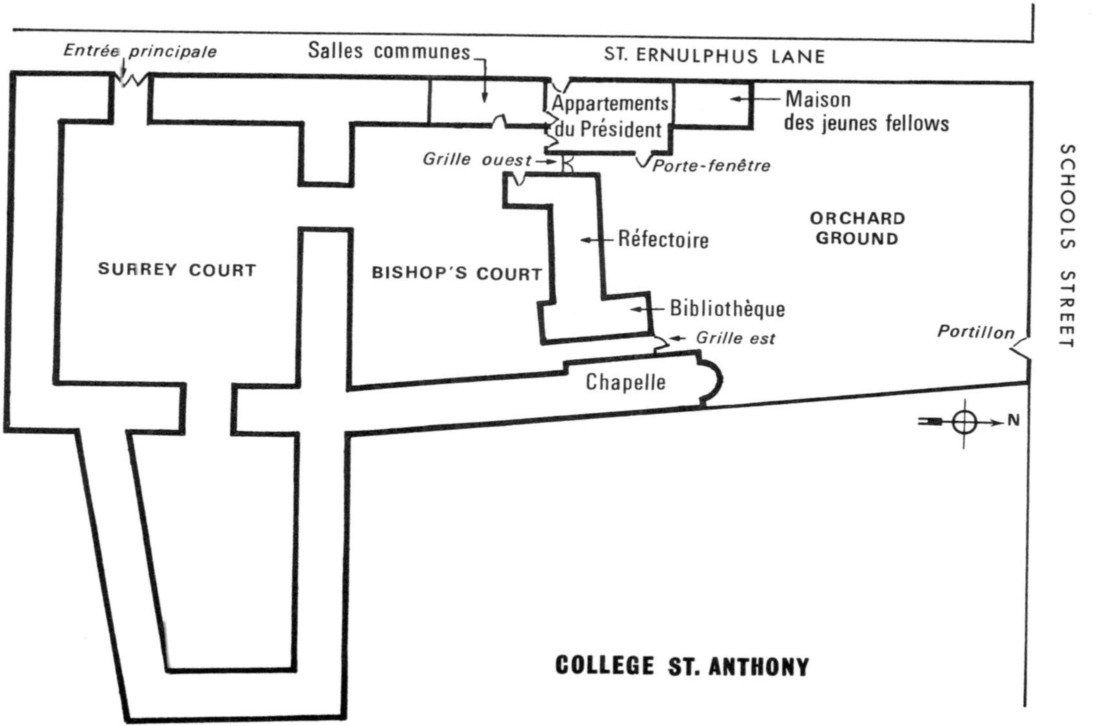

ST. ERNULPHUS LANE
Entrée principale
Salles communes
Appartements du Président
Maison des jeunes fellows
Grille ouest
Porte-fenêtre
SURREY COURT
BISHOP'S COURT
Réfectoire
ORCHARD GROUND
Bibliothèque
Grille est
Portillon
Chapelle
N
SCHOOLS STREET
COLLEGE ST. ANTHONY

CHAPITRE PREMIER

1

La vie universitaire vous met rarement en présence de décès extraordinaires, observa le Dr Johnson[1]. Ce fut pourtant l'expérience que vécurent les fellows et les étudiants de St. Anthony's College quand ils s'éveillèrent par un froid matin de novembre pour découvrir que leur président, Josiah Umpleby, avait été assassiné durant la nuit. Le crime était à la fois fascinant et bizarre, efficace et théâtral. Il était efficace parce que personne ne savait qui l'avait perpétré, et théâtral par la mise en scène macabre et inutile dont le meurtrier avait entouré son forfait, selon la rumeur qui très vite se propagea.

Le collège bourdonnait comme une ruche. Si le Dr Umpleby s'était suicidé, la décence aurait commandé la réserve et la suppression de toute curiosité déplacée. Mais on estima dès son annonce

1. Samuel Johnson (1709-1784), dit le Dr Johnson : moraliste et lexicographe britannique, auteur notamment d'un *Dictionnaire de la langue anglaise*. Ses propos ont été notés par James Boswell (*Vie de Samuel Johnson*). *(N.d.T.)*

qu'un assassinat, et un assassinat mystérieux qui plus est, autorisait la curiosité autant que les hypothèses. Dès dix heures du matin, il eût été évident au professeur le plus absorbé dans ses cogitations sur le personnage historique de Socrate, pendant qu'il déambulait comme à son habitude dans les cours de l'établissement, que la sérénité de St. Anthony avait été gravement perturbée. Les grandes portes de l'entrée principale restaient closes ; toute personne entrant ou sortant devait se soumettre au contrôle très exceptionnel du gardien et d'un sergent de police en tenue. De la fenêtre nord de la bibliothèque on pouvait apercevoir une autre silhouette en uniforme qui surveillait les fenêtres aux rideaux soigneusement tirés du bureau présidentiel. Les nombreux escaliers,. grâce auxquels la bâtisse de facture médiévale avait trouvé moyen de retarder l'institution du couloir interminable, bruissaient des pas alertes des étudiants qui s'agitaient en tous sens pour aller commenter la catastrophe avec leurs amis. Peu avant onze heures, une feuille de papier à lettres — discrète mais affichée à l'extérieur du collège, contrairement à la coutume — informa les étudiants extérieurs qu'aucun cours n'aurait lieu ce jour. A midi, les journaux locaux disséminaient leurs placards dans les rues, et dans nulle autre ville on n'aurait rapporté le drame avec une telle discrétion : *Décès soudain du président de St. Anthony*. Quant aux articles eux-mêmes, ils annonçaient simplement que le Dr Umpleby avait été tué par balle, de main inconnue mais sans doute délibérément. L'après-midi durant, quelques badauds du cru rassemblés à l'extrémité de St. Ernulphus Lane scrutèrent l'alignement des fenêtres à meneaux gris de style Tudor derrière lesquelles une tragédie des plus inattendues se déroulait. Pendant ce temps, l'événement prenait des proportions nationales. A seize heures trente, des centaines de milliers de personnes à Pimlico, dans le Bow, à Clerkenwell, dans les banlieues récentes de Londres et dans les labyrinthes reculés de Westminster découvraient le nom d'une ville universitaire très isolée. Les dernières éditions présentèrent en première page une perspective photographique des fenêtres Tudor. A dix-neuf heures, une quadruple livraison de ces publications métropolitaines était débarquée à portée de voix de St. Anthony. La tranquillité monacale du collège était définitivement anéantie.

Il faut dire que, dans ce XXe siècle gagné par la frénésie de la modernité, la plupart des établissements ne jouissent que d'un calme relatif. Jour et nuit le vaste agrégat de Londres, distant d'à peine cent kilomètres, réclame son ravitaillement; jour et nuit il diffuse ses propres produits. Et, jour et nuit, les vénérables artères, parcourues par tant de générations d'érudits et de poètes méditatifs, résonnent du vacarme des transports modernes. De jour, la ville offense les sens; les bus et d'innombrables autos conduites par des étudiants s'agglutinent et s'écoulent dans les rues trop étroites. Mais à la nuit tombée le lieu est laissé au simple trafic routier. Avec une régularité implacable d'énormes camions de transport sillonnent sans répit l'agglomération avec fracas. Et, nuit et jour, tandis que ce flot ininterrompu se déverse, la pierre taillée frémit, comme sous le martèlement d'une énorme masse sur la terre.

Au milieu de cette agitation générale, St. Anthony demeure un havre de paix fortuné. Seul parmi les établissements en bordure de ce vacarme, il bénéficie d'un vaste jardin, le célèbre verger d'Orchard Ground. Assurée d'une certaine intimité par une enceinte haute de trois mètres cinquante et surmontée d'une main courante ornementale élevée, une grande pelouse ponctuée de pommiers s'étend jusqu'aux premiers bâtiments du collège, les plus massifs : la chapelle, la bibliothèque et le réfectoire. Au-delà du barrage qu'ils forment, dans Bishop's Court, le grondement de la circulation est à peine perceptible. Plus loin encore se dresse la partie la plus ancienne du collège, le médiéval Surrey Court avec son porche en premier gothique anglais et ses portes principales ouvrant sur St. Ernulphus Lane, qui touche presque le calme inviolé de King Alfred's Meadows. La vieille ville offre toujours des recoins rêveurs.

Pourtant Orchard Ground a parfois été le théâtre d'activités bien peu bucoliques. De violentes bagarres y ont opposé des étudiants de St. Anthony, ils y ont même chassé un renard, et introduit frauduleusement une énorme truie prête à mettre bas. C'est pourquoi le verger était depuis longtemps fermé, la nuit. Les jeunes étudiants du collège n'y ont pas accès après vingt-deux heures quinze. Seuls les fellows disposent d'une clef, d'ailleurs indispensable pour quatre d'entre eux qui logent à Orchard Ground... C'est sur ce verger, donc tout à fait désert la nuit, que s'ouvrent les portes-fenêtres du bureau où fut retrouvé le corps sans vie du Dr Umpleby.

2

Il était deux heures et quart lorsque la Bentley jaune sortit de New Scotland Yard; elle s'arrêta devant St. Anthony au moment où les cloches annonçaient quatre heures. Rarement l'inspecteur John Appleby avait été envoyé aussi promptement pour enquêter sur un cas de meurtre présumé survenu au-delà des limites métropolitaines. De fait, son arrivée dans le véhicule le plus luxueux du Yard constituait le signe et le symbole que des puissances imposantes avaient œuvré : le matin même, le doyen de St. Anthony avait obtenu en urgence une audience auprès du président d'université, lequel avait tout aussi diligemment contacté par téléphone le haut intendant de l'université ; à son tour, ce dernier avait appelé le ministre de l'Intérieur... Les autorités locales risquaient de juger l'action du pouvoir central quelque peu vexante, songea Appleby. C'est pourquoi il fut soulagé, après avoir été introduit par une femme de chambre très impressionnée dans la salle à manger de feu le président, de découvrir que « l'autorité locale » était incarnée par une vieille connaissance, l'inspecteur Dodd.

Les deux hommes offraient un contraste intéressant, moins celui de deux générations (Appleby était d'une bonne vingtaine d'années plus jeune) que de deux âges de la vie anglaise. Lourd, lent et assez simple, Dodd parlait avec une telle pureté dialectale qu'un philologue aurait pu nommer sa commune de naissance ; il était l'image du calme fondamentalement rural d'une Angleterre où le crime, quand il se produisait, était toujours clair, brutal, et exigeait pour sa résolution moins la science de l'investigation qu'une action physique vigoureuse. Il avait appris la procédure d'usage mais par essence il demeurait non formé, sans spécialisation, et s'en remettait à une perspicacité profonde mais parfois approximative, gardant en mémoire quelque chose de puissant et d'original dans son idiome mental et linguistique. Comparée à la sienne, la personnalité d'Appleby pouvait sembler au premier abord assez légère, effacée par une longue discipline de l'étude, pareille à celle d'un chirurgien dont l'art s'est concentré sur les finesses d'une technique opérative unique. Car l'inspecteur du Yard était le produit efficace d'une époque plus « développée » que celle de Dodd ; une époque dans laquelle notre civilisation, multipliant ses éléments par division, avait créé entre autres humains hautement spécialisés des criminels hautement spécialisés et des chasseurs de criminels hautement spécialisés. Néanmoins, il y avait chez Appleby un peu plus que le produit parfait d'une école de police moderne. Un esprit porté à la méditation et à l'expérimentation, doté d'un grand sang-froid qui n'empêchait nullement le passage à l'action, et enclin à la retenue plutôt qu'à la circonspection, constituait peut-être le témoignage d'une éducation sous-jacente plus libérale. C'était son intelligence disciplinée mais toujours capable de liberté qui était si formidable en Appleby, comme l'était en Dodd ce sens de la tradition et de la terre natale.

Les deux hommes auraient facilement pu entrer en conflit, mais avec un peu de bonne volonté ils pouvaient tout aussi bien se compléter.

Malgré sa centaine de kilos et une lassitude rare chez lui (il travaillait sur l'affaire depuis les premières heures de la journée), Dodd bondit sur ses pieds en un accès de cordialité pour accueillir son collègue.

— Le limier du Yard arrive ! dit-il avec un petit rire après les salutations d'usage. Et le policier du village lui laisse le corps et tous les indices qu'il a interprétés de travers.

En parlant, Dodd s'était tourné vers la table encombrée d'une pile de papiers, témoins du labeur fourni depuis l'aube. D'un côté des documents étalés présentaient un plan succinct quoique clair du collège et de ses environs, de l'autre traînaient les restes d'un sandwich au fromage et une bière dans une lourde chope en étain. Les domestiques du Dr Umpleby avaient en effet pensé, vers quinze heures, que l'inspecteur tirerait sans doute profit d'un petit en-cas.

— La bière de St. Anthony résume fort bien l'affaire, dit Dodd. Le policier du village est dérouté, mais il obtient sa pinte.

Appleby sourit.

— Le policier du village a fort bien maîtrisé la situation, répondit-il. Du moins s'il est toujours celui que j'ai connu il y a quelques années. Au Yard, on parle encore de la manière dont vous avez contrôlé l'identité de ces voleurs de motocyclettes... Vous vous souvenez ?

Sensible au compliment, Dodd exprima sa reconnaissance par la volonté de ne plus perdre de temps. Il tira une chaise pour Appleby et plaça la pile de feuillets entre eux.

— J'ai fait un peu vite ce matin, prévint-il, et ce que j'ai récolté est limité par le manque de temps. C'est assez sommaire, mais cela nous donne quelques points de repère. Il y a beaucoup à faire pour qui arrive le premier sur les lieux du crime, vous en conviendrez. J'ai pris rapidement des douzaines de dépositions. Chacune d'entre elles aurait pu me mettre sur la piste d'un fugitif, mais non. C'est un vrai mystère, Appleby. En d'autres termes, ça ressemble plus à une de vos affaires qu'à celles qui constituent mon lot quotidien.

Aussi sincère qu'il fût, le petit discours de Dodd n'était pas totalement désintéressé. Ragaillardi par la bière de St. Anthony, il avait passé la dernière heure à se creuser la tête, et plus il réfléchissait moins il appréciait les résultats. Son esprit s'était mis à vagabonder, passant de cette affaire qu'il ne savait par quel bout prendre à une autre qu'il espérait bientôt conclure. Depuis quelque temps, il travaillait sur une série de cambriolages en banlieue, et l'énigme entourant le meurtre incompréhensible du Dr Umpleby, aussi urgent qu'il fût de la résoudre, l'avait détourné d'une rafle qu'il devait diriger en personne et qui, avec un peu de chance, lui gagnerait un crédit non négligeable auprès de sa hiérarchie. Il s'en remettait maintenant à Appleby et ils convinrent que ce dernier s'occuperait autant que possible du mystère de St. Anthony. Dès qu'ils furent d'accord sur ce point, Dodd plaça devant Appleby le plan du collège et entreprit de résumer ce qu'il savait.

— Le Dr Umpleby a été tué par balle à vingt-trois heures, la nuit dernière. C'est le premier de plusieurs éléments qui donnent des allures de roman à cette histoire. Vous connaissez celle du châtelain assassiné chez lui en plein cœur d'une tempête de neige ? Et toutes les variations qu'on en a écrites : sur un paquebot de grande ligne en plein océan, dans un sous-marin, un ballon, une pièce close sans cheminée ? Comme n'importe quel autre collège, chaque soir après vingt et une heures trente St. Anthony devient aussi hermétique qu'un sous-marin. Et voici notre sous-marin...

D'un doigt rapide, Dodd entoura les bâtiments figurant sur le plan.

— Sauf que dans le cas présent, continua-t-il, c'est encore un peu plus compliqué.

Cette fois son gros index délimita une zone construite plus réduite.

— A St. Anthony, nous avons un sous-marin *à l'intérieur* du sous-marin. A vingt et une heures trente, ils ferment les portes d'entrée du collège, qui se retrouve coupé du monde. Un peu plus tard, à vingt-deux heures quinze, ils isolent une partie de l'établissement du reste. Ce n'est pas une situation de roman, ça? Personne ne sort du collège ou n'y entre après vingt et une heures trente sans que le gardien le sache — *avec certaines exceptions.* A notre connaissance, personne n'est entré ou sorti depuis vingt et une heures trente la nuit dernière jusqu'à maintenant, avec toujours certaines exceptions possibles. Et après vingt-deux heures quinze, personne ne peut passer du corps principal (le sous-marin) à Orchard Ground (le sous-marin dans le sous-marin) qui est clos avec, encore une fois, *les mêmes possibles exceptions.* Seulement voilà... poursuivit l'inspecteur d'une voix irritée, aucune de ces exceptions ne semble en proie à une folie meurtrière ! De sorte que le dément qui a commis *ça*...

Du pouce, Dodd désigna la pièce adjacente.

— ... doit toujours se trouver sur les lieux. Mais je n'ai pas pu le démasquer, Appleby. Chaque individu présent dans cet établissement paraît plus sain d'esprit et plus irréprochable que son voisin.

— Pourquoi chercher nécessairement un fou? s'enquit Appleby.

— Ce n'est pas ce que j'ai fait, répondit sobrement Dodd. Disons qu'il y a une entourloupette là-dessous qui m'a déstabilisé un moment...

De nouveau il désigna la pièce à côté et continua d'un ton mécontent :

— D'ici peu vous comprendrez ce que je veux dire. Mais je me dois d'insister maintenant sur ces exceptions. Comme vous l'avez certainement deviné, elles concernent certains fellows de l'établissement — mais pas tous, notez bien. Ils détiennent des clefs dont ils font double usage et peuvent entrer ou sortir de St. Anthony par le portillon qui donne sur Schools Street. Vous voyez où cela les mène, s'ils viennent de l'extérieur par là : au cœur du sous-marin dans le sous-marin, Orchard Ground. Ensuite, avec la même clef, ils peuvent passer du verger au corps principal du collège. Quand je vous exposerai certains détails de l'affaire dans une minute, vous verrez que le meurtrier a nécessairement utilisé une de ces clefs. Cela explique pourquoi vous avez été dépêché ici aussi vite.

— Je commence à avoir une vue d'ensemble de la situation, en tout cas, répondit Appleby après avoir étudié le plan un moment. Alors que dans un collège traditionnel un meurtre nocturne pourrait être commis par n'importe quel membre de l'établissement, St. Anthony fonctionne de telle sorte qu'apparemment ce crime n'a pu être perpétré que par un groupe limité de personnes, c'est-à-dire celles qui possèdent ou ont pu se procurer une clef donnant accès à Orchard Ground. Car ces clefs — vous le maintenez, n'est-ce pas ? — ont permis de s'introduire dans les appartements du Dr Umpleby.

Dodd acquiesça.

— Exactement, dit-il. Et vous pouvez comprendre le trouble que cela a créé à l'intérieur du collège.

— Une chose est évidente, les clefs sont des objets très peu sûrs. Elles sont habituellement plus faciles à dérober qu'un chéquier, et beaucoup plus aisées à copier qu'une signature.

— Oui, mais vous vous rendrez vite compte que c'est bien plus compliqué que cela. La topographie des lieux est vraiment particulière.

Pendant une bonne minute, les deux hommes considérèrent le plan en silence. Puis Appleby reprit la parole :

— Eh bien, voilà le décor planté. A présent, étudions les personnages et les événements.

3

— Je commencerai par les personnages, dit Dodd. En fait, je commencerai par ce que j'ai fait ce matin à la première heure : une liste de noms.

Tout en parlant, l'inspecteur fouillait dans ses papiers. Après quelques secondes, il parut se raviser, se redressa de toute sa large carrure, fronça les sourcils en se concentrant et fixa ses bottes du regard.

— Voici les fellows qui dînaient au collège hier soir. En plus du président, il faut également compter le doyen : on l'appelle l'Honorable Révérend Tracy Deighton-Clerk.

Il y avait un sel indéfinissable dans la façon dont l'inspecteur transmettait l'information.

— Et nous avons Mr. Lambrick, le Pr Empson, Mr. Haveland, Mr. Titlow, le Dr Pownall, le Dr Gott, Mr. Campbell, le Pr Curtis, Mr. Chalmers-Paton et le Dr Barocho.

Appleby approuva.

— Deighton-Clerk, répéta-t-il, Lambrick, Empson, Haveland, Titlow, Pownall, Gott, Campbell,

Curtis, Chalmers-Paton et un étranger, pour couronner le tout.

— Barocho. Un seul fellow était absent. Un universitaire du nom de Ransome, qu'on dit occupé à l'heure actuelle par des fouilles quelque part en Asie centrale.

Une fois de plus, les intonations de Dodd laissaient entendre que le meurtre du Dr Umpleby l'avait précipité au sein d'une assemblée de drôles de lascars. Il poursuivit, d'un ton suspicieux :

— Je n'ai aucune preuve de l'endroit où se trouve Ransome. C'est simplement ce que tous prétendent.

— Le sous-marin semble doté d'un équipage pléthorique, dit Appleby avec un fin sourire. Si vous avez l'intention d'extraire une liste de deux cents étudiants de vos bottes, je pense que je préférerai certainement la version du manoir isolé. Ou celle du ballon dans la stratosphère.

Tandis qu'il parlait, il gardait les yeux fixés sur le plan étalé devant lui, et après un moment il ajouta :

— *A priori*, les étudiants semblent hors de cause, non ?

— En effet, répondit Dodd. C'est fort probable du moins, tout comme les employés du collège, et ce, vous l'aurez deviné, pour de simples raisons topographiques. Aussi la liste que je viens de vous communiquer n'est peut-être pas sans intérêt. Et maintenant, après le décor et les personnages, examinons les événements et leur chronologie, si vous le voulez bien. Voici un résumé horaire de la situation, du mieux que j'ai pu le dresser.

« Le repas a pris fin vers vingt heures. Mais tous les commensaux de la table d'honneur — c'est-à-dire le président, le doyen et les fellows — ont regagné ensemble les salles communes. Ils se sont installés dans la première pendant environ une demi-heure, pour un petit extra, je suppose porto et dessert. Ensuite, vers vingt heures trente, ils sont passés — toujours en groupe — dans la salle voisine, qui est plus grande. Là, ils ont dégusté un café en fumant une cigarette — comme à l'accoutumée — et ont bavardé jusqu'aux alentours de vingt et une heures. Le Dr Umpleby a alors pris congé en empruntant une porte qui donne directement sur ses appartements privés. A en croire les témoignages recueillis, c'est la dernière fois que ses collègues l'ont vu vivant.

« Peu à peu les autres ont quitté la salle commune à leur tour, et à vingt et une heures trente tout le monde était parti. Lambrick, Campbell, Chalmers-Paton sont mariés ; à vingt et une heures trente ils avaient regagné leur foyer. Tous les autres ont réintégré leur appartement dans le collège, à l'exception de Gott, qui est maître de discipline junior et est sorti faire sa ronde dans les rues.

« A vingt et une heures trente donc, on a commencé à fermer pour la nuit. Le gardien a verrouillé les portes principales. C'est à ce moment que le sous-marin a plongé, si l'on peut dire : depuis, personne n'a pu sortir de St. Anthony ou y pénétrer sans être vu, *à moins qu'il n'ait disposé d'une clef.*

Appleby secoua la tête en guise de protestation.

— J'inclinerai à me méfier de ces clefs dès maintenant, fit-il. Tout comme de votre sous-marin, cela dit sans vouloir vous offenser. Un établissement aussi grand et plein de coins et de recoins que celui-ci a peut-être une demi-douzaine d'entrées irrégulières.

Mais Dodd lui répondit avec assurance :

— L'idée du sous-marin peut vous laisser penser que j'ai lu trop de romans, bien sûr, pourtant je crois que l'analogie est assez valable. C'est une enquête que nous devons mener en douceur, et nous pourrions bien surprendre quelques collèges en signalant un tas de combines très astucieuses. J'ai inspecté St. Anthony aujourd'hui, et je peux vous dire qu'il est parfaitement étanche.

D'un hochement de tête, Appleby acquiesça provisoirement sur ce point.

— Très bien, dit-il. Donc le président est dans ses appartements, les professeurs chez eux, les étudiants dans leurs chambres, et St. Anthony est effectivement fermé au monde extérieur. Ensuite ?

— D'autres verrous, répondit Dodd. Le majordome du président a fermé à clef trois portes, celle qui donne sur Bishop's Court, celle ouvrant sur St. Ernulphus Lane et la porte de communication entre les appartements du président et les salles communes, celle précisément que le président avait utilisée peu avant. Il était alors à peu près vingt-deux heures. Quinze minutes plus tard, le gardien a fermé les grilles donnant sur Orchard Ground...

Jusqu'alors Dodd avait parlé sans note, mais il marqua une pause et tendit à Appleby une liasse de feuillets manuscrits.

— Si j'étais vous, je reverrais le tout. Ce n'est pas forcément très clair du premier coup.

Appleby relut les notes posément et constata avec la satisfaction espérée par son collègue que celui-ci n'avait apparemment laissé aucune divergence se glisser dans son compte rendu oral. Quand il eut mémorisé les noms et les horaires, il releva les yeux et Dodd reprit sa narration :

— Après avoir quitté la salle commune, le Dr Umpleby s'est rendu directement dans son bureau. A vingt-deux heures trente, Slotwiner, son majordome, lui a apporté un alcool — il semble que cela faisait partie de la routine quotidienne du président — et s'est retiré dans l'office, à l'autre bout du couloir. Pendant la demi-heure qui a suivi, Slotwiner avait une vue sur le couloir, et il affirme que personne n'est entré dans le bureau par là, de même que personne n'en est sorti. En d'autres termes, il n'existait qu'une seule façon de pénétrer dans le bureau et d'en ressortir : par les portes-fenêtres donnant sur Orchard Ground.

— Le verger si bien verrouillé, murmura Appleby.

Dodd interpréta le ton de son interlocuteur.

— Exactement. Je suppose que notre premier indice est là : dès le début nous sommes confrontés à une exposition des faits artificielle. Pourtant il y a le majordome, Slotwiner, qui est dans son office, lequel n'est en fait qu'un recoin. En temps normal, il serait descendu au sous-sol où se trouve sa chambre, à côté des cuisines. Mais il semble que, ce soir de la semaine, Mr. Titlow a pris l'habitude de se rendre chez le président pour parler un peu des affaires du collège. Il vient régulièrement, vers vingt-trois heures — un peu tard d'après moi pour une visite, mais il apparaît que la plupart des fellows aiment travailler une ou deux heures après les convivialités de la salle commune. J'ai l'impression que ces gens abattent une belle masse de travail, à leur façon. Bref, Slotwiner a attendu à son poste pour introduire Titlow. Il fallait qu'il déverrouille la porte ouvrant sur Bishop's Court puisque, vous vous en souvenez, il l'avait déjà fermée à clef, avec les deux autres portes, à vingt-deux heures, selon les instructions données par Umpleby. Titlow est arrivé comme toujours sur le coup de vingt-trois heures, et il échangeait quelques mots avec le majordome dans le couloir quand ils ont entendu la détonation.

— Détonation qui bien sûr provenait du bureau où Umpleby était censé se trouver *solus* ?

— En effet. Et il était bien seul — ou plutôt, son cadavre l'était — quand Titlow et Slotwiner ont fait irruption dans la pièce. Le président gisait sur le sol, atteint d'une balle en plein front. Au dire des deux témoins, il n'y avait pas d'arme ; mais les portes-fenêtres donnant sur Orchard Ground étaient entrouvertes. Titlow et Slotwiner, ou un seul des deux, je ne sais, ont compris la situation avec une étonnante rapidité. Ils ont conclu au meurtre et ont saisi la signification des portes-fenêtres entrebâillées. Si l'assassin avait fui par là, il se trouvait toujours dans le verger. Sauf s'il possédait, bien sûr, la clef — ce qui ne leur est pas venu à l'idée.

L'inspecteur prit un crayon et le pointa sur le plan.

— Vous verrez quand vous visiterez les lieux. Sur ces trois côtés, Orchard Ground est limité soit par un mur très haut soit par une combinaison de mur et de main courante encore plus élevée. Les appartements du président, ici, sont situés sur le quatrième côté, et la chapelle à l'autre extrémité, avec le réfectoire et la bibliothèque entre les deux. Cet alignement de bâtisses sépare le verger de Bishop's Court, avec seulement deux passages de l'un à l'autre : le premier entre la chapelle et la bibliothèque, l'autre entre le réfectoire et les appartements du président. La seule autre issue possible d'Orchard Ground est un portillon ouvrant dans Schools Street. Bien sûr, ces trois issues étaient fermées à clef. Il en résulte que s'échapper du verger sans clef était impossible.

« Vous voyez, Titlow et Slotwiner ont supposé que l'assassin était pris au piège, parce qu'ils n'ont pas songé un instant qu'il pouvait posséder la clef de ces trois grilles. Et s'ils n'y ont pas pensé, c'est bien parce qu'ils n'ont pas osé imaginer que le criminel pouvait être un membre du collège.

« Je soupçonne Slotwiner d'avoir pris l'initiative. C'est un ancien soldat qui me paraît de la trempe à réagir promptement en cas d'urgence, alors que Titlow est plus du genre rêveur, même s'il ne manque pas de courage. La scène était impressionnante, reconnaissons-le, néanmoins il n'a pas hésité à rester pour surveiller la porte-fenêtre pendant que Slotwiner courait jusqu'au téléphone dans le couloir et appelait la loge du gardien, un médecin et nous-mêmes. Je me trouvais au poste où je rédigeais des rapports sur mes propres enquêtes et Slotwiner m'en a dit assez pour que j'arrive à St. Anthony dix minutes plus tard, avec tous les hommes disponibles. J'ai trouvé Slotwiner et Titlow dans le bureau, en compagnie d'un gardien. Nous avons passé le verger au peigne fin, comme si nous cherchions un chat noir. En formant un cordon humain, nous avons ratissé Orchard Ground d'un côté à l'autre, fouillé la chapelle et le bâtiment des fellows à l'opposé. Nous avons même grimpé à chacun des arbres. En dehors de trois des quatre professeurs (Titlow étant le quatrième) qui habitent sur Orchard Ground et finissaient tranquillement la soirée dans leur chambre, nous n'avons trouvé personne. Dès le jour levé nous avons recommencé les recherches, bien entendu, et les grilles sont toujours gardées.

Dodd marqua un temps d'arrêt qu'Appleby mit à profit pour demander :

— Aucune trace de vol ?

— Aucune. Argent, montre et autres sont toujours sur le cadavre. Il y a toutefois un détail qui pourrait revêtir une certaine importance...

Dodd prit un petit objet enveloppé dans du papier de soie et le déposa devant son collègue.

— L'agenda de poche d'Umpleby. Découvert sur lui, comme il se doit. Il y a là tout un tas de renseignements que vous voudrez certainement étudier. Mais pas pour les deux derniers jours. La page correspondante ainsi que celle d'aujourd'hui et de demain ont été arrachées... Et maintenant, si vous voulez bien me suivre.

4

Les deux hommes quittèrent la salle à manger du défunt président et traversèrent le couloir jusqu'à son extrémité où un agent de police se tenait en faction devant la porte du bureau. Il s'écarta en les saluant et dévisagea Appleby au passage d'un regard direct de provincial, pendant que Dodd sortait une clef de sa poche et ouvrait le battant d'un geste quelque peu dramatique.

La pièce était de belle taille, en longueur, avec en face de l'unique porte une belle cheminée profonde et des fenêtres à chaque extrémité : à gauche, plusieurs petites fenêtres munies de barreaux, comme toutes celles situées au rez-de-chaussée, ouvraient sur St. Ernulphus Lane ; à droite, des portes-fenêtres assez étroites, à présent masquées par de lourds doubles rideaux, donnaient sur Orchard Ground, comme Appleby le savait. Le bureau au mobilier de bois sombre, envahi de livres, était éclairé par la lumière fade de ce soir de novembre et par un seul lampadaire électrique. A mi-chemin entre la cheminée et les portes-fenêtres, gisant sur le dos, se trouvait le corps d'un homme grand et maigre, vêtu d'un smoking. On ne distinguait rien d'autre, le visage du mort était emmailloté dans une toge noire, comme dans une caricature lourdement burlesque d'un office funèbre.

Ce n'est toutefois pas ce spectacle singulier qui fit sursauter légèrement Appleby lorsqu'il entra dans la pièce. Dodd avait évoqué l'hypothèse d'un déséquilibré mental, et il comprenait maintenant pourquoi. Sur les lambris de chêne sombre surmontant la cheminée, maladroitement tracées à la craie, deux têtes de mort grimaçaient face au bureau. Juste à côté de la tête du président, on avait placé un véritable crâne humain, et éparpillé tout autour du cadavre de petits tas d'ossements.

Pendant un long moment, Appleby contempla cette mise en scène, puis il alla tirer les rideaux des portes-fenêtres. Le crépuscule tombait et le verger bien entretenu semblait receler tous les mystères d'une forêt. Non loin de lui, sur la droite, la ligne grise du réfectoire et de la bibliothèque brisait cette illusion. Le bâtiment s'élevait dans le soir où disparaissaient les fenêtres à vitraux plongées dans l'obscurité. Juste en face, imprécis dans la lueur terne du ciel à l'est, se dressaient les pignons aux arabesques franches de la chapelle. Une exhalation qui n'était plus une brume et pas encore un brouillard commençait à nimber le gazon centenaire, s'enroulait autour des arbres et parait d'un voile immatériel les lignes atténuées de la voûte d'entrée et du mur. Assourdies, comme annonçant un requiem pour le drame qui s'était déroulé à l'intérieur, les cloches séculaires sonnèrent les vêpres sur le collège et la ville.

CHAPITRE II

1

Pendant quelques minutes, Appleby continua de contempler les ombres qui s'amoncelaient rapidement. Puis, sans se retourner et d'un ton proche du soliloque, il se mit à résumer ce qu'il savait de l'affaire.

— A vingt-deux heures quinze, ce jardin, Orchard Ground, a été fermé. Ensuite, on n'a pu en sortir, ou y entrer, que de deux façons. La première nécessite la clef détenue par certains fellows : grâce à elle on peut rejoindre le reste du collège par une des deux grilles qui ouvrent sur Bishop's Court, ou gagner l'extérieur par le portillon de Schools Street. La seconde implique de passer par ces portes-fenêtres, ce bureau, puis de sortir par une des portes de l'appartement du président — la porte principale ouvrant sur Bishop's Court, celle de la salle commune qui donne indirectement sur le même endroit, ou celle de derrière qui permet l'accès à St. Ernulphus Lane et donc à la ville.

« Selon le majordome, à vingt-deux heures trente Umpleby était vivant. De ce moment jusqu'à vingt-trois heures, toujours selon lui, personne n'a emprunté le couloir pour gagner Bishop's Court ou St. Ernulphus Lane.

« A vingt-trois heures, d'après Slotwiner et Titlow, il y a eu une détonation dans le bureau. Ils s'y sont rendus immédiatement et y ont trouvé Umpleby raide mort. Ils prétendent qu'ensuite le bureau est resté sous surveillance continuelle jusqu'à votre arrivée. Et vous y avez mis un homme en faction jusqu'à ce que cette pièce, Orchard Ground et tous les bâtiments donnant sur le verger fussent fouillés.

« Si l'on se fie aux apparences, la situation est assez claire. Si Umpleby a été tué quand et où nous le pensons, et en admettant qu'il ne s'est pas suicidé, alors l'assassin est soit une des trois personnes que vous avez rencontrées pendant vos recherches, soit quelqu'un disposant d'une clef, c'est-à-dire le possesseur légitime d'une des clefs ou quelqu'un d'autre qui s'en est procuré une. Il s'ensuit donc deux problèmes préliminaires à étudier : le premier concerne les déplacements des fellows détenteurs d'une clef et, par extension, leurs rapports avec Umpleby ; le second, la provenance des clefs existantes, l'historique de chacune, avec les probabilités de vol et de copie dans un passé récent.

Appleby avait débité ce résumé concis de la situation un peu à contrecœur. Il était moins attiré que Dodd par une affaire qui sentait le mystère conventionnel, et il se méfiait de toute conclusion tirée des conditions curieusement précises dans lesquelles Umpleby avait apparemment été assassiné. Comme son collègue l'avait remarqué non sans perspicacité, toute cette affaire apparaissait artificielle, comme si le criminel avait pris grand soin de signer son forfait d'une façon à la fois ingénieuse et grotesque, calculée et saugrenue. Présent depuis moins d'une heure à St. Anthony, Appleby se sentait déjà imposer un plan d'action qui réclamerait une enquête minutieuse et sans doute laborieuse des comportements et des dispositions adoptés par un petit groupe de gens bien défini. En réalité, il se trouvait face à deux propositions. L'une était très simple : « Les circonstances sont telles que je dois me concentrer sur ceci et cela. » L'autre l'était moins : « Les circonstances ont été agencées *de manière à me suggérer* de me concentrer sur ceci et cela. » En s'attelant à la première proposition, il devait prendre garde à ne pas oublier la seconde.

Laissant de côté ces hypothèses, Appleby se tourna de nouveau vers Dodd.

— Quels sont les fellows qui logent dans Orchard Ground? Lesquels d'entre eux ont une clef? Que savez-vous de ce qu'ils ont fait après avoir quitté la salle commune la nuit dernière?

— Les quatre qui habitent dans le bâtiment situé dans Orchard Ground qu'on appelle « la Maison des jeunes fellows » sont Empson, Pownall, Titlow et Haveland, répondit Dodd. Le bâtiment jouxte cet appartement mais ne communique pas avec lui. C'est juste de l'autre côté.

Dodd tapota de l'index une des têtes de mort griffonnées sur le mur au-dessus de la cheminée.

— Un escalier dessert deux appartements par palier, et ces quatre personnes sont logées selon le plan suivant.

Il fourragea une seconde dans ses papiers et en sortit un.

Étage	Empson	Titlow
Rez-de-chaussée	Pownall	Haveland

— Nous avons trouvé Empson, Pownall et

Haveland dans leurs chambres respectives. Pownall était au lit, les deux autres travaillaient. Pour Titlow, vous savez. A présent, les clefs : c'est là le point le plus extraordinaire, jugez-en plutôt : ces quatre fellows disposent chacun d'une clef. Puisqu'ils sont à l'écart du reste du collège, c'est assez naturel. Mais vous pourriez penser que pour les joindre ou pour sortir de St. Anthony par le portillon sans réveiller le gardien, tous leurs collègues possèdent eux aussi une clef. Il n'en est rien. Ces gens manquent tout à fait de sens pratique, je trouve.

Appleby eut un petit sourire sardonique.

— L'un d'entre eux ne manque sûrement pas d'efficacité.

— Eh bien, d'une certaine manière cela vaut pour tous. Je veux dire, ils ne sont pas du genre distrait, par exemple. Non, vraiment, ils sont zélés et méticuleux. Mais c'est une méticulosité qui s'applique plus à l'historique des choses qu'à leur utilité propre. Prenez le Pr Curtis. Il habite dans Surrey Court. Je lui ai demandé s'il avait une clef des grilles. « Les grilles ? » m'a-t-il reparti. Je lui ai dit : « Oui, les grilles entre ici et Orchard Ground. — Ah, bien sûr, a-t-il fait. On raconte qu'elles viennent de Cordoue. Savez-vous que c'est le troisième comte de Blackwood qui les a offertes au collège ? Il a participé au second gouvernement de Sidmouth. — Mais avez-vous une clef ? ai-je insisté. — Je ne l'ai plus depuis la fin avril 1911, a-t-il répondu aussitôt. — Fin avril 1911, ai-je répété, un peu déconcerté. — Oui, fin avril 1911. Empson a remporté les deux prix universitaires de Cornouailles cette année-là, vous savez, et nous l'avons promu à son professorat dans la foulée. Il n'a rien gagné depuis, d'ailleurs. Il fera un président admirable, c'est évident. Vous m'avez dit que ce pauvre Dr Umpleby était mort, c'est bien ça? — Tout à fait mort, j'ai dit, et vous, vous êtes certain de ne plus avoir de clef depuis 1911 ? — Sûr et certain, a-t-il affirmé. J'ai donné ma clef à Empson. Je me souviens avoir pensé qu'une grille fermée était une excellente chose entre collègues. Mais si vous en voulez une, inspecteur, le gardien vous prêtera certainement la sienne. »

En concluant ce remarquable compte rendu, Dodd lui présenta une autre feuille de papier.

— Tenez, j'ai dressé une liste, fit-il en déposant le document devant Appleby.

x	Deighton-Clerk	Bishop's
x	Empson	Orchard Ground
x	Haveland	Orchard Ground
x	Pownall	Orchard Ground
x	Titlow	Orchard Ground
	Barocho	Bishop's
	Campbell	*marié*; Schools Street
	Chalmers-Paton	*marié*; banlieue
	Curtis	Surrey
x	Gott	Surrey
x	Lambrick	*marié*; banlieue

« Les croix indiquent ceux qui ont une clef, dont la répartition ne semble obéir à aucune logique. Lambrick, par exemple, est marié et habite hors du collège, or il dispose d'une clef. Mais Campbell et Chalmers-Paton, qui sont dans la même situation, n'en ont pas. Gott et le doyen habitent St. Anthony et ont une clef; Curtis et Barocho sont logés à la même enseigne et n'en ont pas. Voilà pour la distribution des clefs, venons-en à leur histoire.

Dodd partit d'un petit rire inexplicable.

— Vous savez, l'autre jour, j'ai lu une histoire qui tournait autour de clefs, de leur provenance. C'était la clef du coffre le point central de l'énigme, et elle ne pouvait pas avoir été dérobée, ni même s'être un jour trouvée dans des mains non autorisées. Et pourtant on en avait fait une copie. Savez-vous comment ?

— J'ai une petite idée, oui, répondit Appleby en souriant. Mais nous n'avons aucune certitude que dans le cas qui nous occupe nous devions chercher un tour de passe-passe. Une des clefs peut très bien avoir été « empruntée » et rendue dans un passé récent.

— Oui, « passé récent » est l'expression qui convient, fit Dodd d'un air presque espiègle, avant de terminer avec un joli sens de la construction dramatique par cette révélation : *Les clefs ont toutes été changées hier matin !*

Appleby laissa échapper un sifflement bas. Quand il avait appris la nouvelle, Dodd avait juré. C'était la dernière et accablante touche à l'affaire de St. Anthony.

Brièvement, Dodd lui donna quelques précisions. Personne n'avait pris grand soin de sa clef. Il est vrai qu'un tel objet n'a pas la même valeur pour un érudit que pour un banquier, un médecin ou un homme d'affaires. Les possessions des classes intellectuelles sont pour la plupart enfermées dans leur crâne, et pour un professeur une clef est très souvent un objet dont il remarque la perte au moment où il veut ouvrir une valise. Et les membres de St. Anthony en possession d'une clef des grilles, devenue soudain tragiquement importante, s'en étaient peu souciés pendant très longtemps — personne d'ailleurs ne s'en était inquiété. Mais récemment un scandale avait changé cela. Un étudiant avait eu de réels problèmes durant une expédition nocturne illicite, sans qu'on puisse vraiment découvrir comment il avait pu entrer et sortir de St. Anthony. Le président en avait déduit qu'une des clefs avait été copiée, et il avait commandé de nouvelles serrures et des clefs pour les deux grilles et le portillon. Les serrures avaient été montées et les clefs distribuées le matin précédant sa mort.

D'après Dodd, cette circonstance, bien que tout à fait extraordinaire en elle-même, apportait une simplification bienvenue à l'affaire. Il lui semblait qu'elle leur épargnerait une somme considérable de recherches laborieuses, car rien, comme il l'avait découvert dans les interrogatoires menés ce matin, ne pouvait se révéler plus difficile, délicat et fastidieux que de harceler le personnel académique de questions précises sur leurs possessions matérielles. De plus, le cercle des suspects potentiels paraissait d'un coup réduit. Si à cette minute Dodd avait dû rédiger un rapport détaillé sur les progrès de l'enquête, il se serait peut-être risqué à des assertions catégoriques. Le Dr Umpleby n'avait pu être assassiné que par un groupe restreint de personnes connues.

Tandis qu'il arpentait les lieux du crime nerveusement mais sans cesser de tout observer, Appleby était de son côté arrivé à une conclusion. Les romans policiers étaient très prisés dans les universités — et aussi dans la police. Dodd, archétype de l'Anglais provincial lecteur de Bunyan[1] et de la

1. Romancier anglais (1628-1688), John Bunyan est notamment l'auteur du *Voyage du pèlerin*.

Bible mais aussi du policier efficace quoique sans imagination, faisait partie des adeptes. Sa perspicacité naturelle l'avait poussé à relever immédiatement le côté artificiel des circonstances présentes. Mais (et tel est le pouvoir extraordinaire du Verbe, se disait Appleby) il était prêt à accepter l'artificiel, le *fictif* évident, comme normal. En conséquence, il courait le risque de manquer le *Pourquoi* le plus important de l'affaire : Pourquoi Umpleby était-il mort comme dans un roman ? Sa mort avait été mise en scène, cela ne faisait aucun doute. Le changement des serrures et des clefs rendait ce point évident jusqu'à la démonstration. Umpleby était mort dans des circonstances élaborées avec ingéniosité, dans un contexte quasi littéraire. D'une certaine manière, il était même mort au sein d'une profusion de contextes littéraires. Car dans le réseau de limitations physiques (comme Appleby l'avait formulé en son for intérieur) qui orientaient le raisonnement existait une combinaison digne de la tradition littéraire commune aux descendants de Sherlock Holmes, tandis que dans la disposition macabre des os on pouvait déceler un goût contestable de la mise en scène à sensation. Dans cette affaire, semblait-il, quelqu'un pensait en termes de déduction et de macabre... Un esprit qui suivait les traces d'Edgar Allan Poe. De plus, quand on y réfléchissait, l'écrivain était une valeur intellectuelle à la mode, et St. Anthony un établissement voué au culte de l'intellect...

Un établissement voué au culte de l'intellect. C'était là un paramètre majeur à ne jamais oublier pendant le déroulement de l'enquête, bien sûr, surtout quand il s'agirait de répondre à la question dont Dodd n'était peut-être pas assez conscient :

Pourquoi Umpleby avait-il rencontré la mort comme un baronnet de roman dans une tempête de neige ? Deux réponses venaient à l'esprit : (1) parce que, pour quelque raison encore inconnue, cette mise en scène était *utile* ; (2) parce que c'était intellectuellement amusant... Après tout, l'intelligence a parfois des manifestations assez morbides.

Appleby se reprit. Il se rendait compte qu'il essayait un peu au hasard de trouver une approche de ce problème sur un plan humain ou psychologique. Il savait que c'était à la fois sa force et sa faiblesse d'enquêteur de se sentir plus à l'aise dans ce domaine que dans celui des portes, des fenêtres et des clefs dérobées. Le sujet d'étude du criminologiste, aimait-il à déclarer lors de discussions théoriques avec ses collègues de Scotland Yard, ne consiste pas en empreintes et mégots de cigarette, c'est l'esprit et le comportement humain. De cela, il n'avait pour l'instant rien vu dans cette affaire. Jusqu'alors il n'avait rencontré aucun acteur de chair et de sang, seulement un ensemble de circonstances. Il retournait toujours à l'approche du roman à énigme, songea-t-il.

Par quelque étrange coïncidence qui aurait pu laisser supposer un don de télépathie, Dodd déclara alors :

— Vous désirez sans doute voir la tête des personnages...

Surpris par la résonance particulière de cette phrase en présence du cadavre de Josiah Umpleby, Appleby se détourna de la fenêtre par laquelle il avait laissé errer son regard et vit son collègue qui traversait la pièce pour tirer le cordon de la sonnette.

— Nous allons faire entrer un témoin, dit-il.

Les deux hommes repassèrent dans la salle à manger.

2

Mr. Harold Tapp attendait depuis une demi-heure d'être interrogé, pour autant il n'était pas nerveux le moins du monde. C'était un petit homme vif et sûr de lui, qui donnait une impression de sérieux et jouissait, d'après Dodd, d'une excellente réputation professionnelle. Sans se faire prier, le serrurier leur fournit un compte rendu assez détaillé de ses récents rapports avec St. Anthony. Son témoignage fut noté avec une grande diligence par un sergent corpulent à la triste mine appelé pour l'occasion.

— Le regretté Dr Umpleby, déclara Mr. Tapp, m'a fait mander il y a juste une semaine aujourd'hui. Pour être tout à fait exact — ce que vous désirez, n'est-ce pas ? — il m'a téléphoné.

— Pour être encore plus précis, dit Appleby, pouvez-vous nous dire si le Dr Umpleby vous a appelé lui-même ou s'il a chargé quelqu'un de vous convoquer ?

Tapp n'hésita pas une seconde dans sa réponse. Umpleby en personne l'avait contacté, et le serrurier s'était immédiatement présenté aux appartements du président.

— Voyez-vous, raconta Tapp, le regretté Dr Umpleby semblait très pressé. Très pressé et très agité à propos de ces serrures. Je ne pense pas que le terme « agité » soit trop fort pour décrire son état. Il était impatient que ces serrures soient changées. Il m'a expliqué la raison de cette hâte : un étudiant qui se permettait de petites sorties. Oui, le regretté Dr Umpleby était très impatient.

Appleby considérait Mr. Tapp avec plus d'attention qu'il ne s'y était attendu.

— Vous voyez, continuait le serrurier, ce n'était pas vraiment un gros travail, mais pas non plus une petite commande. Alors j'ai proposé hier matin pour le faire, et le regretté docteur m'a dit que la date convenait. Il a montré beaucoup d'intérêt quant à ma façon de travailler, et aussi pour les clefs. Il en savait beaucoup sur les clefs. Je devais en faire dix et les lui remettre en main propre. Et il en a eu dix hier matin, dès que j'ai eu mis en place les serrures et que je me suis assuré de leur bon fonctionnement.

— Décrivez-moi la façon dont il est entré en possession de ces clefs, dit Dodd. Et expliquez-moi les mesures de sécurité que vous avez prises quand elles étaient encore sous votre garde.

— Eh bien, vous voyez, j'y ai travaillé toute la semaine en personne, pour faire l'assemblage et la finition. Les plans sont restés dans mon coffre, avec les serrures et les clefs, quand je n'étais pas à l'atelier. C'est une habitude qu'ont tous les serruriers sérieux, vous voyez, quand ils ont une commande de qualité. Tout ce que je fais n'est pas aussi haut de gamme, mais ce travail l'était, et je l'ai honoré comme il se devait. Hier matin, j'ai installé les serrures, puis je suis allé voir le Dr Umpleby et je lui ai remis les dix clefs en main propre, comme il me l'avait demandé. Du moment où j'ai reçu cette commande à celui où je l'ai livrée, toutes ces clefs ont été traitées avec autant de précautions que s'il s'agissait d'un sac de souverains en or. Et ce n'est pas une attitude si courante de nos jours, conclut Mr. Tapp.

Quelques questions de plus prouvèrent que les serrures et les clefs avaient été fabriquées dans des conditions interdisant toute subtilisation. Le problème de « provenance » qui se posait à Appleby se révélait très simple. Il en revint au détail qui, dans le témoignage circonstancié de Mr. Tapp, l'avait intrigué :

— Vous avez déclaré que le Dr Umpleby vous a semblé agité au sujet de ces clefs et qu'il vous a donné une raison, quelque chose à propos d'un étudiant. Quel degré d'agitation le possédait ? Diriez-vous qu'il était inquiet, réellement inquiet à ce sujet ?

— Inquiet, monsieur, je ne pourrais le dire avec certitude, et je ne le ferai donc pas. Il était très agité, oui, cela je l'affirme.

— Pas réellement inquiet, mais très agité, reprit patiemment Appleby. Vous serait-il possible d'être un peu plus clair ? L'agitation et l'inquiétude me semblent très proches. Peut-être pourriez-vous me donner une idée plus précise de ce que vous entendez par le terme « agité » ?

Tapp réfléchit un moment avant de répondre.

— Eh bien, vous voyez, par « agité » je ne veux pas dire « affolé », et par « affolé » je ne veux pas dire « inquiet ». J'espère être assez clair. Pour moi, le Dr Umpleby était agité, c'est évident.

C'était tout ce qu'ils pourraient tirer du brave serrurier, et après qu'il eut signé la déposition rédigée pour lui par le sergent à la mine lugubre, il fut remercié.

— N'est-il pas étrange, dit Appleby, qu'Umpleby prenne la peine de donner à cet excellent Mr. Tapp des *raisons* pour faire changer les serrures et les clefs ? Cela m'étonne, Dodd. Pas vous ? C'est une bizarrerie qui peut n'être que momentanée ; pendant quelques instants Umpleby s'est écarté du comportement attendu d'un président de collège. Mais ce peut être aussi quelque chose de beaucoup plus significatif. Et la même observation s'applique à l'autre point intéressant, l'état dans lequel se trouvait Umpleby et que le serrurier qualifie d'« agitation », à propos du changement de serrures.

— Moi, il y a quelque chose qui me semble plus important que ces détails, dit Dodd avec beaucoup de flegme. *Il y avait une clef de plus.*

Appleby poussa son deuxième sifflement de l'après-midi.

— C'est juste ! Le doyen, Empson, Gott, Haveland, Lambrick, Pownall, Titlow, et une clef pour le gardien en chef... Cela ne nous en fait que huit ! Il y avait donc deux clefs supplémentaires ?

Dodd eut une moue négative.

— Le gardien en chef en a eu une pour son trousseau et une autre de secours enfermée dans le coffre de sa loge. Si bien qu'il reste une clef non attribuée. Et cela nous complique la tâche.

— Umpleby lui-même n'en gardait pas une ?

— Je ne le pense pas. D'après le doyen en tout cas, il ne l'avait encore jamais fait. Il n'en avait aucun besoin. Il pouvait sortir de ses appartements dans Orchard Ground ou dans les cours principales. De même, une porte lui permettait de passer dans la rue s'il le désirait. Et, bien sûr, nous n'avons trouvé aucune clef dans ses effets.

— Une clef disparue, murmura Appleby. Savez-vous qu'elle me satisferait plutôt ? Elle constitue le défaut de la cuirasse, le défaut du blindage de votre sous-marin qui jusqu'ici était beaucoup trop étanche à mon goût.

Il avait parlé à mi-voix, d'un air absent, en faisant les cent pas dans la pièce. Soudain, dans un mouvement d'impatience, il retourna dans le bureau.

3

La toge noire trouvée enroulée autour de la tête du président avait été remise en place selon la procédure policière, après que le médecin légiste eut constaté le décès. Appeleby l'ôta avec des gestes précautionneux. Elle était légèrement raidie par le sang coagulé, et Appleby la plaça sur une chaise. Il observa d'un regard curieux le président mort. Umpleby avait une tête massive et d'une surprenante lourdeur, comparée à son corps maigre, avec des arcades sourcilières à l'ossature proéminente et un nez autoritaire. La mâchoire était lourde et un peu empâtée. La bouche amollie par le trépas avait été ferme de son vivant; une rigidité qui suggérait presque la cruauté, et dénotait en tout cas plus un caractère inflexible que sensuel. Les yeux gris ouverts étaient vitreux; les traits offraient une expression paisible, en contradiction avec la petite mais impressionnante marque de la violence au centre de son front. La mort avait effacé bien des années du visage blême, et il fallut quelques instants à Appleby pour s'apercevoir qu'Umpleby avait été un homme âgé. Il renonça à tout examen plus sérieux pour le moment et reprit la toge pour la replacer sur le visage. Un détail arrêta son geste.

— Je suppose que ce n'est pas la toge d'Umpleby ? dit-il en se tournant vers Dodd.

— C'est exact. Elle ne porte aucun nom. Je n'ai pas encore interrogé les gens à ce sujet, en fait.

— Ce ne sera pas nécessaire, je crois. Il s'agit de celle du Dr Barocho.

Après une seconde de réflexion, Dodd comprit le raisonnement de son collègue :

— Vous voulez dire que c'est une toge d'origine étrangère, et non une anglaise ?

— Oui, et Barocho me paraît une bonne explication. Mais je doute que cette déduction nous permette de sortir les menottes. Et maintenant, qu'en est-il des déplacements de tous ces gens ? Pour en revenir au point où nous nous sommes arrêtés, que savez-vous de leur emploi du temps après leur départ de la salle commune hier soir ?

De nouveau, Appleby rôdait dans le bureau. Dodd fouilla dans ses papiers et répondit :

— Au cours de la journée, j'ai pris des dépositions préliminaires de toutes les personnes qui me semblaient concernées, avant que cette infernale dixième clef ne bouleverse tout. Certains ont apparemment des alibis contrôlables pour l'heure précise à laquelle a été entendue la détonation ; d'autres non. Les trois hommes dont je dispose vérifient aussi vite que possible. A propos, ils sont maintenant à vos ordres, évidemment. En attendant, voici les doubles des diverses dépositions. Vous devriez les garder.

Il posa une petite liasse de feuilles en papier pelure devant son collègue dans un geste qui traduisait fort bien le passage symbolique des responsabilités. Appleby prit le premier document.

Slotwiner, George Frederick (54) : Entré en service au collège à seize ans, comme garçon d'office. Affecté au service personnel du Dr Umpleby lorsque celui-ci est devenu doyen du collège en 1910. Majordome du Dr Umpleby depuis que celui-ci a été nommé président.

22 h 30 — A apporté un alcool dans le bureau, et y a trouvé Umpleby attablé et au travail, seul. Ensuite a eu une vue parfaite de la porte du bureau à partir de son office.

23 h — A traversé le couloir et a fait entrer Mr. Titlow. Ce dernier et lui bavardaient au moment de la détonation. Est entré dans le bureau en compagnie de Titlow et a découvert le corps. Est retourné dans le couloir pour téléphoner au médecin, au gardien en chef et à la police. A rejoint Titlow dans le bureau et y est resté jusqu'à l'arrivée des gardiens.

23 h 10 — A porté un message de Titlow au doyen.

Confirmation : Titlow.

Titlow, Samuel Still (51)...

A ce moment précis, on frappa bruyamment à la porte et le sergent au triste faciès passa la tête par l'embrasure pour annoncer d'un ton lugubre :

— Le valet a un message !

Perdu dans ses réflexions, Appleby crut entendre « la vallée » et pensa aussitôt à « la vallée de l'ombre de la mort »... Un instant, dans cette pièce assombrie au sol parsemé d'ossements humains, l'effet de cette confusion fut saisissant ; une seconde plus tard, une silhouette enveloppée dans un manteau noir apparaissait au fond de la pièce. Une voix discrète protesta :

— *Majordome*, si cela ne vous fait rien, monsieur l'agent !

Et il ajouta, en accompagnement d'une rapide courbette destinée à Dodd :

— Avec les compliments du doyen, monsieur. Si le gentleman de Londres est arrivé, le doyen serait heureux de le voir dans ses appartements quand il lui conviendra.

Appleby observa George Frederick Slotwiner avec tout l'intérêt que déclenchait en lui la vue du premier acteur intime du drame récent. Le majordome ne trahissait en rien le temps qu'il avait pu passer dans l'armée. Frêle, le teint cireux, il se mouvait avec cette affectation typique chez les domestiques de classe supérieure. Sans doute sujet à la myopie, il considérait le monde à travers un pince-nez qui lui donnait une attitude à la fois impressionnante et déconcertante. Impressionnante parce que ses besicles lui conféraient un maintien presque dédaigneux, et déconcertante parce qu'on pouvait se demander si cette raideur n'était pas moins l'expression de sa dignité professionnelle que le résultat de l'équilibre nécessaire au maintien des lorgnons sur son nez. Tandis qu'Appleby débattait mentalement de cette question, Slotwiner parut décider qu'il lui était permis d'entériner la présence du gentleman de Londres et lui adressa la même courbette imperceptible. Ayant effectué ce judicieux compromis, il se tint immobile et attendit avec impassibilité.

Appleby le tira de cette position inconfortable :

— Mes compliments au doyen, répondit-il. J'irai le voir dans une demi-heure. Quand l'inspecteur Dodd actionnera la sonnette, peut-être serez-vous assez aimable pour me guider jusqu'à ses appartements ?

Le majordome tournait déjà les talons pour s'éclipser, mais Appleby l'arrêta :

— Un moment, je vous prie. Quand le président a-t-il utilisé pour la dernière fois une bougie ?

L'effet de cette question fut remarquable. Slotwiner fit volte-face avec une vivacité peu compatible avec son rang de majordome et regarda fixement l'inspecteur du Yard. A l'évidence il était très surpris, bien plus que ne le justifiait la question, quoique inattendue et lancée par-dessus le corps voilé de son employeur. Une seconde l'hésitation remplaça l'étonnement sur son visage, puis il reprit tout son aplomb.

— Le président n'utilisait jamais de bougie, monsieur. Comme vous allez le constater, la pièce est très bien éclairée.

Sa main se posa sur un interrupteur près de la porte. La lumière de l'unique lampadaire fut renforcée par une demi-douzaine d'appliques murales qui inondèrent le plafond d'un brillant éclat.

— Où le président avait-il l'habitude de s'asseoir quand il était ici le soir? Utilisait-il tout l'éclairage ou seulement le lampadaire?

Cette fois le majordome répondit sans attendre. Quand il était à son bureau ou qu'il s'installait dans le fauteuil près de la cheminée, le Dr Umpleby avait pour habitude de n'allumer que le lampadaire. S'il devait chercher un livre sur un des nombreux rayonnages, ou quand il recevait de la visite, il utilisait aussi les appliques. Elles pouvaient être allumées grâce à l'interrupteur mural près de la porte ou celui situé à côté de la cheminée.

— La nuit dernière à vingt-deux heures trente, quel était l'éclairage? s'enquit Appleby.

— Tout était allumé, monsieur. Le président était en train d'effectuer un choix d'ouvrages dans le coin opposé de la pièce quand je lui ai apporté son alcool.

— Et plus tard, quand vous avez fait irruption ici en compagnie de Mr. Titlow?

— Seul le lampadaire était allumé.

— Le Dr Umpleby aurait pu éteindre les autres lampes s'il est retourné à son bureau par la suite?

— Je ne saurais le dire, monsieur. C'est possible.

— Dites-moi ce qui s'est passé avec ces lumières à ce moment-là.

— Je vous demande pardon?

— Je précise : est-ce vous ou Mr. Titlow qui avez allumé les appliques quand vous avez découvert le corps?

Slotwiner hésita.

— Je ne sais pas, monsieur, finit-il par répondre. Je veux dire, pas avec certitude. Je crois que je les ai allumées presque aussitôt moi-même, mais dans un tel moment l'action aurait été purement mécanique. Je ne m'en souviens pas. Plus tard, oui, toutes les lumières brûlaient.

Comprenant qu'il subissait maintenant un interrogatoire dans les règles, Slotwiner se montrait plus prudent et parlait avec toutes les apparences d'un désir affirmé de précision.

— Je prendrai votre déposition complète plus tard, déclara Appleby. Une dernière question pour l'instant...

Il s'était détourné à moitié, comme pour signifier la fin de l'entrevue, et pivota brusquement pour poser un regard scrutateur sur le majordome :

— Je me demande pourquoi vous avez été aussi surpris par ma question à propos des bougies?

Cette fois Slotwiner conserva un calme imperturbable.

— J'aurais du mal à vous le dire, monsieur. Si je puis m'exprimer ainsi, la question était plutôt inattendue. Mais je peux expliquer ma réaction. Vous avez sans doute remarqué que j'étais un peu troublé. Si j'essaie de définir ce que j'ai ressenti en vous entendant poser cette question, je dirai que c'était de la perplexité. Et j'étais perplexe sur les raisons mêmes de ma perplexité.

Slotwiner se tut quelques secondes, réfléchit puis ajouta :

— Ce n'est pas sur le contenu apparent de votre question, puisque je suis catégorique sur le fait que jamais on n'a utilisé de bougie dans ces appartements. Le Dr Umpleby n'aimait guère ce mode d'éclairage, et avec autant de vieux lambris partout je n'aurais certainement pas approuvé leur usage par la domesticité. Pour être aussi clair que possible, monsieur, je parlerai de façon quelque peu technique et je vous dirai que votre question contenait un sens *latent*. Le ton que vous avez employé était très particulier.

Sur ce triomphe de déclaration académique, Slotwiner se fendit d'une troisième courbette et glissa — lévita, pour parler *de façon quelque peu technique* — hors de la pièce.

Dodd étouffa un rire qui aurait été retentissant si son regard n'était pas tombé sur la forme allongée devant l'âtre.

— Maintenant, vous savez que vous avez atterri parmi les professeurs d'université, dit-il. Si vous obtenez ce genre de caquetage du majordome, que croyez-vous entendre du doyen, hum ?

Mais le sourire d'Appleby était plus songeur que réjoui.

— « Le ton que vous avez employé était très particulier », cita-t-il. Vous savez, Dodd, cet homme est très intéressant, et il a dit quelque chose d'encore plus intéressant. Au fait, fit-il en coulant un regard candide à son collègue, que pensez-vous de cette histoire de bougies ?

Le visage de Dodd exprima toute son incompréhension.

— Quelle histoire de bougies? Je n'ai pas compris où vous vouliez en venir.

Appleby le prit par le bras et le mena à l'autre extrémité de la pièce, qu'il avait arpentée plus tôt, apparemment au hasard. Là, les rayonnages ne se contentaient pas de masquer le mur : ils avançaient dans la pièce en formant de petits recoins. Dans l'un d'eux se trouvait une bibliothèque sur pivot contenant le *Dictionary of National Biography*; dans un autre, le *New English Dictionary*. Les lourds volumes étaient reliés à l'identique. Mais c'est vers un troisième recoin qu'Appleby attira Dodd, qui se retrouva face aux quatorze tomes de l'*Argentorati Athenaeus*.

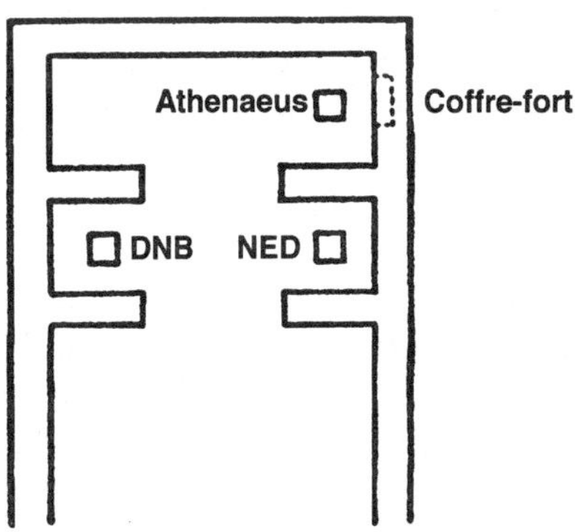

— Les *Deipnosophistes*[1], murmura Appleby. L'édition de Schweighaüser... Elle prend beaucoup de place... Et l'anthologie de Dindorf... Là.

Il désigna le coin de l'étagère inférieure où le même énorme recueil se trouvait réuni en trois volumes compacts, dans l'édition de Leipzig. Dodd, que cet étalage d'ésotérisme littéraire déroutait un peu, grommela d'une voix méfiante :

— Ces trois-là sont mis à l'envers. C'est ce que vous vouliez me montrer ?

— Eh bien, c'est une particularité notable. Combien cette pièce contient-elle de livres, d'après vous ? Huit ou neuf mille, peut-être ? Voyez si vous en repérez d'autres qui seraient rangés à l'envers. C'est une façon de procéder assez inhabituelle chez les bibliophiles, surtout universitaires...

Dodd déclina l'invitation d'un geste.

— Je croyais que vous vouliez parler de bougies. Est-ce que tout ça est une blague ?

Appleby se redressa et de l'index désigna la surface polie, à hauteur de poitrine, du rayonnage supérieur de la bibliothèque qu'ils examinaient. A quelques centimètres du bord, sur la large planchette, se voyait une petite tache d'environ un centimètre de diamètre d'une substance semblable à de la cire.

— Un produit de nettoyage quelconque, fit Dodd. Une préparation à base de cire d'abeille, peut-être. L'œuvre d'un domestique négligent.

— Ou d'un voleur. Un voleur amateur, muni d'une bougie, qu'en dites-vous ? proposa Appleby.

1. Connus aussi sous le titre de *Banquet des sophistes* (ou *des savants*), les *Livres des Deipnosophistes* (ou les *Deipnosophistes*) sont l'œuvre du grammairien grec Athénée (IIe-IIIe siècle). (*N.d.T.*)

La réaction de Dodd fut immédiate : il disparut de la pièce. Quand il revint, Appleby était agenouillé devant le corps.

— Vous aviez raison, annonça-t-il d'une voix excitée. On n'utilise qu'une seule sorte de crème pour entretenir ces bibliothèques. Et elles ont été nettoyées hier matin. La bonne jure que lorsqu'elle a quitté ce bureau aucun rayonnage ne portait le moindre grain de poussière, et encore moins une tache. Cette femme me semble tout à fait digne de foi.

Constatant qu'Appleby avait terminé son examen du cadavre, il poursuivit :

— J'ai moi aussi quelque chose à vous montrer dans cette alcôve. C'est votre suggestion d'un hypothétique cambrioleur qui m'a mis la puce à l'oreille... Voyez-vous, nous n'avons pas ignoré les neuf mille volumes...

Il précéda l'inspecteur de Scotland Yard à l'extrémité de la pièce et se campa non pas devant la bibliothèque pivotante mais face aux rayonnages encombrés de livres derrière elle. Glissant une main à plat derrière ce qui semblait être une anodine rangée de volumes, il exerça une traction brusque. L'ensemble du panneau pivota sur des gonds invisibles.

— C'est une astuce plutôt banale, pas vrai ? Mais regardez donc ce qu'on trouve derrière les faux livres...

Un coffre-fort en acier était encastré dans le mur. Il avait la forme assez inaccoutumée d'un tiroir blindé.

— Le genre de cambrioleur qui bricole avec des bougies n'aurait pas beaucoup de chances avec ça, remarqua Appleby. Il n'est pas facile à trouver non plus, à moins qu'on ne soit au courant de sa présence. Ce qui n'était pas votre cas, je suppose?

Dodd l'ignorait, en effet. Il avait découvert l'existence du coffre-fort au cours d'une fouille en règle. Si les milliers de volumes n'avaient pas été retirés des rayonnages, chacun avait été poussé à fond pour déceler la présence possible d'une arme cachée derrière, entre les livres et le mur. Il tint toutefois à préciser que ses enquêteurs n'avaient pas rangé les trois volumes de l'*Athenaeus* à l'envers. Il avait examiné ce présentoir pivotant en personne — il avouait avoir raté la tache de cire — et il n'avait pas jugé nécessaire de déplacer un seul ouvrage. Il avait également inspecté tout le recoin et avait ainsi découvert l'existence du coffre-fort derrière le panneau amovible.

Les yeux d'Appleby survolèrent une fois encore les alignements de reliures et notèrent rapidement le style de la bibliothèque du défunt. Mais c'est l'apparence matérielle des centaines de gros in-folio sur les rayonnages inférieurs qui déclencha sa réflexion suivante :

— Une chance qu'il soit mort d'une balle dans la tête, n'est-ce pas, Dodd? Vous voyez la peine que cela nous a épargnée?

Devant l'air éberlué de son collègue, il expliqua :

— Imaginez ceci : Umpleby veut se suicider. Pour une raison ou une autre, disons par un accès de pure malice assez macabre, je le reconnais, il décide de maquiller sa fin. Il lui suffit de prendre un de ces livres, probablement un assez gros, mais un plus petit conviendrait aussi — Appleby tapota le dos d'un épais in-octavo couronne — et il creuse dans les pages un petit nid où loger un automatique. Il tient le volume ouvert de la main gauche, près de sa place sur l'étagère. Ensuite il place le canon de l'arme à l'endroit où une étude judicieuse de l'anatomie humaine le lui conseille, presse la détente, remet le pistolet dans le livre, le livre sur le rayonnage et titube à travers la pièce pour s'écrouler à l'endroit où vous le voyez maintenant !

Suivant le doigt pointé par Appleby, Dodd traversa le bureau et se rendit auprès du cadavre. Le petit trou rond au centre du front du mort le rassura un peu, pourtant il jeta un coup d'œil soupçonneux vers les alignements de vélins, de bougrans et de maroquins luisants ou ternes, tannés par les ans ou tachés, qui représentaient peut-être quatre siècles de l'art de la reliure. Appleby avait déjà reporté son attention sur le coffre-fort.

— Des empreintes digitales ? demanda-t-il.

— Non.

— Aucune ?

Cette fois Dodd acquiesça.

— Si. Celles d'Umpleby bien sûr. Personne n'a ressenti le besoin de l'essuyer après lui. On dirait que ce coffre-fort est resté intact. Une chose est quand même curieuse : personne ne semble connaître son existence. J'ai posé quelques questions détournées, du style : « Savez-vous où le président rangeait ses objets de valeur ? » Puis j'ai demandé plus directement. Eh bien, ni Slotwiner, ni les autres domestiques, ni le doyen et les autres professeurs n'ont admis être au courant de l'existence de ce coffre. Et il n'a pas de clef. C'est un modèle à combinaison, uniquement. Pour l'instant, je n'ai pas encore eu le temps d'approfondir cette petite énigme.

A la mention du temps, Appleby consulta sa montre.

— Je suis attendu chez le doyen. Et vous par un bon souper et une nuit de repos amplement méritée. Ils vont sans doute enlever le corps, maintenant.

Dodd opina du chef.

— Le cadavre doit être emmené à la morgue. Cette pièce va être fermée, les scellés apposés et vous garderez la clef. A vous de décider quand nous apporterons un sac pour ces fichus ossements.

Appleby émit un petit ricanement.

— Je vois que c'est cet ossuaire qui vous dérange le plus. Toutefois, je crois qu'il peut beaucoup nous aider, justement.

Il ramassa un péroné et, avec une insensibilité qu'excusait son professionnalisme, le brandit sous le nez de Dodd. Par une association d'idées qui aurait été limpide pour son efficace collègue s'il avait seulement été un familier de l'œuvre de Sir Thomas Browne[1], il murmura :

— « Quelle chanson entonnèrent les sirènes, ou quel nom Achille adopta quand il se cachait parmi les femmes... »

Le péroné retomba sur son tas avec un bruit sec.

— J'espère qu'il est possible de répondre à l'autre question.

— L'*autre* question ?

Appleby se dirigeait déjà vers la porte.

— Qui, mon cher Dodd, sont les infortunés propriétaires de ces ossements ?

1. Thomas Browne (1605-1682) : écrivain et médecin britannique, auteur notamment de *Hydriotaphia*, traité sur la mort et l'inspiration, conçu après la découverte dans un champ d'urnes funéraires romaines contenant des ossements. (*N.d.T.*)

CHAPITRE III

1

L'Honorable Révérend Tracy Deighton-Clerk, doyen de St. Anthony, faisait tout pour ressembler aux grandes figures de l'ère victorienne, non sans quelque succès, bien qu'il fût encore dans la force de l'âge. De ses traits émanaient à la fois une grande fermeté et une grande bonté, évoquant les portraits magnifiques de G. F. Watts[1], impression que renforçaient encore ses favoris. Ses manières, extrêmement courtoises, étaient parfois teintées de cette combinaison téméraire de distance et de charme qu'essayaient d'imiter quelque deux générations plus tôt ceux qui avaient entrevu Matthew Arnold[2]. Il se complaisait dans le rôle de l'*ultimus Romanorum*, le dernier représentant d'une université à la fois oisive et cléricale, d'une société acadé-

1. George Frederic Watts (1817-1904) : peintre britannique. (*N.d.T.*)

2. Matthew Arnold (1822-1888) : poète, philosophe et critique britannique, grand voyageur, qui fut professeur de poésie à Oxford et « directeur général de toutes les écoles en Grande-Bretagne ». (*N.d.T.*)

mique qui n'était pas seulement cultivée mais aussi policée.

Le fin psychologue Slotwiner (qui, selon la rumeur, s'inspirait largement des manières de Mr. Deighton-Clerk) avait peut-être remarqué que dans le personnage du doyen l'idée épiscopale s'était beaucoup développée dans les derniers temps. De fait, elle le nimbait maintenant, pareille à une pénombre réconfortante qui le protégeait de la situation désagréable devant laquelle il se trouvait, vêtu d'une tenue de soirée élégante dans sa sobriété, près de la cheminée, dans son bureau.

Cette pièce offrait un contraste frappant avec la solidité quelque peu oppressante des appartements du défunt président. Autour d'un tapis d'Aubusson raffiné que les étudiants traversaient d'un pas instinctivement timide comme s'ils n'étaient encore que des écoliers, des étagères basses et blanches recelaient le vélin crème des Pères et de l'École. Les lambris étaient également blanc cassé, ornés de sculptures délicates artistement dorées. Entre les chevrons du plafond luisaient en bleu et argent les douze signes du zodiaque. Au-dessus de la cheminée veillait l'austère beauté d'une de ces madones à l'esprit mathématique de Piero della Francesca, sa robe du même bleu que celui des dessins au plafond. Le tout composait une ambiance feutrée fort bien respectée par un mobilier ingénieusement discret. Mr. Deighton-Clerk et la Vierge au mur dominaient la pièce.

Pour le moment le doyen était en proie à une humeur très peu dominatrice. Il doutait de sa propre sagesse, et c'était une sensation qu'il détestait et fuyait autant que possible. Mais il ne pouvait douter de la sagesse de l'action qu'il avait entreprise ce matin. Il avait insisté afin qu'un inspecteur — et l'un des plus réputés — vienne de Scotland Yard pour s'occuper de cette horrible affaire. Hélas, c'était certainement s'exposer à la plus vaste publicité — pour ne pas dire plus !

Le regard de Mr. Deighton-Clerk s'éleva lentement vers le plafond comme pour chercher un peu de réconfort dans son paradis astrologique privé. Il en trouva un peu à la vue du Cancer puis de la forme arquée du Sagittaire. Il avait pris une décision énergique, et n'était-ce pas la capacité à agir ainsi qui importait quand on débattait du meilleur choix pour son collège ? Toutefois il convient de préciser que cette interrogation flottait quelque part dans les recoins les plus éloignés de son cerveau. A cet instant, les yeux du Doyen s'arrêtèrent sur le Verseau, le porteur d'eau. Peut-être par association d'idées il songea à l'expression *douche froide*, et le mauvais tour qu'avait pris la situation lui revint encore plus nettement à l'esprit qu'auparavant. Être *impliqué* dans un tel scandale et dans des circonstances aussi terribles, qui seraient répercutées à travers tout le pays ! Quels que soient les résultats de la police, songeait-il, cette affaire n'allait pas l'aider. Il espérait et priait qu'il n'y ait aucune révélation interne sensationnelle. Durant la journée, il avait presque réussi à se convaincre qu'il n'y en aurait pas. (Les Poissons, comme s'ils avaient osé le contredire, eurent droit à un regard sévère.) En fin de compte, il ne ferait aucun doute que le crime (un crime à St. Anthony !) n'avait rien à voir avec l'établissement... Il s'agissait peut-être de l'acte gratuit d'un fou.

Mais la Balance s'imposa alors, car cet espoir avait son contrepoids. Que cet inspecteur n'ait rien d'un modèle de discrétion, qu'il aime à divertir le public, et il risquait d'y avoir une période fort peu agréable où fleuriraient les théories les plus échevelées, les plus improbables et les plus improuvables... Il se rembrunit à la pensée de ses collègues soupçonnés de meurtre. Comment supporteraient-ils le harcèlement des policiers, des médecins légistes, des hommes de loi ? Et lui-même, comment passerait-il cette épreuve ? La Providence soit louée, lui et ses pairs étaient tous parfaitement sains d'esprit. Heureusement !

Ces ossements ! Voilà qui était insane. La nuit dernière, leur seule vision l'avait beaucoup perturbé, plus d'ailleurs qu'il n'avait été désemparé par la tragédie, il le reconnaissait avec une gêne certaine. Son embarras l'avait pris au dépourvu, or Mr. Deighton-Clerk détestait ce sentiment, même léger. Plus tard il avait vu dans cette mise en scène macabre un côté positif : son irrationalité faisait passer le crime du sinistre au fantastique. Ces os constituaient une sorte de rempart entre la vie du collège, toute de mesure et de raison, et cet horrible événement.

Soudain — et ce fut comme si le Lion, le Taureau et le Bélier s'étaient mis à rugir, mugir et bêler tous ensemble — Mr. Deighton-Clerk prit conscience de la faiblesse de l'argument. La première chose que cet inspecteur soupçonnerait à propos de ces ossements serait une sorte de mascarade pour donner le change. C'était évident, tellement évident ! En effet, si cet homme était quelque peu cultivé, son esprit pouvait s'intéresser à cet aspect fantaisiste, cette touche violente d'irrationalité qu'un intellectuel se plairait peut-être à mêler à un crime minutieusement calculé... Un mélange, songea Mr. Deighton-Clerk, un peu à la manière d'Edgar Allan Poe.

Non, à la réflexion, il n'aimait pas du tout ces ossements. Il comprit alors que leur présence l'avait troublé dès le premier instant. Ces choses sinistres, effroyables, étaient certainement en corrélation... avec quelque chose d'oublié, de supprimé de la mémoire, de négligé ? Il se sentait nerveux. Le banc des accusés est prêt à nous accueillir tous, s'exclama absurdement une petite voix intérieure...

Mr. Deighton-Clerk se ressaisit. Décidément, il était las. Plus que las, même, déstabilisé. Toute cette histoire était vraiment horrible, et choquante. Un meurtre — une âme humaine non préparée précipitée devant son juge divin — était tout aussi atroce dans un collège que dans un cottage. Il avait rarement vu les choses du même œil qu'Umpleby, mais comme leurs désaccords étaient insignifiants ! Comme ils apparaissaient négligeables face à cette séparation brutale et totale ! Le doyen consulta sa montre. Encore une demi-heure avant de passer au réfectoire, et sa présence là-bas puis dans la salle commune représenterait quelque chose comme une épreuve.

A ce moment, on frappa à la porte, et Mr. Appleby fut annoncé.

2

Le mystère planant sur St. Anthony était source de contrariétés irrationnelles, découvrait le doyen, qui était justement contrarié et ne voyait à cet état que deux causes possibles, aussi inappropriées l'une que l'autre. L'inconnu qui venait d'être introduit devant lui était remarquablement jeune, et il avait toutes les apparences — en fait il *était*, sans doute aucun — de ce genre de personne que Mr. Deighton-Clerk aimait qualifier de « bien élevé ». Si ces deux faits le déconcertaient un peu, tous deux pouvaient se révéler des avantages. L'instant suivant, il s'était avancé et serrait la main de son visiteur.

— Je suis heureux de vous voir, Mr. Appleby, dit-il. Je suis très heureux qu'il ait été possible de vous affecter à cette...

Une petite hésitation, puis :

— ... cette enquête. Asseyez-vous, je vous en prie.

Appleby montra qu'il était sensible à la politesse qu'on lui témoignait et s'assit sur la chaise indiquée. Celle-ci était placée en face du bureau bien ordonné du doyen. Durant les préliminaires au moins, il était évident que Mr. Deighton-Clerk comptait diriger l'entretien. Tapotant le bras de son fauteuil dans un mouvement délibéré plutôt que nerveux, il se mit à parler d'une voix égale, assez froide mais bien modulée :

— Vous avez constaté dans quelles circonstances extraordinaires notre président a trouvé la mort. L'université entière, est-il besoin de le préciser, est très choquée, et il est du devoir de chacun ici d'assister par tous ses moyens ce qu'il faut bien appeler le cours de la justice. Dès que j'ai appris la gravité des faits, j'ai décidé que le collège lui-même, pour son propre honneur, devait agir... avec énergie.

Mr. Deighton-Clerk parut méditer une seconde sur le propos avant de continuer :

— J'ai donc accéléré le processus habituel, trop

lent à mon avis, et fait les démarches nécessaires pour nous assurer l'assistance de Londres au plus vite. Rien ne pouvait être plus satisfaisant — plus rassurant, devrais-je dire — que la rapidité de la réponse. Nous comptons sur vous, Mr. Appleby, pour élucider cette terrible affaire.

Le doyen marqua une pause, mais alors qu'Appleby se préparait à répondre il se remit à parler du même ton formel. Apparemment, il s'était acquitté d'une sorte d'exorde ou de préambule, et avait l'intention d'aborder le corps de son discours. Peut-être était-ce là le signe de l'habitude académique des énoncés soutenus, ou quelque idiosyncrasie plus révélatrice. Quoi qu'il en fût, Appleby resta immobile sur son siège et ne se départit pas d'une expression d'attention respectueuse.

— Je n'aimerais pas dire que cette tragédie s'est produite à un moment particulièrement malencontreux, continua Mr. Deighton-Clerk. Ce serait là une pensée parfaitement déplacée. Néanmoins, vous me comprendrez mieux quand je vous aurai appris que nous devons célébrer le cinq centième anniversaire de la fondation de cet établissement dans deux mois. L'occasion doit être marquée par, hem, diverses célébrations. Par exemple, tout le monde sait qu'à cette occasion le Dr Umpleby allait être fait chevalier. Que le collège entre dans son sixième siècle d'existence au lendemain de la mort violente de son président est, bien sûr, chose abominable. Mais ce serait encore plus déplorable si nous devions souffrir d'un mystère prolongé et du scandale. Plus le décès du Dr Umpleby restera inexpliqué, plus le scandale se développera, aussi choquant qu'il me soit de l'admettre. Je ne le sais que trop. Comprenez-moi, Mr. Appleby. En tant que doyen de cette institution, il est de mon devoir de m'assurer que les vivants ne soient en rien pénalisés, autant dans leur tranquillité d'esprit que dans leurs intérêts plus matériels, par le moindre scandale, le moindre soupçon que nous pourrions éviter.

Ici Mr. Deighton-Clerk s'interrompit réellement, peut-être en se rendant compte que dans cette déclaration quelque peu décousue il avait frôlé l'indiscrétion. La réponse d'Appleby fut brève. L'inspecteur était pleinement conscient de la possibilité de rumeurs aussi extravagantes qu'irresponsables. Ses investigations risquaient certes de prendre diverses directions, dit-il, mais il ferait de son mieux pour agir avec discrétion et célérité. Il espérait également être en mesure de brider un peu l'exubérance coutumière de la presse... Cette déclaration pleine de diplomatie eut l'effet escompté. Mr. Deighton-Clerk reprit la parole et cette fois passa des généralités aux détails. Le Dr Umpleby était mort dans certaines circonstances complexes que la police aurait à interpréter. Une explication convenable du drame devait bien sûr être trouvée, non seulement d'après des faits physiques ou mécaniques, mais aussi d'après des probabilités psychologiques plus élevées. A l'évidence, ce meurtre à St. Anthony ne pouvait être ramené à de simples causes domestiques.

Appleby agréait dans une certaine mesure cette proposition formulée d'une manière détournée.

— Je suis d'accord avec vous, dit-il, les circonstances physiques du drame ne sont pas concluantes. Elles pourraient même se révéler très trompeuses, délibérément trompeuses. Je reconnais qu'elles ne nous dirigent en aucune façon vers une personne ou un groupe de personnes en particulier.

Ce ne sont que des facteurs à prendre en compte dans une situation globale sur laquelle je n'ai pas encore assez d'éléments.

L'inspecteur se tut quelques secondes pour laisser à son interlocuteur le temps d'enregistrer l'information, puis il reprit :

— Il y a le détail étrange des ossements. On peut penser qu'ils nous indiquent un élément tout à fait irrationnel dans cette affaire. Il me souvient d'un cas très similaire qui s'est produit dans le Cumberland. Folie homicide doublée de ce qu'on appelle, je crois, une névrose obsessionnelle. Un homme a fait irruption dans un bâtiment qui lui était totalement étranger — un pub dans ce cas précis — et a commis un meurtre. Puis il a brisé ce qui était à sa portée, a renversé du mobilier et a inscrit son nom à la craie sur le mur, avant de rentrer chez lui. A l'asile, on n'a jamais pu découvrir s'il se rappelait quoi que ce soit quant à son forfait.

Encore sous le coup de la révélation de l'opinion quasi officielle sur la présence des ossements, Mr. Deighton-Clerk se laissa peut-être prendre par cette anecdote rassurante, mais rien n'est moins sûr. Cependant, l'attitude d'Appleby l'encouragea à développer la théorie la plus plausible pour lui. La mort du Dr Umpleby, admit-il, pouvait fort bien être l'œuvre d'un déséquilibré. En fait, il ne voyait pas d'autre explication à ce drame. D'ailleurs les ossements confortaient cette hypothèse qu'il jugeait des plus probables. Non qu'il eût déjà la moindre certitude : les os pouvaient n'avoir pour seul but que de brouiller les pistes, comme Mr. Appleby l'avait certainement envisagé ; néanmoins, cet étalage macabre était trop évident et d'une certaine façon infirmait cette possibilité. Mais le doyen était convaincu d'une chose : à l'intérieur de St. Anthony, il n'existait aucune circonstance, aucune relation, aucune personnalité qui ait pu en quelque façon être reliée à un attentat contre la vie du président. Les actions et motivations de ses collègues et de lui-même pouvaient fort bien être disséquées, il ne s'y opposerait en rien. Mais avec toute l'autorité qui lui était dévolue, et dans l'intérêt d'une élucidation aussi rapide que possible de ce crime, il continuerait d'affirmer sa conviction que, même si les circonstances physiques suggéraient le contraire, le problème était par essence extérieur à St. Anthony.

Ce gentleman ne protestait-il pas trop ? se demandait Appleby. Ou bien, dans ses déclamations ampoulées, ne cherchait-il pas simplement et avant tout à se persuader lui-même ? Et il n'en avait pas encore terminé. Dos à la cheminée, le doyen contempla Appleby un moment.

— Mr. Appleby, fit-il d'un ton plus sec qu'il ne se l'était permis jusqu'alors, il y a autre chose. Peut-être trouverez-vous votre homme demain, qu'il soit sain d'esprit ou dérangé. Et peut-être, comme je l'ai dit, jugerez-vous indispensable de vous lancer dans une enquête en profondeur au sein de notre communauté. Si tel était le cas, vous découvririez certaines situations assez troublantes qui, croyez-moi, risqueraient fort de vous induire en erreur. Dans un collège tel que St. Anthony, nous avons nos propres façons de faire, qui j'espère sont celles de gentlemen et d'érudits. Néanmoins, en surface — et j'use de cette expression délibérément —, il existe des jalousies, des conflits, et même des querelles. Quand vous en prendrez connaissance, je vous demande deux choses :

d'abord, de peser avec soin la gravité de telles futilités en les comparant à l'acte presque impondérable du meurtre; en second lieu, de réfléchir à l'opportunité d'enquêter sur ce genre de choses au risque de leur donner une publicité déplacée.

C'était le meilleur discours de Mr. Deighton-Clerk, et il aurait pu en rester là. Mais il avait encore quelque chose à ajouter, ce qu'il fit sans détour :

— Je vais vous citer un exemple. Il y a quelques jours seulement, le Dr Umpleby et moi-même avons eu une discussion qui a frisé la querelle, en public qui plus est. Si vous y réfléchissez, vous vous rendrez compte que ce n'est pas un simple désaccord qui pousse quelqu'un au meurtre. Enquêtez un peu plus et vous découvrirez que c'est là matière à un scandale certes mineur, mais dont l'étalage public m'emplirait de désarroi. Il en est de même pour bien d'autres anecdotes internes à cet établissement. Vous n'ignorez certes pas que dans tout groupe humain l'analyse exagérée des actes et de leurs mobiles peut avoir des conséquences regrettables... Naturellement, je me tiens à votre disposition pour tout renseignement que vous pourriez juger utile, de même, j'en suis sûr, que tous mes collègues. Mr. Appleby, comment désirez-vous procéder ?

L'inspecteur, qui en son for intérieur félicitait le doyen d'avoir aussi brillamment reconnu une querelle récente avec un homme assassiné, n'eut pas le temps de répondre, car l'apogée de l'entrevue semblait avoir été minuté au mieux : Mr. Deighton-Clerk avait à peine fini de poser sa question que la cloche du collège commençait à sonner.

— C'est l'heure du dîner, Mr. Appleby, expliqua le doyen. J'ai bien peur que nous devions remettre à demain notre discussion, à moins que vous ne préfériez la reprendre plus tard dans la soirée.

Après un moment d'apparente hésitation, il ajouta :

— Puis-je me permettre de vous demander quelles dispositions vous avez prises pour votre enquête ? Vous aurez besoin d'un accès constant au collège ; vous conviendrait-il — je veux dire, vous serait-il possible, dans le cadre du règlement — de séjourner à l'intérieur de St. Anthony ? Nous serions très heureux de vous recevoir si cela vous arrange, et je peux vous promettre un appartement confortable d'où vous pourrez... hem, opérer.

Appleby réfléchit rapidement à cette proposition inattendue. Aucune objection officielle ne s'élèverait contre son séjour dans le collège s'il le jugeait nécessaire, il en était sûr. Et cette offre possédait des avantages évidents, le moindre n'étant pas qu'il serait en mesure de visiter les divers bâtiments à toute heure du jour ou de la nuit. Il accepta avec gratitude, en précisant qu'il était venu directement en voiture et que sa mallette se trouvait dans la loge du gardien. Il serait heureux de passer la nuit à St. Anthony, et de demeurer plus longtemps si cela se révélait indispensable.

Mr. Deighton-Clerk paraissait content de lui-même. Enfin une action énergique ! Elle entraînerait peut-être la perte de certaines prérogatives mineures, mais l'établissement traversait une crise grave qui justifiait ces mesures. Il considéra un instant Appleby et se décida. L'homme était indubitablement un gentleman.

— Parfait, déclara-t-il. Cet arrangement me

semble satisfaisant pour tous. Bien sûr, vous dînerez avec nous au réfectoire. Je n'ai qu'un regret : que vous ne preniez pas place à la table d'honneur dans des circonstances plus favorables, ou plutôt moins attristantes.

C'était un peu plus que n'avait espéré Appleby, et en lui l'inspecteur fut tenté d'élever quelques objections. Mais Mr. Deighton-Clerk avait déjà composé un numéro au cadran de son téléphone et parlait dans le combiné en ivoire.

— Pas du tout, pas du tout, dit-il en s'enveloppant de sa toge et en répondant à ce qu'il pensait être la raison de la réticence d'Appleby. Vous n'aurez pas à vous changer. Bon nombre des fellows n'auront pas pris cette peine. Mr. Haveland, par exemple, sera sans doute en costume de ville. Il est toujours en costume de ville. Cela agaçait prodigieusement ce pauvre Dr Umpleby. En fait, il prenait connaissance des convives attendus à la table d'honneur et quand il savait que Mr. Haveland y apparaîtrait, en costume de tweed, très souvent il ne venait pas. Je crains qu'ils ne se soient détestés. Mr. Appleby, permettez-moi de vous accompagner au rez-de-chaussée.

Appleby suivit sans commentaire. Il avait l'impression d'avoir marqué un point. L'Honorable Révérend, qui depuis une demi-heure s'était cantonné dans une attitude si noble et si correcte, avait enfin condescendu à verser un instant dans le commérage le plus brut.

CHAPITRE IV

1

Une des fantaisies académiques les plus plaisantes est *Zuleika Dobson*, l'allègre récit de Max Beerbohm[1] mettant en scène une population d'étudiants qui, désespérant de gagner l'affection de l'héroïne, se jette dans les eaux mortelles de l'Isis. La touche de génie, on s'en souvient, se produit à la fin. La vie continue, paisible ; ce soir-là, les professeurs entrent dans les réfectoires des collèges comme à l'habitude ; à la table d'honneur le dîner se déroule normalement, et ils ne prêtent aucune attention aux bancs déserts où les cohortes d'étudiants suicidés auraient dû s'asseoir.

L'inspecteur Appleby avait cette fable à l'esprit quand il pénétra dans le réfectoire de St. Anthony au lendemain d'une tragédie universitaire beaucoup moins radicale. Les membres du collège étaient déjà présents. Il fut guidé par Mr. Deighton-Clerk sur l'estrade. Autour de la table d'honneur se

1. Max Beerbohm (1872-1956) : écrivain et caricaturiste britannique. *Zuleika Dobson* (1911) se déroule à Oxford. (*N.d.T.*)

tenaient debout les fellows, tous vêtus de leur toge, en général jetée sur un habit de soirée, l'air grave mais guère plus que ne l'exigeait le cérémonial. Parallèles à la table d'honneur, en bas de l'estrade, s'alignaient les étudiants *in statu pupillari* : deux tables de non-boursiers portant la toge curieusement terne de leur condition ; puis venait une table d'étudiants mieux mis, et celle nettement plus fréquentée des licenciés, fort bien vêtus quant à eux. Derrière un lutrin proche de la table d'honneur, prêt à dire le bénédicité, se tenait le préposé à la lecture de la Bible, un étudiant au visage de chérubin éclairé par des yeux bleus et qui faisait de son mieux pour dissimuler une jovialité transparente. Les quelques murmures cessèrent dès que le doyen ôta sa toque et s'inclina avec gravité face au chérubin, lequel l'imita en réponse puis entreprit de lire à une vitesse miraculeuse un flot de latinerie médiévale. Ayant fini, l'étudiant s'inclina ; le doyen fit de même pour le remercier et s'assit. Alors toute l'assemblée — Appleby y compris — prit place, selon le rituel. Mais il n'y eut pas dans le réfectoire le brouhaha des conversations auquel on aurait pu s'attendre. A St. Anthony, on discutait, mais peu et à voix basse. La table d'honneur donnait le ton, et le chérubin, répondant occasionnellement à son voisin, le Premier Étudiant, répercutait l'exemple. Accrochés aux hauts murs lambrissés et sombres, les portraits des hommes d'État, des ecclésiastiques, des poètes et des philosophes issus de St. Anthony au cours des siècles contemplaient une tradition très bien conservée.

Appleby observa ses voisins. Un compte rapide fit apparaître une évidence : tous les membres du collège avaient mis un point d'honneur à être présents. Le décorum une fois de plus, songea Appleby, qui le vit aussi dans le fait que personne ne semblait le regarder avec la moindre curiosité, ce qui impliquait que lui-même se conduise identiquement envers autrui. Il était placé à la droite du doyen, et à sa droite était assis Mr. Titlow, comme celui-ci le lui apprit dans un murmure poli de présentation. C'était un homme d'une cinquantaine d'années, non dépourvu d'une certaine prestance, gagné par un début d'embonpoint et plutôt nerveux. Cette nervosité, pour Titlow, décida Appleby, n'était pas sans rapport avec une bonne dose d'irritabilité chronique ou bien avec une excitation intérieure. Parmi les autres convives, il donnait l'impression d'un homme imaginatif, inventif. S'il n'avait vu de lui que ses mains, Appleby aurait imaginé d'après ses doigts longs et carrés une bouche mobile et un regard vif; mais ils ne lui auraient pas suggéré un nez aussi agressif. Si l'analyse morphologique avait quelque valeur, Titlow était un individu brillant mais sur qui on ne pouvait compter.

En face de l'inspecteur se trouvait le Dr Barocho, individu tout en courbes joviales qui mangeait de bon cœur. Un spécimen parfait du stagiaire étranger qui demeure obstinément étranger. Ce qui ne l'empêchait nullement d'être un exemple tout aussi net de la chose du monde la plus accomplie : la culture latine. Le Dr Barocho était maître par droit de naissance dans une des matières où ses collègues peinaient toujours comme des étudiants. Son esprit ne devait pas fonctionner comme le leur... Mais il était une chose que l'Espagnol ne maîtrisait visiblement pas : la langue de ses pairs. A cet instant même il expliquait à l'aide de phrases laborieuses qu'il avait égaré sa toge. (Appleby se demanda s'il aurait l'appétit coupé et ne toucherait pas à sa magnifique sole grillée en apprenant à quoi avait servi son vêtement universitaire. Non, probablement pas, décida-t-il.)

— Vous ne l'avez pas vue, s'il vous plaît, Titlow, Empson, Pownall, je vous prie ? Vous ne m'avez pas vu poser ma toge, Pownall, pas du tout ? Titlow, *no* ?

Cet appel ne fut pas très poliment reçu. Une personne sardonique qui se révéla être le Pr Empson murmura que Barocho aurait tout aussi bien pu perdre son couvre-chef et le chef avec, ce que l'Espagnol interpréta aussitôt de travers :

— Ah oui, vous dites notre pauvre chef mort !

Il se signa et prit une mine sombre comme s'il réfléchissait à cette allusion cryptique au défunt Dr Umpleby. Puis une pensée parut lui traverser l'esprit et il se tourna vers Titlow.

— Une question que je voudrais vous poser. Vous parlez de chef de maison ; c'est la maison universitaire, le collège, *verdad* ?

L'esprit de Barocho semblait fonctionner d'une manière plus étrange que différente, ou bien il avait le don de le faire croire. Plusieurs personnes le considéraient avec cette sorte de tolérance teintée d'exaspération qu'on réserve parfois à un familier un peu original. Mais un des membres de la table d'honneur, un homme au visage impassible qui n'était autre que Haveland, parut écouter ces propos avec une grande concentration. L'Espagnol s'était lancé dans des considérations philologiques pour le moins erratiques. Une minute durant, sa voix resta audible seulement de ses voisins immédiats et se noya dans les autres conversations discrètes. Soudain il posa une question à haute voix :

— Alors, dois-je dire *vous serez pendu* ou *vous vous ferez pendre* ?

Titlow reposa brutalement son verre. Tout aussi subitement, Haveland porta le sien à ses lèvres. Il était impossible de dire auquel des deux cette extraordinaire question était adressée... Les yeux ronds et innocents de Barocho n'avaient-ils pas cherché les siens à cet instant ? se demanda Appleby. Il soupçonnait l'Espagnol de n'être ni stupide ni délibérément désireux de vexer quiconque. Il avait simplement conduit une petite expérience. Pourquoi ?

L'instant suivant, Deighton-Clerk prenait en main toute la tablée, avec subtilité et sans coup férir. Il sembla dicter aussi bien les bavardages à mi-voix que les silences qui marquèrent le reste du repas. Il avait clairement décrété qu'il n'y aurait pas d'autre incident, et il n'y en eut pas. Une demi-heure après le début du dîner, sans donner la moindre impression de vouloir hâter sa clôture, le doyen se leva et murmura les grâces. Les chaises furent tirées, les toques remises sur les crânes et les occupants de la table d'honneur défilèrent entre les tables des étudiants debout. Le rituel du réfectoire était terminé.

2

La petite file des professeurs s'écoula par l'étroit passage de Bishop's Court séparant le réfectoire de la salle commune. Appleby venait en dernier, ce qui lui donnait toute latitude pour exercer son sens de l'observation. Loin sur la gauche, illuminée par une lampe de forte puissance, se trouvait la voûte reliant Bishop's Court et Surrey Court. A droite, tout près mais éclairées incidemment par le halo lumineux filtrant de la porte ouverte de la salle commune, se dressaient les grilles qui avaient été verrouillées la veille à vingt-deux heures quinze et qui l'étaient toujours. A travers l'entrelacs en fer forgé se déversaient des ténèbres de velours et chuintait doucement une brise qui devait étirer la brume autour des troncs et des branches d'Orchard Ground. Aucun des hommes qui le précédaient ne regarda dans cette direction, nota Appleby. Un des policiers postés par Dodd devrait ouvrir la grille à Empson, Titlow, Pownall et Haveland si ceux-ci désiraient passer la nuit dans leurs appartements respectifs... Cet arrangement nocturne qui divisait en deux le collège à coups de serrures et de clefs était pour le moins singulier, peut-être une des bizarreries typiques de l'endroit. Celui-ci avait-il été appliqué avec le même zèle intellectuel? Appleby pénétra à la suite de ses hôtes dans la salle commune de St. Anthony.

La pièce avait cet air de luxe un peu suranné caractéristique de ces endroits, mais n'en restait pas moins agréable. Sur une longue table en acajou, éclairée par des bougies fichées dans de lourds chandeliers en argent, luisaient le rubis du porto et l'or du xérès, et leurs reflets se fragmentaient sur les verres de cristal. La seule autre source lumineuse provenait d'un feu généreux crépitant dans une grande cheminée. Les murs couverts d'innombrables portraits de professeurs décédés paraissaient onduler au rythme de la lumière ambrée des bougies, entourant les vivants d'une armée de revenants évanescents — spectres victoriens qui ressemblaient à Mr. Deighton-Clerk, fantômes du XVIIIe siècle assis dans des bibliothèques, marchant dans des jardins, silhouettes saisissantes parmi des ruines antiques, et quelques-uns sortis du XVIIᵉ avec leur livre de prières. Les célébrités de St. Anthony ornaient le réfectoire ; la gloire de ces anciens était restée plus obscure et ces tableaux la perpétuaient à une échelle appropriée, plus réduite. C'était comme une nuée de témoins.

Il y eut un moment de confusion. Alors que Mr. Deighton-Clerk franchissait le seuil de la salle commune, son autorité — ou plutôt celle du défunt président que dorénavant il endossait — fut par quelque coutume inviolable suspendue. Il revint à Mr. Titlow de disposer ses collègues autour de la table. L'universitaire était toujours très agité et il s'en tira fort mal. Ses gestes vagues et contradictoires provoquèrent un flottement général d'embarras avant que chacun ne fût assis. Curieusement, Appleby se retrouva à un bout de la table ; une double ligne de professeurs le séparait de Haveland qui occupait, face à lui, l'autre extrémité.

Au nom des usages, Mr. Deighton-Clerk avait enduré un minimum d'approximation, mais dès que tous furent attablés il reprit les rênes de la réunion. Il chuchota quelque chose à Titlow, et tous deux murmurèrent des ordres aux domestiques. Verres en cristal taillé et carafes, coupes de fruits et rince-doigts disparurent aussitôt. C'était là un mauvais présage, qui fut salué par un silence solennel. Le rituel du dessert avait été transformé en une cérémonie inédite. Les serviteurs une fois sortis de la pièce, le doyen prit la parole. Appleby remarqua qu'il s'exprimait sans la moindre trace de cette froideur compassée qu'il avait adoptée un peu plus tôt, lors d'une certaine entrevue avec un policier.

— Ce soir nous avons parmi nous Mr. Appleby,

de la police de Londres. Mr. Appleby a été détaché ici à notre demande expresse auprès du ministère de l'Intérieur, et nous l'aiderons bien sûr dans sa tâche de toutes les manières possibles. Il séjournera au collège, dans l'appartement qui fait face au mien, jusqu'à ce que cette triste affaire soit éclaircie. Nous comprenons tous, je pense, que cela risque de prendre un peu de temps. Il ne servirait à rien de nous dissimuler que les circonstances dans lesquelles le président a trouvé la mort sont complexes, en dehors de leur caractère très évidemment sinistre. Mr. Appleby désirera sans aucun doute s'entretenir avec nous individuellement, pour découvrir ce que chacun peut lui apprendre.

« Mr. Appleby, je vais maintenant vous présenter mes collègues. A votre gauche se trouvent Mr. Titlow, le Dr Gott, le Pr Empson, le Pr Curtis, Mr. Chalmers-Paton...

Le doyen effectua ainsi un tour de table. C'était une façon de procéder assez empruntée, mais sensée et efficace, dont Mr. Deighton-Clerk se tira avec la rigueur nécessaire. Il n'était pas véritablement question de faire les présentations, décida Appleby, et l'ensemble se déroula sans hochement de tête, en silence. La plupart des gens cités regardèrent directement Appleby, mais quelques-uns gardèrent les yeux fixés sur la table devant eux. Seul Barocho contempla chacun de ses collègues avec Appleby, et il leur sourit aimablement à tour de rôle, donnant l'impression qu'il considérait cet appel comme le préambule à quelque jeu de société.

Pendant un moment le silence régna, puis Haveland prit soudain la parole. C'était un individu aux traits anodins marqués par une rigidité qui suggérait l'intensité, ou une aptitude marquée à la concentration. Il était vêtu d'une jaquette claire, laquelle lui donnait un air de négligence soigneusement calculée, presque esthétique. Sa voix était froide et ses gestes neutres quand il s'adressa au doyen :

— Je crois comprendre que vous n'attendez pas de Mr. Appleby qu'il tienne une conférence. Ce que chacun d'entre nous peut lui apprendre, les impressions qu'évidemment chacun de nous a, tout cela, Mr. Appleby préférera nous le demander en privé.

Sous cette déclaration terne, prononcée d'un ton plat, on sentait un tranchant latent mais discernable. « Apprendre », « impressions », « en privé », l'ensemble laissait percer de l'ironie, du scepticisme et un mépris perceptible, à peine voilé. Haveland poursuivit :

— Je veux profiter de l'occasion pour dire une chose à tout le monde. Peut-être cela privera-t-il un ou deux d'entre vous du plaisir de découvrir soudain que deux et deux font quatre et qu'il faut, dans les circonstances actuelles, tout dire à Mr. Appleby. Veuillez m'en excuser.

« Vous savez tous que le bureau d'Umpleby a été retrouvé jonché d'ossements. Je me demande d'où ils viennent... Empson, une idée ?

Il y avait dans cette apostrophe un stratagème à peine voilé : Empson parut un moment troublé. Haveland reprit aussitôt :

— Je suis sûr que vous en avez une. Mais je ne sais pas si Mr. Appleby peut déjà comprendre la signification qu'ont ces os pour nous. Je suis certain que c'est un point que son collègue local — avec qui, je le crains, je me suis montré assez réticent ce matin — apprécierait peu. Je suggère que vous disiez deux mots de ce sujet à Mr. Appleby, Deighton-Clerk.

Ainsi interpellé, le doyen sembla tout d'abord dérouté, puis étonné.

— Mr. Haveland veut sans doute dire que l'anthropologie est une discipline très prisée à St. Anthony, répondit-il enfin. Haveland lui-même en est un spécialiste distingué. Récemment, l'archéologie classique de Titlow a été couplée — pardonnez l'expression, Titlow ! — à l'anthropologie. Et l'ethnologie de Campbell comme l'histoire antique de Pownall ont également établi des liens avec ce domaine, lesquels ont été encouragés par feu notre président. Le Dr Umpleby est venu à l'anthropologie par le biais de la philologie comparative, tout comme son élève, Ransome, qui est actuellement à l'étranger. En fait, depuis déjà des années, St. Anthony est réputé pour son travail en équipe. Moi-même étudiant en religions comparées, je me suis aussi intéressé à l'anthropologie. Je suppose que c'est là ce que voulait sous-entendre Haveland quand il parlait de la signification des os pour nous, bien que ce genre de notion bizarre ne m'aurait jamais effleuré l'esprit, personnellement... Haveland, si vous avez quelque chose à dire, je vous en prie, faites donc.

Haveland avait dans l'œil l'éclat d'un cavalier dont la monture refuse pour la seconde fois de sauter un obstacle.

— Empson savait que je détenais une collection d'ossements au collège. Je me demande si quelqu'un d'autre en était informé ?

Il balaya la tablée du regard avant de continuer :

— Ces os sont les miens.

Le silence tomba sur la salle commune. Aucun des collègues de Haveland ne fit le moindre commentaire, pas plus qu'Appleby.

— Du moins je suppose que ce sont les miens, reprit Haveland, puisque ma collection a disparu. Ce sont les os d'aborigènes d'Australie, ils seront donc aisés à identifier... J'aimerais savoir si l'un d'entre vous a un soupçon d'idée quant à la façon dont ma collection a pu se retrouver utilisée de façon aussi macabre ?

Pour toute réponse il n'y eut qu'un silence absolu.

— Ou peut-être ne devrais-je pas demander *comment* ils ont pu se trouver là, mais *pourquoi* ? Qu'en pensez-vous... Empson ? Auriez-vous l'obligeance de formuler une théorie ?

— Non, je n'ai aucune idée... Demandez plutôt à Titlow.

Pourquoi questionner Titlow ? songea Appleby. Celui-ci semblait partager son étonnement. Il jaugea Empson avec la même indignation que celui-ci avait exprimée à Haveland. Encore un peu de ces échanges à fleurets à peine mouchetés et tous les courants sous-marins de la petite communauté viendraient rider la surface.

— J'imagine qu'ils ont été placés là pour vous compromettre, Haveland, dit Titlow. Pownall, cela vous semble-t-il plausible ?

Impliqué dans la conversation (mais pour quelles raisons ?), Pownall répondit :

— Je peux imaginer une explication à la fois plus simple et plus bizarre. Pas vous, Haveland ?

Barocho semblait avoir vu juste ; un jeu dont chaque participant ne maîtrisait qu'un fragment des règles se déroulait dans la salle commune. Ce fut au tour d'un homme barbu à l'air respectable d'intervenir :

— Je me demande si l'un d'entre vous connaît

cette curieuse légende bohémienne des Os de Klattau ?

C'était le Pr Curtis, et pour l'oreille et l'esprit d'Appleby cette réflexion parfaitement hors de propos eut un effet curieux. Son innocence — et dans les circonstances présentes, son absurdité — fit ressortir par contraste l'animosité qui avait alourdi les échanges précédents. Le *Pas vous, Haveland ?* de Pownall avait porté et l'interpellé répondit, en ignorant totalement Curtis et sa légende bohémienne :

— Bien sûr, je peux fort bien imaginer une autre explication. Il me vient justement à l'esprit un enchaînement de circonstances singulier. Empson, je pense que vous devriez relater une certaine conversation que j'ai eue en votre présence avec Umpleby, il y a un ou deux mois. Vous voyez de quoi je veux parler. Je ne pense pas que les autres soient au courant.

— Pownall sait ; je lui ai raconté le jour suivant, répliqua Empson pour sembler le regretter aussitôt. Et non, je ne vois pas pourquoi je devrais raconter quoi que ce soit ici. Si vous voulez qu'on en parle, faites-le vous-même.

Partagé entre le malaise et le désir d'affirmer son autorité, le doyen s'agita sur son siège.

— Haveland, dit-il, tout cela est-il opportun ? Si vous insistez pour que nous sachions quelque chose, allez-y, parlez.

— Très bien, je vais parler.

La réponse était une imitation très réussie et clairement venimeuse du ton quelque peu emphatique du doyen. Haveland ne cherchait visiblement pas la sympathie de ses pairs ; toute l'assemblée tressaillit à la morgue qu'il montrait. Mais l'homme reprit immédiatement le contrôle de lui-même et c'est avec assurance qu'il continua :

— Je vais parler, oui. Puisque Empson n'a pas l'air de vouloir le faire. Je vais parler d'une occasion où je me suis querellé avec Umpleby. Gravement.

Quelques murmures de protestation s'élevèrent dans la pièce. Visiblement perplexe, le doyen se tourna à demi vers Appleby, mais l'inspecteur semblait perdu dans la contemplation du bord de la table devant lui. Haveland poursuivit :

— C'était au sujet, bien entendu, d'un des vols dont Umpleby était coutumier.

S'il y avait quelque chose à lire sur le visage des collègues du défunt président à cet instant, songea Appleby, c'était la compréhension plus que l'embarras. Le doyen parut sur le point d'élever une objection, mais Haveland l'arrêta sans ambages.

— Ne soyez pas stupide, Deighton-Clerk ! Réfléchissez à la situation à laquelle nous nous heurtons. Umpleby, comme je l'ai dit, avait commis un vol de plus. Il est inutile que je m'étende sur ce point. Empson était présent, et s'il n'était aussi gêné par le sujet il pourrait sans doute vous relater l'histoire avec plus de calme que moi. Mais je me souviens très bien d'une expression que j'ai utilisée.

Haveland avait de nouveau lancé sa monture vers l'obstacle. La tension qui planait dans la pièce était ressentie par tous.

— Quand je l'ai accusé, il a tout simplement nié. Il a parlé de ses propres travaux dans les sépultures du Golfe. Et je me rappelle lui avoir rétorqué que j'aimerais le voir emmuré dans un de ces sinistres tombeaux... C'est bien l'expression que j'ai employée, Empson ?

Ce dernier ne répondit pas. Un silence pesant

s'abattit sur la tablée. Haveland restait imperturbable, mais à la lumière des bougies Appleby crut discerner un peu de transpiration qui perlait à son front. Enfin une voix brisa le sortilège.

— Haveland, quel tour de fou jouez-vous ?

C'est Pownall qui venait de lâcher cette exclamation. Si auparavant dominait une impression de mutisme prudent, cette fois le silence retomba comme une chape de plomb. Appleby eut l'impression qu'autour de la table courait soudain une compréhension diffuse et horrifiée, une révélation ténébreuse. Haveland se leva de son siège. Il se tourna vers l'inspecteur et parut s'adresser à lui seul :

— Eh bien, vous avez maintenant des éléments pour deux théories. Titlow a parlé de « compromission » : vous pouvez réfléchir à ce que cela implique. Et Pownall a évoqué « une explication à la fois plus simple et plus bizarre ». Deuxième piste offerte à votre sagacité. Bonne nuit.

Cela dit, il sortit de la pièce. Pendant un moment les autres regardèrent fixement sa chaise vide. Puis Deighton-Clerk murmura quelque chose à l'oreille de Titlow qui appuya sur le bouton d'une sonnette. Un élément rassurant du rituel était appelé à la rescousse.

La porte donnant sur l'autre salle commune s'ouvrit et la voix dépourvue d'émotion d'un domestique annonça :

— Le café est servi !

3

Le doyen fit signe à Appleby et ils passèrent à côté en compagnie de Titlow, de Barocho et d'un collègue silencieux qui était le Dr Gott. Deighton-

Clerk parce qu'il était le doyen, Appleby en tant qu'invité, Titlow en qualité de Premier Fellow, Gott parce qu'il était un maître de discipline, et Barocho sans doute parce qu'il avait omis de rester derrière. Le doyen servit son café à l'inspecteur et les autres emplirent leur tasse. Deighton-Clerk ne fit rien pour cacher son désarroi à l'homme du Yard.

— Mr. Appleby, toute cette affaire est franchement horrible. Je prie le ciel que vous parveniez à la résoudre au plus vite ! Je sens qu'une ambiance déplorable se répand parmi nous.

Un peu moins d'une heure plus tôt, c'est le même homme qui pérorait, en contradiction flagrante avec les apparences physiques, et prétendait que la mort d'Umpleby était due à quelque déséquilibré inconnu qui n'avait rien à voir avec St. Anthony. A l'évidence, son assurance était maintenant largement ébranlée, si toutefois elle n'avait pas été feinte auparavant. Il attira Appleby dans un coin de la pièce et poursuivit d'un ton de plus en plus désemparé :

— L'intervention de Pownall était des plus malséantes. Même si par sa conduite Haveland prêtait le flanc à une accusation, on ne peut excuser une telle insinuation. Nous avons tous été extrêmement choqués.

Cette déclaration laissait Appleby dans un flou artistique que Deighton-Clerk s'empressa de dissiper :

— Je crains qu'il ne soit de mon devoir de vous expliquer de quoi il retourne, Mr. Appleby, bien que cela me contrarie grandement. J'avais presque oublié... Ne vous ai-je pas dit lors de notre entretien privé, en parlant de ces ossements, que c'était un acte insane alors que nous sommes dans ce collège des gens manifestement sains ? En tout cas, je crois l'avoir sous-entendu. Et bien sûr j'avais oublié, bien que la chose ne me soit pas totalement sortie de l'esprit, hélas... J'avais oublié les problèmes que ce pauvre Haveland a connus. Il y a de cela quelques années, il a souffert d'une... sérieuse dépression nerveuse, et il a eu pendant quelque temps une conduite des plus étranges. Pour être plus précis, on l'a trouvé dans une position très curieuse parmi les sarcophages du musée... Où cela nous mènera-t-il ?

Cela pouvait conduire dans plus d'une direction, se dit Appleby, mais pour l'instant cela ne menait pas hors de St. Anthony. Au contraire.

— Il n'a jamais eu de rechute, continuait le doyen, et tout cela était oublié depuis longtemps — jusqu'à ce que Haveland et Pownall déterrent le sujet aussi délibérément. Vous vous en rendrez compte quand je vous dirai que tout le monde voyait en Haveland le successeur probable d'Umpleby, malgré le fait qu'il est assez intransigeant dans les rapports sociaux. A l'époque, sa dépression a été considérée comme un contrecoup de la tension qu'il avait vécue pendant la guerre, mais c'est ordinairement quelqu'un de très équilibré.

Appleby repensa à sa première impression de Haveland, peu avant. Était-ce exactement celle qu'il aurait eue d'une personne équilibrée ? Qu'il montrât de coutume un tempérament égal, cela l'inspecteur voulait bien le croire, mais n'était-ce pas le résultat d'une maîtrise constante de son comportement ? Quelque part cet homme était très tendu, et quand existe une telle tension chez un individu, elle signifie parfois une instabilité chronique latente.

Quelques minutes seulement s'étaient écoulées depuis leur passage dans cette pièce, et après cette attente rituelle les autres professeurs de St. Anthony (qui pendant cette séparation d'avec leurs aînés n'avaient pas eu droit au réconfort d'un verre de porto) les rejoignirent pour prendre le café. Ils se scindèrent en petits groupes et Appleby se retrouva accosté par le Pr Curtis. Il songea qu'il serait probablement le seul à en apprendre plus sur la curieuse légende des Os de Klattau. Mais le savant avait autre chose en tête.

— Puis-je me permettre de vous demander, mon cher monsieur, si vous avez jamais condescendu à vous intéresser de près à la littérature d'imagination qui met en scène votre profession ?

Curtis aurait mieux fait d'aborder ce sujet avec Dodd, se dit Appleby. Cependant il répondit qu'il n'était pas tout à fait ignorant dans ce domaine, en effet.

— Alors, fit Curtis avec un clin d'œil de connivence par-dessus la monture en acier de ses lunettes, vous êtes peut-être au courant des distractions qu'affectionne Gott ? Je ne pense pas dévoiler un quelconque secret en vous disant que Gott est Pentreith, voyez-vous. Ses romans commencent à être assez connus, il me semble.

Appleby acquiesça et chercha du regard le si distingué écrivain. Mais étant chargé de la discipline, Gott était parti effectuer sa ronde nocturne autour de l'établissement.

— C'est un genre littéraire particulier, continuait Curtis, et je dois confesser que je suis assez ignare en la matière. Diriez-vous que Wilkie Collins[1] n'a jamais été surpassé ? Ou Poe ? Non que Poe soit un écrivain insignifiant... Comme il est étrange que ce soit la France qui nous l'ait fait découvrir, ne trouvez-vous pas ? Vous autres, hommes plus jeunes, avez négligé les symbolistes, je suppose ? Considérez le cas de *La Lettre volée* ; n'est-ce pas un peu... *gros*, comme on dit ?

Appleby lui confia qu'il le pensait, ce qui parut ravir Curtis.

— Je suis heureux que mon avis d'amateur soit corroboré par un professionnel. Oui, je crois que moi j'aurais repéré la lettre, presque tout de suite. L'idée est-elle de Poe ? Je me le demande. Je ne serais pas surpris que l'argument de base soit en fait vieux comme Hérode. Il y a une histoire intéressante qu'on raconte au Pays basque... Mais je vous la dévoilerai une autre fois, si vous le voulez bien. Je désirais vous faire part de l'analogie que Poe a déclenchée en moi : et si les ossements dont on a parlé n'étaient pas là pour désigner un coupable ni comme une preuve de quelque déséquilibre mental ? Dans le sens strict du terme, je veux dire. Ils pourraient représenter — comment dire ? — l'idée qu'un homme parfaitement sain d'esprit se fait de l'humour noir... Connaissez-vous les croquis de Goya ? La série des... Ah, comment les appelle-t-on ? Barocho, ces dessins de la guerre contre Napoléon, par Goya...

Et le Pr Curtis se dirigea vers son collègue, plantant là l'inspecteur.

1. Wilkie Collins (1824-1889) : écrivain britannique, auteur notamment de *La Femme en blanc* (1860), un des tout premiers romans policiers. (*N.d.T.)*

Appleby regarda autour de lui et aperçut non loin un groupe de trois membres du collège dont il ne savait encore rien : Lambrick, Campbell et Chalmers-Paton. Le premier l'intéressait plus spécialement, puisque c'était un homme marié qui détenait une des clefs ouvrant les grilles. Quelque chose chez Campbell lui parut familier. Sentant qu'il pourrait utilement étoffer ses impressions de la petite communauté avant de se retirer pour les analyser, il approcha le trio et très bientôt se retrouva assis avec eux, à fumer et deviser agréablement. Rien n'aurait pu être plus contraire aux bonnes manières, mais ici on se souciait très peu, semblait-il, des usages du monde. Selon les convenances en vigueur à St. Anthony, il était de règle de traiter un inspecteur de Scotland Yard venu enquêter sur un meurtre de la même façon qu'un architecte venu dessiner de nouvelles cuisines ou un membre de l'Académie faisant quelques aquarelles dans ses cours. Cette attitude autorisait une forme d'investigation supérieure, et Appleby n'allait certes pas s'en plaindre.

La conversation roula sur les activités disciplinaires de Gott. Le passage du réfectoire à la salle commune avait révélé que la nuit était d'une fraîcheur désagréable, agrémentée d'une brume légère qui agressait la gorge. Pour les fellows, qui fumaient avec volupté leur cigarette assis dans de confortables fauteuils en cuir près d'un feu de cheminée, l'idée de leur collègue arpentant les rues à la tête de la petite troupe de la sécurité universitaire semblait particulièrement plaisante.

— Imaginez, disait Lambrick, un mathématicien rêveur au sens de l'humour assez primitif. Il entre au *Case is Altered* où deux de nos amis boivent un petit lait de poule ; il les tance comme il faut et ressort dans la nuit en pensant qu'il en boirait bien un, lui aussi. Il traverse la rue et entre au *Mucky Duck*. Un bon pub, soit dit en passant. Deux hommes jouent au palet de table en sirotant un petit rhum. Il les admoneste et ressort en pensant qu'il boirait bien un petit rhum en faisant une partie de palet. Ensuite il se rend dans cet établissement luxueux, le *Berklay*. Là, une demi-douzaine de joyeux compagnons savourent une coupe de champagne. Ce bon vieux Gott est tellement exaspéré qu'il aimerait presque un peu de bagarre. « Votre nom et votre collège, messieurs ? », et tous répondent comme des moutons bien dociles. Alors il retourne dehors et rejoint cet établissement près de la boutique de mon tailleur (je n'arrive jamais à me souvenir de son nom) jusqu'à ce que tous les clients du *Hammer & Sickle Club* soient sortis et bien au chaud dans leur lit. Quelle vie !

— Avez-vous jamais entendu parler, s'enquit Campbell, un Écossais sombre et aux manières rondes, du savon mémorable passé naguère par Curtis à l'archevêque d'York, quand il était maître de discipline ?

L'anecdote était excellente, mais trop longue pour Lambrick, qui se réfugia dans son monde mathématique impalpable. Chalmers-Paton exploita la même veine en enchaînant avec un exploit de Campbell.

— Vous souvenez-vous comment vous avez escaladé la tour de St. Baldred après ce pari ?

Malgré l'expression proche du franc déplaisir qu'afficha l'Écossais, Chalmers-Paton se lança dans la narration de cet épisode. Soudain Appleby se souvint.

— Vous êtes monté assez haut, n'est-ce pas, dans l'Himalaya, en 26 ? dit-il d'un ton aimable à Campbell.

Celui-ci rougit un peu et pendant quelques secondes parut décontenancé.

— J'étais là-haut, en effet, fit-il enfin. Et n'avons-nous pas fait le Pillar Rock ensemble une fois, après que j'ai incorporé votre cordée à Wasdale ?

A son tour Appleby le reconnut. Pendant quelques minutes on parla alpinisme et montagne, puis Appleby lâcha, d'un ton neutre :

— Y a-t-il des amateurs d'escalade à St. Anthony, sur les toits, par exemple ?

— Je ne crois pas, répondit Chalmers-Paton. Il y a quelques années, un club existait, mais les étudiants vont et viennent, et je crois qu'il a périclité.

Ses compagnons étaient très conscients que quelque chose en rapport avec la mort du président avait enfin été dit. Appleby décida donc d'être très direct et s'adressa à Campbell :

— Quelles sont les possibilités d'escalade à St. Anthony ?

L'Écossais eut un rire bref.

— Je suis un alpiniste, vous le savez, pas un monte-en-l'air, ni un réparateur de clochers, et je ne me sens pas assez qualifié pour vous répondre. N'importe qui peut accéder aux toits par un vasistas et se promener un peu partout. Mais je dirais que c'est à peu près tout. Pour ce qui est d'escalader pour entrer ou sortir, c'est quasiment impossible.

— Même pour un grimpeur confirmé ?

La réponse de Campbell fut immédiate et très claire :

— Même pour un grimpeur confirmé.

CHAPITRE V

1

Assis dans sa chambre, Appleby faisait le point. Suivant une longue habitude, il s'intéressa d'abord à son environnement immédiat. La pièce ne l'occupa pas très longtemps. C'était un carré d'environ deux mètres cinquante de côté pour deux mètres cinquante de haut, agrémenté d'une fenêtre ajourée aux vitres en réseau qui s'élevait en un arc gothique du sol dans un coin au plafond dans l'autre. Désireux d'accueillir une douzaine d'étudiants supplémentaires, St. Anthony avait opéré certaines altérations internes dans la vénérable structure. La pièce conservait des souvenirs de son occupant attitré, sous la forme d'un bocal vide étiqueté *Pommade pour rameurs*, un texte religieux décoré d'un liséré de fleurs exubérant, une similigravure de Mae West, et dix photographies identiques dans des cadres identiques de jeunes gens excessivement identiques — des compagnons d'aviron d'une équipe récente de l'école, à n'en pas douter. Pourquoi le possesseur de ces objets n'était pas dans sa chambre, voilà qui n'avait pas été expliqué à l'inspecteur; peut-être souffrait-il de la rougeole, ou des oreillons.

Ce rapide tour des lieux exécuté, Appleby se concentra sur l'affaire en cours. Dans l'ensemble, il se sentait plus confiant que lorsqu'il avait pris congé de Dodd. Les éléments rassemblés par son collègue ébauchaient les contours physiques de la situation, et désignaient, limitaient ou excluaient certaines pistes. Autour de ces points de repère, les ténèbres paraissaient complètes. Plus tard dans la soirée pourtant, il avait commencé à entrevoir la lumière, ou du moins la possibilité de la lumière, une lueur vacillante et incertaine comme devaient l'être les braises mourantes dans la cheminée de la salle commune à cette heure. D'après le cadre et le décor — cette mise en scène si élaborée et horrible — Appleby était parvenu à une vision des personnages de la pièce; à un aperçu, peut-être, des protagonistes...

De par son travail, Appleby croisait le fer avec des individus très astucieux. Parfois, il avait le plaisir d'affronter quelque esprit supérieur, mais la plupart du temps il avait affaire à des intelligences médiocres, ou tout simplement dans la norme mais limitées et handicapées par un savoir et une pratique déficients. Et voici qu'il se trouvait face à ce qui pourrait bien se révéler l'affaire de sa vie. Il était confronté à une société d'hommes d'une sagacité exceptionnelle, rompus à une discipline de pensée très stricte et formidablement armés de connaissances. Le secret se cachait parmi eux, et il faudrait pour le dévoiler des prouesses d'astuce et de réflexion.

Ce soir, il avait commencé à être convaincu d'une chose. Son refus prudent de juger concluants ces faits matériels qui criaient « Sous-marin ! » à Dodd pouvait presque certainement être abandonné. L'extraordinaire révélation des serrures et des clefs neuves était en elle-même une preuve suffisante. Directement ou indirectement, le meurtrier avait été introduit dans l'enceinte du collège par une ou plusieurs des personnes détenant une clef, ou était une de celles-là. La seule possibilité différente — un malfaiteur qui aurait grimpé le mur du verger pour fuir — semblait assez improbable pour être classée en dernier dans l'ordre des priorités d'investigation. Les clefs étaient au cœur du mystère, et leur distribution permettait un premier constat :

Deighton-Clerk, Empson, Gott, Haveland, Lambrick, Pownall, Titlow, le gardien en chef du collège et un X hypothétique (possesseur de la dixième clef) ; une de ces personnes, ou plusieurs, ou toutes avaient assassiné Umpleby ; ou, au minimum, elles disposaient d'une clef, ce qui pouvait jeter un peu de lumière sur le meurtre.

Appleby réfléchit à cette théorie et se rendit compte qu'il avait négligé une étape dans son raisonnement. Il prit une feuille, un crayon et coucha sur le papier une formule plus élaborée :

> Slotwiner ; Deighton-Clerk, Empson, Gott, Haveland, Lambrick, Pownall, Titlow, le gardien en chef du collège, un hypothétique X (possesseur de la dixième clef) ; une de ces personnes, ou plusieurs, ou toutes ont tué Umpleby, ou un des neuf derniers cités disposait d'une clef de sorte qu'il est en position de jeter quelque lumière sur le meurtre. Jusqu'ici, aucun ne peut être exclu, mais si Slotwiner et Titlow disent la vérité ils corroborent mutuellement leurs alibis... Dodd doit vérifier les autres dépositions.

Voilà ce qu'il avait découvert cet après-midi dans les appartements du président, et ce que ses impressions ultérieures avaient confirmé. Qu'avait-il appris d'autre, plus tard? Lors de son entrevue avec le doyen? Tout d'abord, certains faits à propos de Deighton-Clerk lui-même. Il était très désireux qu'on découvre que l'assassin était *extérieur* au collège. Une réaction bien naturelle, mais l'argument qu'il avait avancé n'était rien de plus qu'un vœu pieux. « De telles choses n'arrivent pas parmi nous. Et le fait que nous sachions fort bien qu'elles ne se produisent pas est une preuve beaucoup plus déterminante que les indications physiques arbitraires du contraire. » Appleby avait accordé un certain poids à cette assertion mais à présent il la rejetait, et sans doute le doyen faisait-il de même... Que pouvait-il tirer d'autre de leur conversation? Deighton-Clerk craignait que l'enquête de routine ne révèle certains aspects assez mesquins des rapports à l'intérieur du collège; il s'était récemment querellé avec Umpleby en personne. C'était à peu près tout. Quant aux impressions plus générales, elles demeuraient assez imprécises. L'homme était bouleversé, et les événements lui avaient fait perdre son bel équilibre. Sans quoi il ne se serait pas laissé aller à des manières quelque peu pompeuses, pas plus qu'il n'aurait fait inutilement référence aux célébrations dont St. Anthony allait bientôt être le théâtre. Mais qu'il ne fût pas sincère, ou qu'il dissimulât une information, Appleby n'en avait aucune preuve.

L'inspecteur s'intéressa ensuite aux événements qui s'étaient produits dans le réfectoire, ou plutôt à l'événement : le comportement étrange de Barocho. L'Espagnol n'avait probablement que de vagues notions des circonstances entourant la mort d'Umpleby. En ce cas il avait lancé son insinuation au hasard, pour des raisons qui lui étaient propres. Visait-il Titlow, ou Haveland? A moins que ses paroles n'aient eu aucune pertinence spécifique, et qu'il ne les ait prononcées que pour observer la réaction générale? Pour l'instant, le raisonnement ne permettait pas d'en savoir beaucoup plus.

Quand il en arriva aux échanges dans la salle commune, Appleby se trouva confronté à une complexité qui subitement le gêna. Il se leva et passa dans le salon de l'étudiant absent, une grande pièce assez miteuse, aux murs entièrement lambrissés et peints d'une teinte chocolat du pire effet. Il alluma la lampe de lecture et se mit à lentement arpenter la pièce de long en large.

Le fait le plus marquant avait été l'aveu public de Haveland : c'était lui le propriétaire des ossements. Pourquoi ne pas l'avoir révélé à Dodd plus tôt? A l'évidence, pour l'avouer dans le cadre particulier de la salle commune, entouré de tous ses collègues. Il avait voulu montrer à tous qu'il était conscient que les soupçons pourraient se porter sur lui. Il avait fait appel à Empson pour relater une anecdote qui lui était très préjudiciable et que, pensait-il, seul son collègue connaissait : une altercation avec Umpleby qui l'avait poussé à proférer un souhait pour le moins malveillant et à présent presque littéralement comblé : « Je me rappelle lui avoir rétorqué que j'aimerais le voir emmuré dans un de ces sinistres tombeaux. »

C'était là un terrible aveu, et Haveland devait savoir que bientôt Appleby aurait connaissance de nouveaux éléments qui le rendraient doublement terrible. L'universitaire avait naguère souffert de troubles mentaux, et on l'avait surpris dans une situation qui suggérait selon toute apparence une attraction morbide pour les symboles de la dissolution physique.

Haveland avait pris les devants et dit : « Vous êtes libre de croire que dans une crise mentale la nuit dernière j'ai tué le président et ensuite réalisé mon souhait de le voir allongé parmi des ossements. Ou vous pouvez soupçonner que quelqu'un au courant de ces faits a concocté un coup monté pour m'incriminer. »

Quelqu'un au courant de ces faits... « Empson savait que je détenais une collection d'ossements au collège. Je me demande si quelqu'un d'autre en était informé... ? » « Empson, vous voyez de quoi je veux parler. Je ne pense pas que les autres soient au courant... » « Qu'en pensez-vous... Empson ? » Haveland avait assez crûment désigné Empson. Et comment avait réagi celui-ci ? Le plus frappant, se dit Appleby, était qu'Empson, qui ne pouvait ignorer l'insinuation, n'avait pas répliqué en désignant à son tour Haveland mais avait détourné le tir : « Demandez plutôt à Titlow. » La phrase n'avait rien de spécial, mais ces mots anodins recelaient à l'évidence une signification différente. Autour de la tablée l'ambiance avait été électrique, et à présent Appleby s'efforçait de la recréer en esprit pour l'analyser et l'explorer sous un angle différent.

A première vue tout désignait Haveland. Or Haveland désignait Empson. Empson (comme Barocho ?) désignait Titlow. Et Titlow ? « J'imagine qu'ils ont été placés là pour vous compromettre, Haveland. Pownall, cela vous semble-t-il plausible ? » Ces paroles avaient-elles un sens caché ? Appleby était tenté de le penser. Mais parmi toutes ces déclarations pleines de non-dits, ne voyait-il pas maintenant un sous-entendu là où il n'y en avait pas ? En tout cas, Pownall à son tour avait lui aussi désigné quelqu'un, Haveland, ce qui refermait le cercle. « Je peux imaginer une explication à la fois plus simple et plus bizarre... » « Haveland, quel tour de fou jouez-vous ? » Appleby savait comment ces hommes, sur le plan de la dispute intellectuelle, pouvaient ainsi se renvoyer la balle, chacun essayant d'embarrasser l'autre. C'était une sorte de coutume commune à toutes les sociétés où l'esprit est la valeur suprême ; et, sans aucun doute, le même procédé était utilisé quand on en venait aux rumeurs et aux scandales. Mais quand il était question d'un meurtre... ?

Appleby estimait avoir récapitulé les faits saillants de la journée. Il passa aux données secondaires qui, comme il le savait d'expérience, étaient souvent les plus riches. La négligence d'un détail ou d'une question laissée en suspens ruinait souvent l'enquête la mieux menée.

La tache de cire. Slotwiner et les bougies. Les *Deipnosophistes* rangés à l'envers. Le coffre-fort. La toge de Barocho. Le doyen, jusqu'ici très réticent quant au possible scandale dans le collège, qui se mettait à décrire la vieille attaque de Haveland. Curtis qui s'évertuait à faire savoir à Appleby que Gott était Pentreith... Et il y avait aussi Campbell, l'alpiniste, et surtout l'homme qui avait escaladé la façade de la tour de St. Baldred. Il était marié et vivait hors de l'établissement. Il n'avait pas de clef. Mais c'était un ethnologue et il était donc lié au groupe d'Umpleby. Et bien qu'Appleby le vît mal gravir les murs de St. Anthony un piolet en main, cela ne suffisait pas. Même si cela brouillait un peu plus les pistes, il ne pouvait négliger celle-là.

Appleby se tira de ses cogitations et vit ce sur quoi il avait le regard fixé depuis déjà plusieurs minutes : une étagère chargée de quelques livres : *La Sélection de Stubbs*[1], *Poèmes d'aujourd'hui, La Saga des Forsyte, La Dernière Enquête de Trent...*

Il tourna les talons et traversa la pièce d'un pas impatient. Une bouilloire, une toge d'étudiant non boursier, une casquette de football défraîchie... Il s'agenouilla sur une banquette, ouvrit la fenêtre derrière elle et regarda au-dehors. Il faisait noir, l'air était humide et froid. Mais à l'intérieur aussi la température était basse, et Appleby n'avait aucune envie de dormir. Obéissant à une impulsion subite, il éteignit la lampe, sortit à l'aveuglette sur le palier et descendit sans bruit au rez-de-chaussée. Un rai de lumière filtrait sous une des portes, et il perçut un murmure de voix. Des étudiants excités qui veillaient tard et se fortifiaient en s'adonnant à des libations interdites au pauvre Gott en pleine ronde. Mais non : à cette heure, Gott devait être confortablement allongé dans son lit, dans ses appartements de Surrey Court. Alors qu'Appleby sortait du bâtiment lui parvint le son étouffé et solennel d'une cloche lointaine, puis celui plus faible encore d'autres sonneries. Une heure du matin.

L'escalier du doyen, où Appleby avait son appartement, se trouvait au coin de Bishop's Court, en diagonale par rapport aux salles communes. Sur la gauche, dans le passage voûté menant à Surrey

1. William Stubbs, professeur à Oxford (1825-1901), historien, est aussi l'auteur d'une sélection des chartes et édits d'Édouard Ier.

Court, une lampe brûlait encore, mais elle avait été baissée et sa lumière atteignait à peine la pelouse de l'autre côté de l'allée en gravier. C'était une nuit sans étoile, ténébreuse. On ne voyait presque rien sinon la ligne incertaine séparant deux sortes d'obscurités qui à l'aube se révéleraient être la pierre et le ciel. Et pourtant Appleby n'avait encore jamais éprouvé aussi nettement l'atmosphère des lieux que dans ce silence nocturne. Absorbé dans ses pensées, il se mit à faire les cent pas dans la cour.

2

A deux heures du matin, Appleby arpentait toujours la cour. Mais l'écho des cloches l'immobilisa de nouveau, et c'est à cet instant que lui vint la seconde impulsion de cette nuit. Derrière l'écran des bâtiments s'étendait Orchard Ground, et il avait une clef dans sa poche. C'était maintenant la seule, avec l'hypothétique dixième, qui ne fût pas en la possession de ses collègues. Le matin même toutes les autres avaient été prises à leurs détenteurs (un audacieux exercice d'autorité de la part de Dodd); un agent de police muni d'une d'entre elles avait monté la garde toute la journée. Et sa relève se trouvait présentement assis dans la loge du gardien en chef. Une fois admis dans Orchard Ground pour la nuit, Empson, Haveland, Pownall et Titlow devenaient donc virtuellement prisonniers de la police jusqu'au lendemain matin. Dans l'état actuel des choses (qui ne pourrait se prolonger très longtemps) personne ne pouvait entrer ou sortir du verger sans avoir recours au policier de service, ou à Appleby. L'idée soudain venue à l'inspecteur de se servir de sa clef était irrationnelle, car dans ces ténèbres impénétrables il ne pourrait pas faire grand-chose. Mais il ne jugeait pas toujours indispensable de résister à ce genre d'impulsion, et c'est pourquoi il se dirigea vers la plus proche des deux grilles, entre la chapelle et la bibliothèque. Changeant brusquement d'idée, il traversa la pelouse, longea la bibliothèque et le réfectoire pour rejoindre la grille ouest, entre le réfectoire et les appartements du président. C'était celle qu'il avait vue quand il avait accompagné les fellows dans la salle commune après le dîner, et par laquelle le policier de faction avait fait entrer les quatre hommes dont les chambres donnaient sur Orchard Ground.

Il contourna le dernier des gros arcs-boutants sud du réfectoire et ses pieds foulèrent du gravier : l'allée qui passait par les grilles et longeait les appartements du président avant de s'enfoncer dans le verger. Il avança d'un pas circonspect. Le réfectoire étant sur sa droite, sur sa gauche devaient se trouver les salles communes. Tout en cherchant la clef dans sa poche, il gardait les yeux fixés sur l'allée qui luisait très doucement devant lui. Dans l'obscurité, les distances sont malaisées à évaluer, aussi tendit-il la main pour éviter de se cogner dans les grilles, et il poursuivit sa progression. Et soudain il prit conscience sur sa droite d'une chose inexplicable : le réfectoire qu'il longeait avait disparu, remplacé par un espace vide. Au même moment, il aperçut la fourche que faisait l'allée devant lui. Il se trouvait dans Orchard Ground. *La grille était derrière lui.*

Un moment plus tôt et bien qu'il marchât avec prudence dans la nuit, Appleby n'était presque qu'une intelligence désincarnée, toute son attention intériorisée. A présent, il était devenu une machine très sensible, toute de potentialités physiques et de conscience sensorielle. Pendant peut-être trente secondes il demeura parfaitement immobile, à écouter. Puis il s'accroupit en silence et se courba jusqu'à poser l'oreille sur le sol. Pas un bruit plus proche que le grondement intermittent et lointain de la circulation nocturne, sur Schools Street.

Il se releva souplement et revint sur ses pas. L'angle nord du réfectoire se dressait à quelques pas et il progressa lentement, la main gauche touchant constamment le mur jusqu'à ce qu'elle entre en contact avec la grille. Un seul panneau était rabattu et il était passé par l'étroite ouverture sans s'en rendre compte. Il fit halte et réfléchit à ce qu'il convenait de faire maintenant. Laisser la grille sans surveillance serait inexcusable : une chance se présentait d'une découverte qui devrait être attendue jusqu'au matin si nécessaire. Bien sûr, il pouvait crier et réveiller quelqu'un. Il pouvait même, en quelques pas, arriver face au passage voûté donnant sur Surrey Court et, en allumant sa torche qu'il braquerait vers la loge du gardien, alerter le policier. Mais ces deux possibilités risquaient d'apeurer l'intrus qui sinon tomberait droit dans le piège. Appleby se plaqua contre le mur et décida d'attendre. Il était prêt à patienter jusqu'au lever du soleil.

Son dos s'appuyait contre le mur du réfectoire, sa main droite était posée sur le fer forgé froid du battant ouvert de la grille. Il la promena de haut en bas, et toucha la serrure. Son corps se raidit. La clef, la dixième clef se trouvait dedans !

Il entreprit d'explorer la grille aussi complètement que l'obscurité le lui permettait. Le battant était suspendu à son axe de telle manière que de son propre poids il se refermait naturellement, sauf si on le bloquait en position ouverte en l'arrimant au crochet fixé dans le mur, ce qui était le cas. Appleby tira de sa poche un fin objet dont il se servit pour désengager la clef de la serrure sans y toucher avec ses doigts. Il fit glisser la clef dans son calepin. Puis il ôta le crochet et passa du côté de Bishop's Court. Le battant se referma derrière lui avec un très léger grincement. A présent, la police était en possession de toutes les clefs.

Appleby se mit à courir sans bruit sur la pelouse, passa rapidement sous la voûte de communication et arriva à la loge du gardien. Un instant plus tard, le policier de garde le suivait et ils retournèrent devant la grille. Moins d'une minute s'était écoulée depuis que l'inspecteur l'avait quittée. Il l'ouvrit et murmura :

— Quelqu'un va peut-être venir, d'une direction ou de l'autre. Appréhendez-le, et attendez mon retour.

Ensuite il disparut de nouveau dans les ténèbres d'Orchard Ground.

Il se dirigea tout d'abord vers la grille est, entre la bibliothèque et la chapelle. Une course silencieuse sur la pelouse l'y mena rapidement. Elle était fermée à clef. Il repartit alors le long de l'allée à peine visible qui se déroulait vers Schools Street et le portillon reliant St. Anthony au monde extérieur. Au bout d'un certain temps il perdit son chemin et se retrouva à errer entre les pommiers. Mais il préféra ne pas faire usage de sa lampe-torche et après quelques minutes il toucha ce qu'il savait être le mur fermant le côté est du verger, qu'il put longer sans bruit car l'herbe arrivait jusque-là. Bientôt il atteignit le portillon. Lui aussi était correctement verrouillé.

Il se retourna et repartit entre les arbres en essayant de se remémorer le dessin des allées tel qu'il l'avait vu sur le plan dressé par Dodd. Mais il n'y parvint pas et dut procéder par simple logique. Deux chemins successifs bifurquaient vers la droite ; il resta sur la gauche jusqu'à ce qu'il arrive à une intersection. Il devinait où il se trouvait : à sa droite s'élevait la Maison des jeunes fellows, à sa gauche se trouvait la grille ouest où veillait le policier, et devant lui les portes-fenêtres des appartements du président. Appleby prit cette direction. Et très vite il comprit que quelque chose n'allait pas.

Il le savait, les portes-fenêtres avaient été fermées de l'intérieur, en haut, en bas, et verrouillées en leur milieu. Mais à présent un des battants béait, tout comme la grille ouest. A l'intérieur régnait l'obscurité. Appleby tendit l'oreille un moment, puis se glissa dans la pièce. Les rideaux n'étaient tirés qu'en partie. Aussi silencieusement qu'il lui était possible, il les referma derrière lui et alluma sa torche électrique.

Le cadavre avait été enlevé durant la soirée. Mais les ossements étaient toujours là, ainsi que les têtes de mort gribouillées sur les lambris au-dessus de la cheminée. Il alla jusqu'à la porte. Fermée, et il ne doutait pas que les scellés appliqués par Dodd de l'autre côté fussent intacts. On avait simplement forcé une porte-fenêtre pour pénétrer dans la pièce et y faire quelque chose de bien précis. Appleby actionna l'éclairage mural et marcha jusqu'au bout du bureau avec la prémonition de ce qu'il allait découvrir. Dans le recoin derrière les *Deipnoso-*

phistes, le faux panneau de bibliothèque était ouvert, ainsi que le coffre-fort. Quelques documents étaient éparpillés à l'intérieur. A l'évidence, on était venu subtiliser une partie du contenu.

A cet instant, un éventuel observateur aurait noté la pâleur du visage d'Appleby. Quelque chose lui avait échappé, peut-être quelque chose de crucial. Il aurait dû insister auprès de Dodd pour que la surveillance des lieux ne se limite pas à un policier en faction dans la loge du gardien. Et faire venir de Londres une équipe de serruriers pour travailler à ouvrir le coffre-fort dès sa découverte...

Il entreprit une inspection en règle des lieux. Pour autant qu'il pût en juger, rien n'avait été déplacé. On n'avait pas essayé de crocheter le bureau, et le coffre n'avait pas été forcé. Quelle que fût la personne qui s'était introduite ici, elle savait très bien ce qu'elle cherchait, où le trouver et comment y avoir accès. La combinaison numérique du coffre, dont l'existence était paraît-il inconnue du reste du collège, n'avait posé aucun problème au visiteur nocturne. Mais qui était-il ? Appleby réfléchit aux probabilités. Un des quatre hommes dormant dans la Maison des jeunes fellows toute proche pouvait aisément être entré ici. Il se glissa derrière les rideaux et examina de nouveau la porte-fenêtre. Ce qui s'était passé était clair. Le cambrioleur avait fait trois cercles avec une pointe-diamant et avait appliqué à chaque rond de verre ainsi délimité un morceau de toile de sac enduit d'une substance collante ; puis il avait frappé sans bruit les parties concernées, avait ôté les découpes et pu atteindre les serrures. C'était une méthode plus usitée dans les romans que dans la réalité, et il était presque étonnant qu'elle ait aussi bien fonctionné.

Tout le panneau vitré aurait dû se briser, avec un fracas en rapport, alors que les dommages s'étaient en réalité limités aux cercles de verre et le bruit avait été minime, insuffisant pour être perçu par la domesticité du président ou par les locataires de la Maison des jeunes fellows.

Si l'auteur de cette effraction était un de ces derniers, que signifiait l'ouverture de la grille ouest ? La clef s'était trouvée enfoncée dans la serrure du côté d'Orchard Ground. En admettant que le cambriolage et la grille déverrouillée aient un rapport, et qu'un de ces quatre hommes — Empson, Haveland, Pownall, Titlow — soit impliqué, il était passé par la grille pour gagner une des autres cours *et s'y trouvait toujours*. Ou bien quelqu'un d'étranger à St. Anthony s'était introduit dans l'enceinte de l'établissement par le portillon à l'aide de la dixième clef, avait perpétré son forfait et était reparti par l'autre côté du collège.

Mais tous ces éléments pouvaient ne constituer qu'une fausse piste délibérée. Pourquoi avoir laissé la clef dans la serrure de la grille ? Pour donner un indice mensonger ? Et si le cambriolage avait été commis non à partir d'Orchard Ground mais de Bishop's Court ? Le coupable pouvait fort bien avoir glissé la clef du côté du verger pour suggérer le contraire. En suivant cette hypothèse, qu'en découlait-il logiquement ? Que quelqu'un était passé d'Orchard Ground (et peut-être de Schools Street) dans les cours principales du collège et avait alors (puisqu'il ne pouvait évidemment pas être découvert là) rebroussé chemin en laissant la grille ouverte et la clef dans la serrure. Mais cette mise en scène ne tenait pas assez bien la route. Non, il était presque certain que quelqu'un était passé du verger dans Bishop's Court, et qu'il s'y trouvait encore, très probablement. En ce cas, la grille avait été laissée ouverte pour éviter qu'elle ne grince au retour en s'ouvrant et en se refermant. L'inconnu pouvait avoir oublié la clef durant la manœuvre. Mais s'il était revenu dans Orchard Ground il n'aurait pas manqué de tout faire pour effacer ses traces, et donc aurait couru le risque somme toute assez raisonnable de refermer la grille derrière lui, puis de récupérer la clef.

Si telle était bien la situation réelle, si le cambrioleur était toujours quelque part dans un des bâtiments et devait encore sortir par une des grilles, il était virtuellement tombé entre les mains d'Appleby. Laisser la grille ouverte alors que la police était susceptible d'effectuer une ronde constituait une grossière erreur de calcul ; abandonner la clef dans la serrure était une plus grande négligence encore. Ces deux actions indiquaient un esprit que jusqu'ici Appleby n'avait pas associé avec le meurtrier d'Umpleby. Si c'était bien l'assassin qui opérait maintenant dans St. Anthony, toute l'affaire serait peut-être éclaircie dans la demi-heure. Cette pensée avait quelque chose de déconcertant.

Appleby se fondit dans la nuit en direction de la grille ouest, et soudain il se retrouva face au canon luisant d'un revolver. Ce n'était pas une arme que le policier trapu devait manier très souvent, et Appleby fut soulagé quand il eut décliné son identité. Au moins l'homme se montrait vigilant, et Appleby lui donna pour instruction de continuer sa surveillance et de s'assurer de toute personne qu'il verrait. Puis l'inspecteur décida d'aller explorer la Maison des jeunes fellows. En restant caché, il subsistait une possibilité de capturer le cambrioleur avec son butin. Une alarme et une fouille générale pouvaient certes révéler la présence de quelqu'un qui serait dans l'incapacité de se justifier, mais cette personne se serait sans doute débarrassée de toute preuve compromettante. D'un autre côté, une fouille de la Maison des jeunes fellows pouvait dévoiler l'absence d'un de ses quatre occupants ; et cela constituerait une preuve en soi si la capture espérée à la grille ouest devait échouer.

Appleby allait faire demi-tour dans le verger quand il prit conscience que durant cette traque nocturne il s'était considérablement refroidi. Et devant lui, après la fouille de la Maison des jeunes fellows, l'attendait une longue veille en compagnie de son collègue. De l'autre côté de la pelouse, au pied de l'escalier du doyen, il avait laissé son manteau, et puisqu'il pouvait rejoindre ce point sans passer dans le halo lumineux baignant la voûte de communication avec Surrey Court, il estima que s'y rendre ne risquait pas de donner l'alerte à sa proie.

Après avoir glissé un mot de son projet au policier, il s'éloigna. Un moment plus tard il contournait l'angle du réfectoire et se dirigeait sans hésitation vers l'escalier. Il repassa sur l'allée de gravier et se glissa dans le bâtiment. Il tâtonna vers l'endroit où était pendu son manteau. Sa main en touchait l'étoffe quand il sentit un mouvement dans l'obscurité, derrière lui. Avant qu'il ait eu le temps de se retourner, un coup violent l'atteignit au crâne. Il s'écroula comme une masse sur le sol.

CHAPITRE VI

1

Un peu moins d'une demi-heure plus tard, Appleby reprenait connaissance. Il avait le crâne douloureux et souffrait d'une vague nausée. Mais il ne s'en rendit vraiment compte qu'une fois son esprit suffisamment clair pour réfléchir. Sa première pensée fut qu'en aucun cas il n'avait été la victime d'une tentative de meurtre : il avait été proprement assommé, et sans pitié. La raison de cette agression était simple à comprendre. On avait fouillé ses poches et sa clef ne s'y trouvait plus. En revanche celle qu'il avait découverte dans la serrure de la grille était restée dans son calepin, avec peut-être des empreintes digitales. Son assaillant s'était contenté de récupérer *une clef*, sans réfléchir plus avant. Et pour la deuxième fois cette nuit, Appleby y vit un signe que l'esprit au travail n'était pas d'une totale efficacité.

L'inconnu s'était contenté d'une clef, dans un but qui ne faisait guère de doute. La grille ouest était gardée, pas celle de l'est. Tant que toutes les clefs s'étaient trouvées entre les mains de la police, il était inutile de garder les deux passages puisque quiconque rôdait dans la nuit ne pouvait ressortir que par l'issue surveillée par l'agent. Mais à présent l'agresseur d'Appleby était libre. Il lui suffisait de se hâter de longer Bishop's Court côté est, de prendre le passage entre la chapelle et la bibliothèque, loin des yeux et des oreilles du policier en faction de l'autre côté, et d'entrer dans Orchard Ground sans risque. Ensuite, s'il s'agissait d'Empson, de Titlow, de Haveland ou de Pownall, il avait tout loisir de regagner tranquillement son lit. Et, si c'était un étranger à l'établissement, de sortir par le portillon dans Schools Street pour disparaître.

Appleby se remit debout avec effort. Le mouvement fit couler un filet de sang de la blessure à son cuir chevelu, et alors qu'il était penché en avant une goutte tomba dans son œil. Avec une pointe de mauvaise humeur, il sortit son mouchoir et improvisa un bandage, puis il emmitoufla son corps frissonnant dans le manteau qui avait causé son échec. Car c'était bien un échec, et un échec cuisant. En deux occasions cette nuit il avait été joué : tout d'abord en laissant se perpétrer le cambriolage dans les appartements du président, et maintenant dans ce duel plus personnel. Pour la seconde fois il éprouva la mortification de vains regrets. Si seulement il s'était rendu dans la Maison des jeunes fellows sans se soucier de son confort personnel, que n'aurait-il pas appris à présent ! Une occasion qui ne se représenterait sans doute pas. Rassemblant ses forces pour repousser le vertige et la nausée qui menaçaient toujours, il sortit dans la cour. S'il avait fait froid dans le petit vestibule dallé de pierre, à l'extérieur la température était plus basse encore. Revigoré, Appleby traversa la pelouse d'un pas assez ferme.

Le policier avait fait ce qui convenait : pendant toute l'absence de l'inspecteur, il était resté à son poste. Mais à mesure que le temps passait ses craintes avaient augmenté et à présent il était impatient qu'on lui dise qu'il n'avait commis aucune erreur de jugement. Appleby l'en assura et l'envoya monter une garde moins désagréable dans le bureau du président. Surveiller plus longtemps la grille ne servirait à rien : l'oiseau s'était envolé... Appleby revint une fois encore dans Orchard Ground. Il consulta le cadran lumineux de sa montre : il était quatre heures moins le quart et les ténèbres étaient impénétrables.

Il doutait fort que cette dernière reconnaissance lui dévoile un nouvel élément. Mais cela valait mieux que retourner dans sa chambre pour réfléchir, alors que son cerveau n'était pas au maximum de ses capacités. Et s'il rentrait dans son appartement, il se mettrait à réfléchir, car il se savait incapable de trouver le sommeil juste après une pareille défaite. Aussi contourna-t-il l'angle des appartements du président. A quelques pas devant lui se dressait la masse sombre de la Maison des jeunes fellows. Il avait l'intention de se livrer lui aussi à un peu de cambriolage. Si l'un des quatre occupants était son assaillant, il pourrait découvrir une petite indication du fait. Et s'il était surpris à fouiller dans les pièces de l'un des hôtes de St. Anthony à quatre heures du matin, l'effet produit ne serait peut-être pas inintéressant. La simple conscience que la police ne reculait devant rien pour suivre une piste se révélait souvent d'une surprenante productivité dans une enquête.

Aucune lumière n'était visible dans la bâtisse quand Appleby pénétra dans l'entrée dallée. Le bâtiment était moderne, mais construit selon un plan classique. De chaque côté d'Appleby s'ouvrait une porte massive ; à gauche celle de l'appartement de Pownall, à droite celle de Haveland. Toutes deux étaient entrebâillées et le pinceau lumineux de la torche électrique éclaira le vestibule au-delà. Une unique porte donnait sur l'appartement : d'abord le salon, et la chambre en enfilade. Face à Appleby et contre le mur à main droite, un escalier montait dans l'obscurité pour desservir un palier identique à l'étage, où se trouvaient les appartements d'Empson et de Titlow. Face à l'inspecteur mais sur la gauche, un court passage menait à une volée de marches descendant au sous-sol, sans doute une petite pièce de service. Il y avait peu à explorer là, toutefois Appleby se livra à un examen minutieux du dallage de l'entrée, puis du plancher des deux vestibules privés. A l'extérieur régnait une légère humidité et il ne voulait pas rater la chance de découvrir une trace de pas qui aurait trahi quiconque s'était absenté durant la nuit.

Mais il ne trouva rien et se dirigea vers l'escalier. Avant de gravir chaque marche en bois, il l'inspectait avec soin. A mi-hauteur, il arriva sur un étroit palier avec un coffre à charbon dans un placard, puis une autre volée de marches le mena à l'étage. Toujours rien. Il commençait à penser que ce manque de traces constituait une preuve *a contrario*, car les semelles de ses propres chaussures avaient laissé des marques très visibles dans le vestibule et l'escalier. Si quelqu'un était rentré durant les deux dernières heures, il était probable que des traces de son passage subsisteraient. Mais c'était une hypothèse sujette à caution. Appleby avait en effet beaucoup marché dans l'herbe ; si son agresseur était resté sur les allées de gravier, ses chaussures avaient pu demeurer relativement sèches. Et il n'était pas impossible que l'assommeur les ait retirées avant de franchir le seuil du bâtiment, pour peu qu'il fût précautionneux.

L'inspecteur décida de s'assurer que les occupants habituels des lieux s'y trouvaient bien. Il ouvrit doucement la porte du salon d'Empson et se glissa dans la pièce. Le pinceau de sa lampe-torche balaya une belle pièce aux murs couverts de rayonnages de livres, avec des tapis de prix sur un parquet ciré, de profonds fauteuils en cuir et, près de l'entrée, un buste en bronze sur son piédestal. Poussé par une curiosité artistique qui lui était naturelle, Appleby illumina la statue. La tête était à l'évidence celle d'un savant, comme le confirmait la plaque apposée sur le socle : *Charcot*. Le maître d'Empson, peut-être. Et celui de Freud.

Puis il éclaira les livres. L'ensemble était assez sévère, presque sans ouvrages de délassement, romans ou traités sur des passe-temps... Les œuvres de la philosophie ancienne étaient rangées ensemble, de même que celles des philosophes modernes. *La Bibliothèque internationale de psychologie, philosophie et méthode scientifique...* tous les titres étaient du même sérieux. Puis des volumes de psychologie académique — ce qui ressemblait à une collection de tout premier ordre —, un rayonnage consacré à la psychologie médicale — beaucoup d'ouvrages, là aussi —, un autre dévolu à la médecine générale ; un à la psychologie criminologique... et un à la criminologie pure. C'était tout. Il était temps de passer à la chambre.

Marchant sur un tapis puis un autre pour éviter tout bruit, il approcha de la porte de communication, retint son souffle et perçut le son d'une respiration régulière dans l'autre pièce. Il tourna le bouton et ouvrit le battant d'une cinquantaine de centimètres, assez pour voir le lit. Puis il braqua le faisceau de la torche électrique derrière lui, vers le plafond, de façon que la lumière soit juste suffisante pour dévoiler assez clairement Empson. Celui-ci dormait à poings fermés, et dans son sommeil il semblait à la fois las et délicat. Les lignes autour de sa bouche suggéraient la souffrance, de même que la peau trop pâle tendue sur les pommettes et la mâchoire. Appleby se souvint qu'Empson parlait avec une hésitation à peine perceptible, qu'il claudiquait et se déplaçait avec une canne que l'inspecteur repéra d'ailleurs près du lit. Ces deux handicaps pouvaient être symptomatiques d'une fragilité congénitale, et l'esprit sec et acide de l'homme formait peut-être la carapace de protection d'un individu qui souffrait et était atteint d'une sensibilité morbide, pourquoi pas. Les pensées d'Appleby revinrent aux livres sur les étagères derrière lui. Le moteur principal d'une personnalité telle que celle d'Empson pouvait être décrit comme le désir incessant de puissance de quelqu'un qui se sent diminué par certaines particularités physiques. Silencieusement il referma la porte sur le visage fatigué, presque amer. Il ressentait une pointe de culpabilité très peu professionnelle à pratiquer cette forme d'espionnage : un homme apparaît tellement impuissant dans son sommeil, tellement exposé... Appleby ressortit sur le palier et pénétra chez Titlow.

Cette fois, il ne s'arrêta pas pour examiner le salon, car il voulait retourner au rez-de-chaussée au plus tôt. Il rejoignit la porte de la chambre sur la pointe des pieds et marqua une pause pour écouter. Pas un son, et l'inspecteur jouissait d'une ouïe très aiguisée. Soit Titlow était un dormeur particulièrement silencieux, soit... Appleby ouvrit la porte. La chambre était déserte. La literie était dérangée, l'habit de soirée de Titlow posé sur une chaise, mais le fellow lui-même brillait par son absence.

Par les fenêtres donnant sur l'est aucune lueur n'était encore visible, et Appleby garda sa torche électrique allumée pour redescendre. En attendant Titlow, il allait jeter un coup d'œil aux deux appartements du rez-de-chaussée. Il avait maintenant complètement récupéré du choc reçu ; si le sommeil était révélateur, il voulait encore en profiter. Il posait la main sur le bouton de la porte de Pownall quand il se figea. Sous le battant passait un fin rai de lumière.

Sa première pensée fut qu'il pouvait s'agir de Titlow venu voir Pownall pour une raison ou une autre quand l'inspecteur se trouvait dans l'appartement d'Empson. Il n'entendit aucun murmure de voix, seulement les sons ténus de mouvements physiques. Pownall était-il toujours au lit, et endormi, inconscient qu'il avait de la visite ? Sans enthousiasme, Appleby se pencha en avant et colla un œil au trou de la serrure. Pour un espion de circonstance, rien n'est plus exaspérant que la vision à travers une ouverture aussi réduite, car elle lui donne l'aperçu d'une bande du sol, du mur et même du plafond, en lui cachant les côtés. Plus la porte est épaisse et plus le champ de vision est étréci. Or les portes de collège sont habituellement solides. Appleby put tout juste discerner un mouvement, rien de plus. Et subitement il lui vint à l'esprit que les fenêtres offriraient sans doute une meilleure solution pour satisfaire sa curiosité. Il ressortit donc dans le verger et fut récompensé de sa bonne idée. Les rideaux étaient tirés, mais imparfaitement pour l'un d'eux, et en se hissant sur la pointe des pieds dans un massif de fleurs Appleby fut en mesure de regarder à l'intérieur de l'appartement de Pownall.

Une forme large et sombre se déplaçait près du sol, et il lui fallut un moment pour isoler cette masse du décor et lui donner une identité. Il avait devant lui une paire de fesses humaines, la courbe d'un dos et les semelles de deux chaussures. Un individu en habit de soirée était accroupi et avançait lentement sur le tapis. Il ne pouvait s'agir de Titlow, à moins qu'il n'ait changé de vêtement entre-temps, ce qui ne se justifiait guère. Mais à ce moment l'inconnu se retourna et se remit debout. C'était Pownall en personne.

Aussi inadéquat que fût son poste de guet, Appleby fut surpris par l'expression de concentration qu'il lut sur le visage de l'homme. Pownall était un individu assez gauche, avec les yeux les plus bleus et les plus lents qu'Appleby ait jamais vus. A présent, ce regard était froid, et les sourcils étaient froncés par l'effort. Appleby ne courait pas grand risque d'être découvert, car Pownall continuait d'examiner le sol. Il s'écarta un moment du champ de vision de l'inspecteur, puis réapparut avec à la main un petit objet, et se remit à croupetons. Il scrutait son tapis centimètre carré par centimètre carré.

Appleby était tellement fasciné par ce spectacle qu'il sursauta quand une voix aimable murmura derrière lui :

— Ah, mon cher inspecteur, vous commencez à travailler bien tôt — ou vous finissez bien tard !

Appleby fit volte-face en allumant sa torche électrique. Un Titlow en pyjama sous une robe de chambre en soie effilochée mais encore magnifique l'observait par-dessus son nez faible de son regard lumineux mais impénétrable. Il avait prononcé son « mon cher inspecteur » avec un soupçon d'ironie, mais c'est d'un ton inquiet qu'il ajouta :

— Dieu du Ciel, n'êtes-vous pas blessé ?

Harassé, livide, avec un bandage rougi autour du crâne et du sang séché maculant son visage, Appleby devait en effet offrir un bien pauvre spectacle à la lueur filtrant de la fenêtre. D'un ton un peu sec, il admit avoir eu une petite mésaventure.

— Si vous avez terminé vos observations, dit Titlow toujours préoccupé, pourquoi ne pas m'accompagner à l'étage, chez moi ? Je viens juste d'aller chercher du café dans l'office au sous-sol — je souffre parfois d'insomnie. Mais vous, si je puis me permettre, vous avez besoin de quelque chose d'un peu plus corsé. Et après cela, je doute que vous puissiez mieux faire que de vous mettre au lit... Allons, venez.

Derrière toute la bienveillance affichée avec sérénité, Appleby détectait cette même excitation nerveuse, cette même irritabilité mêlée d'impulsivité qu'il avait déjà sentie chez Titlow. Ce dernier, s'il n'avait pas la spontanéité véhémente d'Empson ou de Haveland, par exemple, semblait être un homme plus compliqué. Il y avait chez lui différentes strates qui paraissaient trop mal liées entre elles pour assurer une parfaite cohérence à cette personnalité. Mais pour l'instant il arborait un sourire affable et paraissait seulement un peu amusé d'avoir découvert un inspecteur dans une situation aussi absurde. En vérité, Appleby n'était pas très à son aise. Néanmoins, il était soulagé que Titlow ne l'ait pas surpris deux minutes plus tôt, à l'intérieur. Sur l'échelle du ridicule, il valait mieux espionner par une fenêtre plutôt que par le trou d'une serrure. Il étouffa un soupir et se reprit.

— Je serai ravi d'accepter votre invitation. Si vous voulez bien m'excuser un instant...

Il rentra dans le vestibule de la Maison des jeunes fellows et pénétra directement chez Haveland. Il alla sans s'arrêter jusqu'à la chambre dont il ouvrit la porte. L'homme était indubitablement endormi. Appleby ressortit aussitôt, et suivit à l'étage Titlow, qui maintenant souriait de toutes ses dents.

2

Le whisky était excellent, du moins ce fut l'appréciation d'Appleby qui aurait avalé avec délices le pire tord-boyaux à quatre heures et demie par un matin mélancolique de novembre. Confortablement installé devant un gros radiateur électrique, il sirotait son alcool et grignotait des biscuits proposés dans une grande boîte ornée de la trompeuse mention « Tablettes en argile diverses : Lagash et Uruk », et regardait autour de lui avec intérêt. A l'insu de Titlow, il avait déjà eu un aperçu de la pièce ; à présent il se concentrait sur les détails. Un salon est toujours révélateur de la personnalité de son occupant, surtout quand il comprend une belle bibliothèque. Comme chez Deighton-Clerk mais à l'inverse des appartements d'Umpleby et d'Empson, les rayonnages arrivaient à hauteur de taille. Les livres encombraient les larges étagères sur deux épaisseurs, disposition encore compliquée par le rangement totalement hasardeux des volumes. Disposée sans soin, une collection de poteries anciennes occupait le haut des étagères — formes subtiles, libres et coulantes ; formes anguleuses, abstraites et austères ; éclats brillants, craquelures délicates ; textures qui flattaient le sens du toucher par le sens de la vue. Plus haut sur le mur était accroché un immense plan de quelque site archéologique. Les progrès annuels des fouilles y étaient indiqués par des annotations aux craies colorées. Juste à côté et punaisées là plus pour l'étude que pour la décoration, une série de vues aériennes agrandies du même endroit, surchargées de maintes lignes et croix tracées avec précision au blanc de zinc. Puis venait une véritable collection de photographies et de gravures en couleurs couvrant un vaste champ artistique — ou plutôt tout le domaine des cultures préhistorique, barbare et préhellénique, qui est toujours « archéologie » pour la plupart mais est devenu « art » pour certains. Toutes les formes de vie naturelle y étaient représentées, avec une insistance nette pour la forme humaine, stylisée et tordue pour donner une impression de permanence, de rigidité, d'abstraction : l'expression des peuples qui redoutaient les mystères de l'existence. Et juste au-dessus, en une juxtaposition étudiée, se trouvaient des exemples d'un art qui méprisait la vie : celui du Moyen Age. Les pièces étaient soigneusement sélectionnées, et dominées par une *Danse macabre* allemande. Isolée sur le mur d'en face, en un contraste violent né de toute la chaleur et l'éclat physique de la Renaissance, s'étalait une reproduction en couleurs de la *Vénus endormie* de Giorgione.

En fait, Titlow exposait dans cette pièce une incohérence intérieure flagrante, se dit Appleby. Et en addition à cette disharmonie voulue, le locataire avait mis quelques notes d'ornement de l'effet le plus bizarre : un chien empaillé, qui curieusement rappelait la reine Victoria — elle ne se serait certainement pas sentie à l'aise ici —, un canon miniature, et une chaise taillée dans une pierre poreuse. Mais Appleby s'attarda surtout sur la *Danse macabre* et la *Vénus endormie*. Il but son whisky à petites gorgées, puis il déclara, du même ton ironique qu'avait adopté Titlow un peu plus tôt :

— « Quelle vérité que ces montagnes bornent, qui est mensonge au monde qui se tient au-delà ? »

La citation fut suivie d'un moment de silence, pendant lequel le regard méditatif de Titlow se fixa sur ce policier qui connaissait Montaigne. Puis il sourit avec beaucoup de charme.

— Vous pensez que j'étale mon cœur sur les murs ? demanda-t-il. Projeter ses conflits intérieurs, les accrocher sous des formes picturales simples, c'est avoir la capacité de prendre du recul pour se contempler. Vous me comprenez ?

— L'impulsion de l'artiste, commenta Appleby.

Mais Titlow secoua la tête négativement.

— Je ne suis pas un artiste, je ne crois pas. Je suis archéologue, et il se pourrait que ce ne soit pas la carrière la plus saine — pour moi. Non, il n'est pas très sain d'être quelque chose qu'on n'est devenu qu'avec une partie de sa personnalité. Et il s'agit d'une très petite part de ma personnalité qui m'a fait ce que je suis. De nature, je suis un homme imaginatif, peut-être même créatif. Mais de nos jours il est difficile d'être un artiste. On est souvent forcé de se tourner vers autre chose. Et si c'est une occupation surtout intellectuelle, de sorte que les autres pulsions ne peuvent s'exprimer, alors on risque de verser dans... l'insolite. Les pulsions irrationnelles vous tenaillent, attendent une chance de s'exprimer... Vous ne croyez pas, Mr. Appleby ?

La question tombait curieusement, tout comme était curieux l'individu qui semblait parler sous le coup d'une impulsion étrange à un étranger — et qui plus est un inspecteur de police en pleine enquête. Appleby répondit un peu au hasard :

— Vous pensez qu'un artiste contrarié est... instable ?

Mais la remarque lança Titlow dans d'autres considérations.

— Artistes ou universitaires, nous sommes tous instables ici en ce moment. C'est l'état d'esprit de l'époque qui veut cela, le flux qui grossit, le chaos qui s'annonce, la fin de notre ère qui approche un peu plus à chaque heure écoulée ! Peut-être faut-il vivre par l'imagination dans des civilisations aussi anciennes et stables que celles de l'Égypte et de Babylone pour le comprendre ? Mais c'est aux universitaires, aux hommes de réflexion, de méditation intellectuelle, que le premier souffle de la tempête est sensible...

Tout en arpentant la pièce d'un pas nerveux, Titlow se mit alors à soliloquer sur les rythmes de l'Histoire... la grandeur et la décadence des civilisations... *das Untergang des Abendlands*, le Déclin de l'Occident... Il parlait bien, selon une rhétorique très libre, à la fois logique et pleine d'ellipses abruptes. Appleby l'écoutait en silence. Titlow discourait ainsi à cause de la façon dont Umpleby était mort.

— Vous savez d'où nous venons, ici. Je veux

dire de quelle filiation nous découlons. Nous sommes des clercs, des clercs médiévaux menant cette vie intellectuelle, saine et naturelle pour des hommes qui servent un idéal transcendantal. Mais le servons-nous encore de nos jours ? Et sinon, toute cette réflexion, ces études, ces analyses, ces débats ne deviennent-ils pas une épreuve par l'effet d'une action contrariée, refoulée ? L'utilisation continuelle de l'énergie physiologique naturelle concentrée dans l'étroitesse de l'intellectualisation, ne trouvez-vous pas cela pernicieux ? Ne pensez-vous pas que nous pourrions devenir une caste dangereuse, une fois que nos buts et nos critères auront disparu ? Ne le croyez-vous pas ?

Titlow s'interrompit. Il s'était juché dans une posture bizarre sur son étrange petit canon. Quelle pulsion commandait cette tirade singulière qui en substance n'évitait certes pas les lieux communs contemporains mais qui, dans la situation présente de cet homme, ne manquait décidément pas de surprendre ? Appleby se souvint des paroles de Deighton-Clerk. Le doyen avait semblé parler pour se convaincre lui-même. D'une certaine façon, Titlow ne faisait-il pas de même ? De nouveau, il concluait sur une question, et de nouveau Appleby l'éluda.

— Il est certain que ce sont les érudits et les intellectuels qui sentent les premiers le vent de la tempête prochaine. Mais ne sont-ils pas ceux qui survivent, parce qu'ils se sont retranchés du monde, justement ? Ne sont-ils pas ceux qui assurent la pérennité de l'humanité ?

Tout en parlant ainsi, Appleby se demandait ce que Dodd penserait d'une telle technique d'investigation. Mais il scrutait du regard Titlow comme si la question était en relation directe avec la mort du président. Et il vit dans les yeux de son interlocuteur une tension proche de l'anxiété quand il lui répondit :

— Ce devrait être comme vous le dites, Mr. Appleby. Et en fait, ça l'est, fondamentalement.

Un court silence suivit. On eût dit que Titlow calculait le prochain pas, qu'il tâtait le terrain où il se réfugierait s'il devait abandonner une position pourtant présumée sûre.

— Oui, c'est ainsi, vraiment, répéta-t-il.

— Mais vous pensez qu'une société telle que celle-ci, dans une époque que vous jugez en pleine désintégration, est instable, changeante ?

Titlow eut un geste saccadé. Quand il répondit, ce fut sur un ton impersonnel qui révélait pleinement son habitude d'intellectuel de rechercher l'objectivité, la vérité dépassionnée. Momentanément au moins, il avait réussi à contrôler la tension qui l'habitait.

— Changeante, oui. Mais j'ai beaucoup exagéré. Il n'y a pas de déséquilibre fondamental. Ce qu'il y a, c'est de l'énervement. Et une excentricité individuelle, peut-être de l'irresponsabilité jusqu'à un certain degré. Oui, je sais par expérience que notre monde universitaire est par essence irresponsable. Mais atteint d'une instabilité fondamentale, non. Sauf, peut-être... chez les gens comme moi, ajouta Titlow d'une voix douce mais ferme.

— Vous n'iriez pas jusqu'à dire, en considérant la chose sans passion, que l'esprit de cette époque, et le reste, peuvent inciter un de vos collègues à commettre un meurtre ?

S'il y avait un sarcasme voilé dans la question d'Appleby, Titlow ne le perçut pas. Il s'était campé devant la cheminée et réfléchissait.

— Non, lâcha-t-il après un temps.

— Vous ne voyez aucun de vos collègues, ayant tous ses esprits, qui serait susceptible de tuer, même si c'est très improbable ?

— Je ne penserais pas à une chose pareille, non. Pas spontanément.

— Seulement avec des preuves ?

Assis là, à goûter les biscuits et le whisky de Titlow, Appleby avait la très nette impression qu'il ne pouvait être plus direct.

Et la réponse de Titlow tomba, énigmatique :

— Qu'est-ce donc, une preuve ?

3

Appleby se leva. Il y aurait assurément d'autres discussions du même ordre demain, ou plutôt un peu plus tard dans cette journée déjà bien entamée. En attendant, il jugeait plus prudent de se retirer de cette situation quelque peu inconfortable. Mais Titlow avait encore quelque chose à dire. La nervosité qui plus tôt s'était exprimée dans ses propos avant qu'il ne la maîtrise, cette agitation avait repris le dessus et le possédait à nouveau. Il avait traversé la pièce, et maintenant se retournait vers son invité dans un mouvement d'une étonnante vivacité. Pendant un moment pourtant il parut chercher à gagner du temps en abordant un sujet mineur.

— Qui aurait pu dire, Mr. Appleby, que c'est *vous* qui seriez envoyé à St. Anthony ? Aucun d'entre nous n'aurait pu croire qu'il existait une telle personne — hors les inepties de Gott... Dites-moi, quand êtes-vous venu ici auparavant ?

Appleby répondit à cette question inattendue sans entrain, mais avec franchise :

— Il y a huit ans.

— Bien sûr ! C'est évident ! Une tête bien remplie, qui a bénéficié du bon entraînement. Mais en parlant de conduite changeante... Qu'en est-il des changements dans les conditions sociales ? De notre point de vue, vous savez, vous êtes vous-même l'élément le plus singulier de toute cette affaire.

— Vous voulez dire que vous attendiez l'autre personnage de Gott, le policier du village ? fit Appleby en se remémorant une remarque facétieuse de Dodd.

— Je veux dire que nous ne nous attendions pas à...

Et soudain Titlow partit sur une autre piste :

— Avez-vous lu *De l'assassinat considéré comme un des beaux-arts*, de De Quincey ?

La question n'avait aucun rapport avec l'attitude erratique du Pr Curtis quand il avait parlé de *La Lettre volée*. Titlow semblait prêt à se jeter à l'eau. Mais une fois encore il s'écarta de son propos :

— Ce serait assez votre partie. Toutefois c'est un ouvrage pauvre, en fait. Une érudition approximative plaquée sur un canevas humoristique bien faible...

Enfin il dit ce qu'il avait à dire :

— Il y est rapporté une anecdote concernant Kant. Elle vous intéressera sans doute, ne serait-ce que par la façon dont elle décrit une attitude académique face au meurtre. Et si vous la décortiquiez, elle pourrait même se révéler très éclairante.

Appleby lui sourit.

— Merci. Je la lirai dès que possible, fit-il en se dirigeant vers la porte.

Quand Titlow parla de nouveau, ce fut avec aisance et décontraction, comme lorsqu'il avait convié Appleby à venir dans son appartement.

— Eh bien, vous devriez être au lit, c'est certain. Vous pourrez profiter de trois ou quatre bonnes heures de repos, et moi aussi, avec un peu de chance. Mettez une pancarte sur votre porte, et le domestique ne vous dérangera pas.

Aisance et décontraction, oui avec cependant une différence très nette : cette fois Titlow *était* réellement décontracté. En aiguillant le policier sur l'essai de De Quincey, il semblait avoir atteint une position ou une décision qui lui permettait de souffler. Il accompagna son invité jusqu'au seuil de la pièce.

— Plus tard, nous verrons, dit-il.

Il eut ce même geste vif, en manière d'au revoir cette fois, et rentra chez lui. Appleby descendit lentement l'escalier. Dans le verger s'immisçaient les premières lueurs de l'aube.

CHAPITRE VII

1

L'inspecteur Dodd descendait Schools Street, empli d'une satisfaction tranquille. L'enquête sur les cambriolages progressait à merveille. Il avait dans sa poche une liasse de notes pour son collègue londonien qui attestaient de l'efficience de son service. La journée s'annonçait froide mais agréable, et des rayons de soleil filtraient sur la rue, doraient la tour de St. Baldred, jouaient à cache-cache dans les étranges petits temples qui font face à Cudworth, exploraient le labyrinthe poussiéreux des portails travaillés et incongrus du musée, s'égaraient jusqu'à Ridley dans un effort pour illuminer les lourds traits des effigies de théologiens contemporains de Jacques Ier. Un groupe d'étudiants en tenue d'équitation croisa Dodd ; une jeune fille solitaire, d'une exquise beauté et chaussée de pantoufles d'un écarlate magnifique, traversa la rue dans l'évidente intention d'aller prendre son petit déjeuner avec une amie, à Joseph's College. De-ci de-là, une étudiante portant la toge et la toque se hâtait à bicyclette dans une poursuite zélée de quelque instruction matutinale propre à son sexe. Un gamin, l'air innocent, était assis sur le seuil de la maison du directeur du foyer universitaire de Dorset et vendait de temps en temps un journal à des acheteurs peu enthousiastes. Personne n'aurait pu deviner que c'était le même enfant qui la veille au soir sillonnait en trottant Schools Street, brandissait ses exemplaires de l'*Evening Standard* et braillait sur la mort du Dr Umpleby... Le directeur de St. Timothy, un homme imposant à la barbe de patriarche, remontait la rue pour la promenade du matin qu'il accomplissait tous les jours depuis quarante ans, nullement troublé par le décès de son collègue ou par l'idée que son établissement plutôt que St. Anthony aurait pu être le théâtre de ce drame. Dodd songea soudain qu'il pouvait se réjouir de n'être pas policier à Chicago, Sydney ou Cardiff. Remerciant le Ciel de son sort, il bifurqua dans St. Ernulphus Lane.

Mr. Appleby était logé au Six-quatre. Tout en méditant sur cette façon peu orthodoxe de mener une enquête, Dodd trouva le Six — qui était un escalier —, passa devant la porte du Six-deux ornée d'une plaque annonçant « L'Honor. Rév. Tracy Deighton-Clerk — Doyen », trouva les quartiers temporaires d'Appleby et frappa à la porte avec vigueur. N'obtenant aucune réponse, il entra. Dans la cheminée brûlait un feu ronflant. La table d'Appleby était mise pour le petit déjeuner. Son café restait au chaud sur un côté de la cheminée, et une assiette couverte contenant sans doute ses œufs au bacon était posée de l'autre côté. Mais de l'inspecteur lui-même, pas un signe, jusqu'à ce que Dodd aperçoive la feuille de papier punaisée à la porte de communication avec la chambre. Le message était court et approprié : « Petit déjeuner à neuf heures — J.A. » Dodd consulta sa montre. Il était neuf heures dix.

— C'est trop fort ! grommela Dodd, et il allait pénétrer dans la chambre quand Appleby en sortit.

— Bonjour, Dodd, dit-il. Un peu de café ? Je crois qu'il y en a plus qu'assez pour deux, et encore assez chaud.

Puis, remarquant le regard intrigué de son collègue posé sur son crâne toujours bandé, il réprima un petit rire.

— Oui, il y a eu de la bagarre. Une émeute nocturne à St. Anthony. Les forces de police attaquées avec des sacs de sable, des tuyaux de plomb et les crosses de gros revolvers... Mais je pense que ce détail pittoresque peut disparaître...

Et l'homme du Yard se débarrassa de son bandage avant de se consacrer à son café et ses œufs au bacon.

Dodd le contemplait avec la même perplexité.

— Vous avez vraiment été assommé ?

Appleby acquiesça.

— Envoyé au pays des rêves, gentiment mais fermement, et alors que j'étais sur le point de résoudre le mystère de St. Anthony. La honte et le déshonneur m'affligent.

Il but une gorgée de café et hocha encore la tête, l'air grave.

— Un de vos acolytes va rentrer chez lui ce matin avec un respect tristement diminué pour la police métropolitaine.

— Qui vous a attaqué ?

— Je l'ignore. Mais il — ou elle, pourquoi pas ? — était la personne qui possédait la dixième clef. Enfin il l'était, puis je l'ai été, ensuite de quoi nous avons fait ce qu'on pourrait appeler... un échange.

J'ai sa dixième clef et lui a pris la mienne, la neuvième, pour ainsi dire. Il me l'a subtilisée après m'avoir assommé.

— Il vous a subtilisé votre clef ! Et où avez-vous trouvé la sienne, la dixième ?

— La serrure, Dodd ; je l'ai trouvée dans la serrure de la grille. Un endroit assez naturel pour une clef, vous me l'accorderez.

Dodd répondit d'un grognement et s'attabla face à son collègue.

— Et, à propos, le coffre-fort d'Umpleby a été cambriolé — avec succès. Il ne contient plus rien qui puisse nous intéresser, à présent.

Dodd faillit bondir sur ses pieds.

— Un cambriolage ? Au nom du Ciel, qui peut avoir commis un tel acte ? Quelqu'un du collège ?

— Je n'en sais rien.

L'inspecteur du cru considéra l'homme du Yard avec ce qui aurait pu passer pour de la défiance.

— Avez-vous eu la moindre lumière sur l'affaire ?

— Oh ! cela, oui. La lumière cascade de tous les coins. Beaucoup trop de lumière venue de beaucoup trop d'angles. D'ailleurs j'ai l'intuition que vous allez m'en apporter un peu plus...

— J'ai glané quelques informations, admit Dodd. Avant de vous les communiquer, j'aimerais bien entendre ce qui s'est passé. Si vous avez le temps, bien sûr.

Il jeta un coup d'œil malicieux à sa montre puis à la note sur la porte de la chambre. Son admiration pour Appleby croissait rapidement. Si lui-même avait perdu la clef, jamais il n'aurait trouvé les ressources pour prendre les choses avec autant de flegme. Et il soupçonnait Appleby de faire mieux que cela : l'inspecteur londonien montrait une confiance naturelle en ses capacités. Il pouvait être frappé à la tête et conserver la maîtrise de la situation, ou du moins il en donnait l'impression. Agressé de la sorte, Dodd aurait écumé de rage des jours durant.

— Fort bien, dit Appleby. Je vais vous faire un résumé des derniers événements.

« Premièrement, notre ami l'Honorable Révérend Tracy est dans tous ses états. Mais est-il simplement inquiet pour la réputation du collège ou pour une raison plus personnelle, impossible de le déterminer pour l'instant. St. Anthony va se retrouver sous les feux de l'actualité dans un futur proche, et il semble que son inquiétude découle au moins en partie de cette possibilité.

« Deuxièmement, je sais d'où proviennent les ossements...

Dodd se redressa sur sa chaise.

— D'où ?

— D'Australie, mon cher. Le dernier joyau de la Terre. *Terris magna Australis incognita.*

Dodd paraissait abasourdi.

— Vous êtes sûr qu'ils ne viennent pas d'Athènes ou de Sparte ? railla-t-il. Comme les *Deipno*-je-ne-sais-plus-quoi dans la bibliothèque d'Umpleby ?

— Ces ossements ont été soustraits au sol australien, par des fouilles qui n'avaient rien d'irrationnel, comme dirait Sir Thomas. Ils ont été dérobés à la pieuse postérité aborigène pour satisfaire les inclinations scientifiques d'un certain Johnnie Haveland.

— Haveland ! Ils sont donc à lui ?

— Ils sont à lui. Et il s'est correctement excusé

de n'en avoir rien dit quand vous avez mené l'enquête hier. Apparemment, Johnnie conservait les crânes et le reste dans son petit coffre à jouets personnel — et maintenant ils sont éparpillés dans le bureau d'Umpleby. Il nous invite à étudier deux hypothèses à propos du meurtre : la première, que c'est lui qui en est l'auteur et qu'il a laissé les os pour signer son crime ; la seconde, que quelqu'un a tout fait pour l'incriminer. Il a proposé à ses amis érudits de m'expliquer qu'à une époque remontant à quelques années il n'allait pas très bien dans sa tête. Il semblait penser que ce détail coïnciderait avec l'une ou l'autre théorie... Oh ! Et il ne s'est pas montré très aimable avec Empson.

« Troisièmement, en ce qui concerne les clefs, les sous-marins et les échelles. St. Anthony abrite un homme qui pourrait bien réussir l'ascension de l'Everest un jour, et qui a déjà escaladé jusqu'à son sommet la tour de St. Baldred, dans cette ville. Il s'agit de Campbell, et j'espère que vous avez dans vos poches quelques renseignements à son sujet.

« Quatrièmement, le défunt président n'était pas très aimé. Johnnie Haveland prétend qu'Umpleby a commis des vols à son encontre d'une façon très savante. Et cela, quand on y réfléchit, est beaucoup plus improbable que n'importe quel nombre de meurtres — cependant ses insinuations ont indubitablement eu un écho dans l'assemblée de ses pairs.

« Cinquièmement, le coffre-fort d'Umpleby, comme je vous l'ai dit, a été ouvert par un inconnu que nous appellerons X et qui incidemment connaissait la combinaison. X avait la dixième clef. Il est venu soit de la Maison des jeunes fellows soit de l'extérieur, en passant par le portillon au fond d'Orchard Ground. X est fantasque mais brillant. Il n'a pas refermé la grille ouest derrière lui, sans doute parce qu'elle grince, ce qui était une erreur de jugement. Et il a laissé la clef dans la serrure, ce qui constitue une négligence colossale.

— Mais, interrompit Dodd, pourquoi a-t-il eu besoin de passer par la grille dans le corps principal du collège ?

— Après son cambriolage réussi, peut-être a-t-il désiré avoir une petite discussion avec quelqu'un résidant dans une des cours. Comme je l'ai dit, c'est une personnalité fantasque — et intelligente. Quand il a voulu revenir, il s'est trouvé pris au piège, et il s'est tiré de ce mauvais pas sans douceur, efficacement et sans perdre la tête puisqu'il n'a pas frappé la mienne trop fort, ajouta Appleby en se frottant doucement le crâne.

« Sixièmement, derrière le prosaïque Giles Gott, actuellement maître de discipline dans l'université, se cache ni plus ni moins Gilbert Pentreith.

Dodd sursauta.

— Dire que je ne l'ai jamais su !

— Oui. Il enseigne ici et passe son temps libre à imaginer des énigmes comme celle qui nous occupe. Je vous avais prévenu, la lumière vient de partout.

« Septièmement, Mr. Raymond Pownall, éminent historien spécialiste de l'Antiquité, passe ses nuits à quatre pattes sur le sol de son salon.

« Huitièmement — et, pour l'instant, dernièrement —, Samuel Still Titlow attire d'honnêtes policiers chez lui, les stupéfie avec un discours long et convaincant sur la fin du monde, puis se rattrape *in extremis* pour ne pas conclure que les temps sont si troubles que St. Anthony peut très bien être un foyer de meurtriers. Et il conseille un peu de lecture chez les classiques anglais mineurs.

— Diriez-vous que Titlow, comme X, est une personne fantasque mais brillante ? s'enquit Dodd avec une soudaine sagacité.

— Oui, répondit Appleby après réflexion. Mais ce sont deux caractéristiques assez répandues ici, semble-t-il. J'espère que ma prochaine enquête se déroulera à Hull.

Dodd eut un sourire goguenard.

— Allons donc, vous adorez ça, dit-il.

Et soudain une idée le frappa :

— Y a-t-il des traces du cambrioleur dans le bureau ? Et s'il était revenu pour les effacer plus tard ?

— Votre homme est resté en poste toute la nuit dans la pièce depuis que j'ai repris conscience. Je suppose qu'il a téléphoné pour se faire relever et qu'à l'heure actuelle il est rentré chez lui se reposer. Bien sûr, il y a eu un intervalle, après que X fut revenu d'Orchard Ground, pendant lequel il aurait pu pénétrer dans le bureau et faire le nettoyage. Mais je parierais qu'il avait déjà effacé tous les indices auparavant, même s'il est fantasque. J'avais jeté un œil aux mégots de cigarette et ce genre de détails plus tôt, sans aucun résultat. Et je ne m'attends pas à trouver une belle empreinte de pouce sur la dixième clef non plus.

Les deux hommes demeurèrent silencieux un moment, puis Dodd tira une liasse de feuilles de sa poche. C'était une de ses caractéristiques : il avait toujours quelque chose d'écrit à montrer ; il vivait dans un univers de fiches bien tenues et de documentations soignées. De son côté, Appleby sortit les notes et les rapports que Dodd lui avait communiqués la veille. Jusqu'alors, il ne leur avait accordé qu'un examen superficiel. Le contact direct avec les personnes concernées l'avait occupé presque tout le temps.

— L'agent Sheepwash a soupé hier avec la cuisinière des Lambrick, commença Dodd de ce ton roide qu'il adoptait quand il savourait discrètement les absurdités et les ironies de sa profession. Plus tôt dans la soirée, chez les Chalmers-Paton, l'installation électrique a flanché. Le sergent Potter s'est présenté à leur domicile en se faisant passer pour un dépanneur de la Compagnie d'électricité et, après des opérations prolongées menées surtout dans le quartier de la domesticité, il a réussi à rebrancher la lumière. L'agent Babbitt, en tant que reporter de presse, s'il n'a pas réussi à faire impression sur les employés de maison des Campbell, a fait mieux comme laitier ce matin. Le sergent Kellett a entrepris de suivre les déplacements du maître de discipline junior, Mr. Gott, dans les lieux de délassement de la ville. Kellett n'a pu éviter la consommation d'une importante quantité d'alcool, toutefois son rapport conserve une cohérence satisfaisante.

Après ce petit trait d'humour, Dodd reprit tout son sérieux pour continuer :

— Et si vous lisiez tout haut les notes prises hier, puis que j'enchaîne avec les nouveaux rapports ? Cela nous permettrait de commencer à voir clair sur ces quatre personnes qui étaient absentes du collège la nuit du meurtre.

— Excellente idée, approuva Appleby. Commençons par Campbell. Je vois que ce ne sont pas les propos textuels des personnes interrogées ?

— Non, ce ne sont que des résumés des déclarations préliminaires que j'ai obtenues auprès de ces personnes de façon assez rapide. Je ne pense pas qu'on puisse les considérer comme des preuves. Je crois qu'il conviendrait que vous preniez leurs dépositions dans les règles aujourd'hui. D'ailleurs, il nous en faudra avant que le coroner ne décide de l'enquête judiciaire.

Appleby acquiesça et lut le premier rapport :

Campbell, Ian Auldearn (29). Professeur au collège depuis six ans ; marié depuis quatre ; habite un appartement sis au 99 de Schools Street ; n'a jamais possédé de clef ouvrant les grilles de St. Anthony. Déclare qu'il n'a aucun renseignement susceptible d'aider à élucider le mystère de la mort d'Umpleby. Était associé avec le défunt dans des recherches scientifiques, mais n'a jamais été en aucune manière un ami personnel du président.

21 h 30 — A quitté le collège et est rentré chez lui. Environ une demi-heure plus tard est ressorti pour aller au *Chillingworth Club*, à Stonegate.

23 h 50 (approximativement) — A quitté le club pour rentrer chez lui, mais s'est souvenu qu'il avait des affaires à discuter avec Sir Theodore Peek, lequel habite une maison particulière baptisée Berwick Lodge dans Luton Road. Sachant que Sir Theodore se couche très tard, il s'est rendu chez celui-ci et est arrivé à minuit pile. Il a eu une brève conversation avec Sir Theodore puis est revenu dans Schools Street. Il est rentré chez lui peu avant minuit et demi.

Appleby avait à peine terminé sa lecture que Dodd prit le rapport de l'agent Babbitt et se lança dans une sorte de déclamation monotone :

Selon les instructions reçues, ai provoqué une

conversation avec Mary (nom inconnu) au 99 de Schools Street à 7 h 25. Après quelques remarques générales qu'il n'est pas nécessaire de rapporter, l'Informatrice a déclaré que : (1) ses employeurs avaient une vie réglée; (2) Mr. Campbell était rentré la nuit précédente peu après 21 h 30 mais était ressorti environ trois quarts d'heure plus tard; (3) elle croit l'avoir entendu rentrer tard, « après minuit »; (4) au petit déjeuner du lendemain matin, Mr. Campbell a fait remarquer à son épouse qu'il était passé voir cette « vieille gargouille de Peek » la veille à minuit et l'avait trouvé à demi endormi, et « grommelant » (grognon ?). Pas d'autre renseignement obtenu.

Appleby fit un signe de tête et écrivit quelques mots.

— Il faudra vérifier à son club, et aussi auprès du « grommelant » Sir Theodore. Campbell a traîné une bonne partie de la soirée au club, et les horaires semblent concorder.

Sans plus de commentaire, il passa à la personne suivante :

Chalmers-Paton, Denis (40). Assistant à St. Anthony — ainsi que dans deux autres collèges. Marié; habite au 12, Angas Avenue. N'a aucune hypothèse pour expliquer le décès du président.

21 h 30 — A quitté le collège et est rentré chez lui. A lu *Histoire du déclin et de la chute de l'Empire romain*[1] à haute voix pour Mrs. Chal-

1. Œuvre de l'historien britannique Edward Gibbon (1737-1794). (*N.d.T.*)

mers-Paton. Celle-ci est ensuite allée se coucher. Lui s'est retiré dans son bureau où il a continué de lire le même ouvrage jusqu'à peu avant minuit. Puis s'est mis au lit à son tour.

De nouveau Dodd enchaîna avec le rapport d'un de ses subordonnés. Chalmers-Paton était bien rentré chez lui à l'heure dite, avait fait la lecture à sa femme puis s'était enfermé dans son bureau « un peu avant onze heures du soir ». Ensuite les domestiques ne pouvaient rien dire, et le sergent Potter n'avait pas été autorisé à approcher Mrs. Chalmers-Paton d'aucune façon. Néanmoins, il avait minuté le trajet à pied d'Angas Avenue à St. Anthony : vingt minutes exactement. Chalmers-Paton ne possédait pas d'automobile.

— Presque satisfaisant, commenta Appleby, et pourtant pas totalement. L'homme s'enferme dans son bureau un peu trop tôt. S'il était chez lui à vingt et une heures cinquante et qu'il a commencé sa lecture à vingt-deux heures, alors « un peu avant onze heures du soir » *pourrait* très bien correspondre à vingt-deux heures quarante. Ajoutons la possibilité qu'il ait utilisé un moyen de transport quelconque... Non, tout cela n'est pas très concluant. De plus nous ne sommes pas *certains* qu'il n'était pas en possession de la dixième clef.

— Vous avez raison, son alibi n'est pas très bon. A l'inverse, la présence de Campbell à son club me paraît lui fournir un alibi trop parfait. Il est toujours sage de mettre en doute les alibis trop parfaits.

Appleby sourit. C'était le Dodd féru de romans policiers qui parlait là. Cependant il ne pouvait lui donner entièrement tort. Il se lança dans le rapport suivant :

Lambrick, Arthur Basset (54). Professeur au

collège depuis vingt-quatre ans. Marié, habite à côté de chez Chalmers-Paton. Est en possession d'une clef ouvrant les grilles depuis longtemps. A déclaré à l'inspecteur D. : « Désolé, je n'arrive pas à me convaincre que c'est moi qui ai assassiné notre pauvre président. »

21 h 30 — Est rentré chez lui où il est resté, « sans savoir ce qui se passait ».

— Notre humoristique ami, murmura Appleby.

Il écouta Dodd lui lire le rapport de l'agent Sheepwash. L'ensemble ne laissait guère de place au doute. Lambrick était rentré chez lui peu avant vingt-deux heures, avait fait une partie de palet de table avec son fils aîné jusqu'à vingt-trois heures puis dansé avec sa fille aînée au son de la T.S.F. pendant une trentaine de minutes. Une employée de maison était restée debout pendant ces divertissements qu'elle jugeait immoraux et dont elle avait en conséquence gardé un souvenir très net.

— Pas grand-chose pour nous pousser à suspecter un alibi aussi bon, admit Dodd. Mais il peut toujours avoir prêté sa clef, n'est-ce pas ?

— Et dansé, pour ainsi dire, sur le cadavre d'Umpleby ? Pourquoi pas ? Il peut avoir prêté sa clef à Chalmers-Paton qui habite la porte à côté, par exemple.

Le ton d'Appleby s'était fait absent et il mit un moment avant de se replonger dans les notes de son collègue :

Gott, Giles (32). Arrivé à St. Anthony il y a six ans. Détient une clef des grilles depuis qu'il est maître de discipline junior cette année. Ne peut donner aucune information sur la mort d'Umpleby.

21 h 15 — A quitté St. Anthony par le portillon donnant sur Schools Street et s'est rendu au bureau des maîtres de discipline. A réglé là des problèmes universitaires jusqu'à 23 h 15. Pendant tout ce temps, est resté seul.

23 h 15 — Le maître de discipline senior est revenu de sa ronde, accompagné des quatre assistants universitaires de service. Gott a pris la suite et a vérifié différents endroits de la ville à son tour. Il a accumulé du retard par rapport à son habitude et n'a renvoyé les assistants devant St. Anthony que vers minuit vingt.

— Pas d'alibi dans ce cas, conclut Appleby. Pas même l'ombre d'un alibi. Il était seul dans son bureau jusqu'un quart d'heure avant la détonation et la découverte du cadavre d'Umpleby. En passant par le portillon son bureau n'est pas à plus de sept ou huit minutes de marche d'Orchard Ground... Je suppose que votre homme n'a rien trouvé de très probant sur Gott ?

— Kellett a simplement fait le tour de la ville pour se renseigner sur les déplacements des maîtres de discipline la nuit précédente. Pour les renseignements qu'il a collectés, tout concorde. Entre vingt et une heures trente et vingt-trois heures le maître senior a patrouillé ici et là. Ensuite c'est Gott qui l'a remplacé et qui s'est rendu à divers endroits jusqu'à minuit largement passé. On ne l'a pas vu avant vingt-trois heures trente environ, mais il peut assez facilement s'être glissé hors de son bureau jusqu'à St. Anthony et être revenu sans se faire remarquer. C'était une nuit très sombre. Incidemment, Kellett n'a pas enquêté directement au bureau des maîtres de discipline, pas plus qu'il n'a interrogé les quatre assistants. Il faudra donc le faire dans les formes, je pense. Comme vous l'avez dit, Gott n'a pas d'alibi, ou plutôt celui qu'il a commence trop tard. Kellett a vérifié, sans rien trouver d'anormal.

— Kellett a suivi le parcours de Gott après vingt-trois heures quinze ? Étudions donc cela.

A certains moments, Dodd trouvait son collègue du Yard très attaché à la routine policière.

— Eh bien, Gott a dû se rendre droit à la gare, en premier lieu. Lui et ses assistants y ont attendu l'arrivée du train de vingt-trois heures trente-deux en provenance de Londres. Ensuite il est allé directement au *Town Cross*, où un de nos hommes en service l'a vu juste après vingt-trois heures quarante. Il est arrivé à Stonegate et n'a dû qu'y passer car à minuit pile il se trouvait au *Green Horse*.

— Qu'est-ce que c'est ?

— Un établissement de réputation douteuse sur Luton Road, donc un endroit tout indiqué pour une visite d'un maître de discipline. Mais Gott n'y est pas resté longtemps, car il était de retour au *Town Cross* pour minuit quinze et a ensuite redescendu Schools Street, probablement pour retourner à St. Anthony, comme il le prétend.

— En ce qui concerne le *Green Horse*, Kellett a-t-il obtenu ces précisions des patrons du pub ?

— Non, d'un ouvrier agricole qui avait laissé sa bicyclette dans la cour de l'établissement et est venu la prendre à minuit. Gott en est sorti et a bien failli le renverser. Kellett s'est montré inhabituellement dégourdi pour faire parler notre cycliste, qui savait très bien ce qui se passait, évidemment : tout le monde connaît le maître de discipline et sa toge, par ici. Et quand il est sorti de la cour, il a vu les quatre assistants qui attendaient.

Appleby s'était levé et marchait de long en large dans la pièce, apparemment plus perplexe qu'il ne l'avait jamais été depuis qu'il enquêtait sur le mystère de St. Anthony. Soudain, il s'immobilisa.

— Dodd, auriez-vous par hasard un plan détaillé de la ville sur vous ?

Sans un mot, Dodd le lui donna. Appleby le déplia et l'étudia une bonne minute.

— Étrange, murmura-t-il enfin. Définitivement étrange. C'est d'ailleurs la première étrangeté qui ne nous a pas été comme jetée au visage. Et en même temps, vous l'avez dit très justement, sans rien d'anormal. Je vous le dis, Dodd, il y a beaucoup trop de lumière sur cette affaire, trop de pistes prometteuses...

Et il se remit à arpenter le salon.

— Bon, fit Dodd d'un ton légèrement irrité après un moment de silence, et qu'allez-vous faire maintenant ?

— Sortir pour une petite promenade, je crois. Mais il y a une chose à faire avant tout. Pouvez-vous m'accorder encore un peu de temps ce matin ? Oui ? Alors j'aimerais que vous alliez chercher Pownall, que vous l'ameniez dans la salle à manger d'Umpleby et que vous preniez sa déposition dans les règles. Et il faudrait que cela dure un peu plus d'une demi-heure.

2

L'appartement de Raymond Pownall était triste. Les livres paraissaient ternes et étaient mêlés à des revues posées en tas qui semblaient plus ternes encore. Les quelques tableaux montraient des exemples de statuaire antique — le genre de reproduction photographique où le marbre ressort sur un fond très sombre. Le tapis était d'un bleu misérable et d'un noir toujours agressif.

C'est justement ce tapis qui intéressait Appleby. Tranquillisé par la certitude que l'occupant des lieux était retenu par Dodd, il s'agenouilla et rampa dessus avec toute la concentration qu'il avait constatée chez Pownall aux premières heures du matin. Tout d'abord il en étudia le motif, qui était floral et de belle taille. Ensuite il en suivit chaque détail en s'assurant qu'il ne laissait pas un centimètre carré non examiné. En vingt minutes il avait couvert toute la surface, sans résultat aucun.

Il se redressa, s'assit et réfléchit. Et soudain il frissonna : son aventure nocturne lui avait peut-être fait prendre froid... *Le froid.* Il jeta un regard alentour. Par ce matin morne et glacé, au soleil pâle, chaque fenêtre du salon de Pownall était grande ouverte. Il reprit son examen du tapis, cette fois non avec les yeux mais avec le nez... Après quelques minutes, il bondit sur ses pieds, sortit dans le verger et envoya un policier qui passait par là porter un message à Dodd. Il lui fallait une heure de plus. Et il retourna chez Pownall reprendre ses recherches.

Le bleu délavé avait viré au noir en huit endroits symétriques où le motif avait été altéré — et où subsistait une odeur légère d'encre. Un frottis rapide produisit une tache pâle mais très révélatrice : encre de Chine.

— Quel subterfuge ! marmonna Appleby.

Il fouilla dans un paquet d'enveloppes qui se trouvait sur le bureau de Pownall. Un instant plus tard il était à quatre pattes sur le tapis et maniait avec précision une paire de petits ciseaux.

3

Au Deux-six, dans Surrey Court, le rituel se déroulait une fois de plus. Mr. David Pennyfeather Edwards, Premier Étudiant à St. Anthony et occupant des lieux, était assis devant le feu de cheminée — par un hasard fort approprié, avait-il fait remarquer — sur un exemplaire des *Analyses psychologiques postérieures* — et supervisait la préparation d'un breuvage matutinal assez simple composé surtout de lait et de madère. Mr. Michel de Guermantes-Crespigny, le lecteur de Bible aux airs de chérubin qui avait officié dans le réfectoire le soir précédent, était affalé sur une banquette près de la fenêtre, le *Lecteur anglo-saxon* de Sweet ouvert à l'envers sur son ventre. Quant à Mr. Horace Kitchener Bucket, boursier du collège, il faisait avec mollesse une patience à l'aide de quatre jeux de cartes, sur le sol autour des tables et des sièges. Tous trois affûtaient leur esprit par la conversation.

— L'élimination de la Peste Prépositionnelle, dit Mr. Edwards, suggère un certain nombre de spéculations très intéressantes. Ainsi, que feriez-vous, inspecteur, si vous saviez qui a commis cet acte salutaire et sanitaire ?

Mr. Bucket, auquel son pair s'était référé en l'appelant inspecteur par allusion au chef-d'œuvre immortel de Charles Dickens, se tortilla de quelques centimètres en avant sur le sol pour saisir un dix de cœur et secoua la tête.

— Sais pas, David. J'attendrais de voir si on ne propose pas une récompense, je suppose.

— Je crois vraiment, déclara Mr. Crespigny du sofa, que la passion mesquine portée par notre inspecteur petit-bourgeois au tiroir-caisse est telle qu'il accepterait sans sourciller de toucher le prix du sang. Tu me choques, Horace... Comment est le breuvage ?

Tout en regardant derrière le canapé dans l'espoir de placer un as, Horace répondit sans émoi :

— Aristote — ou Platon, peut-être — était un commerçant, ou le fils d'un commerçant, j'ai oublié. Et ton propre homonyme, mon cher Mike, le sage du Périgord, était un marchand de poisson[1]. Toi, tu es un descendant morbide, méchant, contrefait, dégénéré et somme toute assez crasse de privilégiés dépassés. J'ajouterai que le caractère de plus en plus désagréable de tes habitudes personnelles, tes déclarations abstruses sinon nébuleuses, ta démarche traînante, et par-dessus tout ton incapacité gênante et très douloureuse à parler de façon cohérente ont depuis longtemps convaincu David et moi-même — bien que nous nous soyons efforcés de te le cacher — que tu es déjà miné au-delà de tout secours humain possible par les effets d'une affection vengeresse. Et ton tailleur — dont le mauvais goût ne cesse de me stupéfier, soit dit en passant — serait reconnaissant de tout argent que tu pourrais tirer du trépas d'Umpleby : cela l'aiderait à nourrir ses huit enfants que tes dettes maintiennent dans un état de sous-alimentation éminemment condamnable.

Longtemps avant qu'Horace n'ait eu terminé cette amicale tirade, il semblait avoir perdu tout intérêt pour ce qu'il disait. Les mots coulaient natu-

1. Montaigne descendait, par son père, d'une famille de commerçants bordelais, faisant le négoce des poissons salés, du pastel et du vin. (*N.d.T.*)

rellement de ses lèvres tandis que de ses mains habiles il manipulait les cartes près du seau à charbon.

— Alors, qui a assassiné Umpleby ? ajouta-t-il.

— Umpleby a été poignardé par un domestique malhonnête, proposa Mike. Un de ses rivaux dans les passions obscènes qu'il nourrissait, et il est mort en blasphémant. David, ne crois-tu pas qu'il pourrait s'agir de ce crypto-sémite de Slotwiner ? Ils étaient en compétition amoureuse pour profiter des faveurs de Mrs. Tunk, la blanchisseuse. Et tout cela pour rien, car Mrs. Tunk s'est définitivement promise à notre omnivore et immoral Horace.

— Mais que ferait-on, lança David en se levant brusquement pour distribuer des rations du madère coupé, que ferait-on si l'on savait réellement ?

Mike s'assit sur la banquette en refermant l'ouvrage de Sweet. Horace abandonna sa réussite et se releva dans une pluie de cartes, et tous trois s'observèrent par-dessus le bord de leur chope fumante. Un moment plus tôt, les règles du jeu recommandaient une attitude désinvolte et un discours distancié. A présent l'intérêt était de mise. Ils ressemblaient à une nuée d'oiseaux qui s'envole soudain du sol à un signal mystérieux.

— Cela dépendrait-il de tous les côtés négatifs de la personnalité d'Umpleby que nous connaissons ? fit Horace.

— Ou de ce que nous savons de la bonté de son assassin ? rétorqua Mike.

— Que veux-tu dire, « ce que nous savons de la bonté de l'assassin » ? s'enquit David. S'il s'agit d'un homme bon et qu'en tuant Umpleby il a commis un acte vil, sa bonté ne pourrait être prise en compte dans notre décision, non ? Il faudrait qu'il soit bon dans sa personnalité de meurtrier, pas seulement comme individu, avant que nous puissions seulement commencer à compter avec sa bonté. Je veux dire, s'il a assassiné pour des motifs purement éthiques, nous pourrions réfléchir...

— Peut-on commettre un meurtre pour des motifs purement éthiques ? protesta Horace.

— Eh bien, imaginons qu'Umpleby ait été un homme très mauvais, mais d'une façon que la loi ne punit pas. Imaginons qu'il commettait des actes et s'apprêtait à en commettre d'autres qui irrémédiablement auraient poussé des gens à se suicider, à étouffer leurs bébés, à se ruiner dans des spéculations frauduleuses, ce genre de choses. L'éliminer ne relèverait-il pas d'une démarche éthiquement pure ?

— Ne serait-ce pas le motif et non l'acte qui serait éthiquement pur ? répliqua Mike qui était peu coutumier de ces joutes oratoires mais qui aimait intervenir.

— Supposons qu'Umpleby ait été un homme bon, suggéra Horace. *Principalement* bon... mais avec une faille dans cette bonté. Par exemple, qu'il ait souffert de *dédoublement de la personnalité* — oui, partons de cette hypothèse —, un de ces cas qu'a étudiés Morton Prince : une personne un jour, une autre personne le lendemain...

— Jekyll et Hyde, glissa Mike avec pertinence, mais en pure perte car les deux autres l'ignorèrent.

— Supposons donc que coexistaient en lui deux personnalités, A et B. A était, disons, un maître chanteur. Et A connaissait l'existence de B, mais B ignorait celle de A. Maintenant, imaginons que notre assassin soit lui aussi affligé d'un dédoublement de la personnalité, avec trois personnalités : X qui connaissait l'existence de Y mais pas celle de Z, et Y connaissant...

— Du calme, dit Mike. Revenons-en au cadavre, et au problème de savoir qui a pu tuer Umpleby. Quand nous aurons découvert son identité, il sera temps de débattre s'il est sage d'intervenir et de ramasser l'argent. D'ailleurs pourquoi ne parviendrions-nous pas à démasquer le meurtrier, si Gott ne le fait pas ?

— Comment ça, si Gott ne le fait pas? demandèrent les deux autres en chœur.

— Gott pourrait résoudre cette énigme s'il le désirait, affirma Mike qui à l'évidence avait foi en son directeur d'études. Mais il est très probable qu'il n'en a pas envie.

— Il est très probable que ce soit Gott le coupable, déclara David. L'homme doit avoir un penchant morbide pour rédiger de telles inepties. Un individu qui ose écrire *Meurtre sous les stalactites*, avec toutes ces digressions sur le temps que cela prendrait à un homme d'une cinquantaine d'années bien nourri et en bonne forme physique pour se pétrifier, un individu pareil est capable de n'importe quoi. Vous ai-je dit que j'ai essayé de cuisiner ce vieux Curtis hier soir, et qu'il m'a déclaré : le président a été assassiné « dans des circonstances qui confinent au grotesque » ? Que croyez-vous que cela puisse signifier? Je me demande si Gott l'a *éviscéré* ?

Sans prêter la moindre attention à cette suggestion révoltante, Mike poursuivit son propre raisonnement :

— Je ne vois pas pourquoi nous n'aurions pas le droit de nous amuser à découvrir le fin mot de cette histoire. Nous ne disposons pas de toutes les informations nécessaires, mais je suis sûr que nous pouvons beaucoup progresser vers la solution par une réflexion bien menée : toi et moi sommes intelligents, David — même Horace a ses moments d'inspiration.

Conscient de la supériorité que lui conférait un entraînement mental de qualité, Horace ne tiqua même pas.

— Il ne fait aucun doute que nous sommes plus intelligents que la police, dit-il. Bien que ce type de Scotland Yard soit sans doute assez doué pour fureter. Mais nous ne sommes pas plus brillants que Deighton-Clerk ou Titlow, et eux sont au courant de beaucoup de détails qui nous manquent...

A son tour, il était tout disposé à affirmer l'intelligence idéale de ses précepteurs.

— ... Ils ont beaucoup plus de chance de deviner que nous.

Il y eut un court silence, puis David déclara :

— Moi, j'ai un renseignement de première main sur l'affaire.

Après une autre pause, il ajouta :

— Mais il y a plus intéressant : j'ai une idée aussi.

Dans tous les petits groupes existe toujours un meneur, et ici c'était David. L'attention des autres fut immédiate.

— C'est une chose à laquelle personne n'a pensé. Quelque chose qui ouvre la voie à une hypothèse très solide. Je vais vous la révéler.

Et il le fit.

CHAPITRE VIII

1

Pâle et irrité après son interminable entrevue avec l'inspecteur Dodd, Pownall s'arrêta sur le seuil de son salon et pâlit un peu plus en voyant près du feu l'inspecteur de Scotland Yard qui se levait pour l'accueillir.

Comme le requérait la situation, Appleby se lança aussitôt dans des excuses polies :

— J'espère que vous me pardonnerez de vous avoir attendu chez vous. J'ai pensé que j'allais patienter quelques minutes, dans l'espoir de votre retour. Et je n'ai pas résisté à votre feu de cheminée. C'est une matinée bien froide, vous ne trouvez pas ?

Et son regard glissa vers les fenêtres grandes ouvertes.

Lentement, comme si par ce geste il gagnait du temps pour se reprendre, Pownall ferma la porte derrière lui. Et, l'ayant fait, il parut se rendre compte qu'il s'était ainsi enfermé avec le policier. Toutefois il garda les yeux sur son visiteur sans ciller tandis qu'il traversait la pièce pour s'asseoir face à lui. C'était une personne à l'aspect morne et fade, songea Appleby ; son visage imberbe, sa complexion rose étaient du genre qui rend impossible l'évaluation précise de l'âge. Ses cheveux grisonnants étaient coiffés dans une coupe rase toute germanique. Il pencha un peu la tête de côté et ses deux mains se rejoignirent doucement devant sa poitrine, dans une attitude presque féminine, en contraste violent avec la dureté de son regard bleu. Assis, il conservait une immobilité totale. Il était gauche, et on eût dit qu'il craignait que le moindre mouvement ne trahisse fatalement sa maladresse chronique.

— Je viens de signer une déposition pour votre collègue, qui m'a longuement questionné. Que puis-je pour vous ?

Pownall parlait avec calme et sans émoi apparent, son austérité uniquement suggérée par le choix des mots. Pourtant son regard errait sur la pièce, un regard résolument détaché qui néanmoins restait froid et cherchait quelque chose. Et tout ce temps sa tête conservait cette légère inclinaison qui lui donnait une ressemblance étrange avec le portrait d'Alexandre le Grand ornant le mur derrière lui.

— Avez-vous pu ajouter quelque chose à votre déclaration informelle d'hier ? s'enquit Appleby d'un ton également neutre, mais la question prit toute son emphase par le silence qui la suivit.

Enfin Pownall répondit :

— Je n'ai rien ajouté, non.

De nouveau, un silence.

— Vous n'êtes au courant d'aucune circonstance en rapport avec la mort du président qui pourrait nous être utile ?

— Non.

— En fait, vous venez de jurer sur cette position ?

Une fois encore il y eut une pause. Puis Pownall se leva subitement et traversa la pièce. Son objectif se révéla être une petite boîte en verre contenant des cigarettes qu'il avait apparemment l'intention de proposer à son visiteur. Mais ce geste d'hospitalité curieusement tardif ne s'accomplit jamais : le coffret échappa soudain aux doigts de Pownall et son contenu s'éparpilla sur le sol. L'impression de gaucherie que donnait l'homme rendit cette défaillance assez naturelle, mais pour Appleby il ne s'agissait pas de maladresse, seulement d'une autre illustration de sa théorie qu'à St. Anthony les esprits fonctionnaient bien.

Pownall s'était courbé instantanément. Ses doigts coururent ici et là sur le tapis pour ramasser les cigarettes. Et quand il se redressa son visage, qui aurait pu rosir dans le mouvement, était encore plus blême qu'auparavant. Pendant un moment, les deux hommes se regardèrent, puis Pownall finit par répondre obliquement à la question qui lui avait été posée une minute plus tôt :

— Je ne peux vous éclairer par aucune preuve sur la mort du président. Pourtant il est certains faits, connectés à son décès mais qui ne l'élucideraient en rien, que j'ai estimé de mon devoir de ne pas citer pour l'instant.

— La déposition que vous avez signée devant l'inspecteur Dodd peut être utilisée au tribunal, Mr. Pownall. Vous devez le savoir. Et le fait que vous ayez tu des indices matériels dans votre déclaration peut également être pris en compte...

— Ce n'est pas commettre un parjure que de décider ce qu'il est indispensable de mentionner dans une déposition faite à un officier de police, Mr. Appleby.

L'inspecteur du Yard ne put qu'acquiescer. Mais une certaine tension habitait sa voix quand il insista :

— Une attitude proche du parjure peut se révéler très peu judicieuse dans certaines circonstances. Par exemple, il est très peu judicieux de passer la nuit suivant un meurtre à trafiquer le sol de votre salon. Comme vous l'avez sans doute deviné, j'ai pris un échantillon de chaque endroit du tapis où vous avez mis de l'encre, et l'analyse dira ce qui se trouve sous une ou plusieurs de ces taches.

Appleby espérait beaucoup plus de la réaction de son interlocuteur que des résultats de l'analyse, car Pownall allait comprendre que le tapis maquillé était en lui-même un élément très embarrassant, quoi qu'ait été le but de cet acte. Et il s'en rendit compte, en effet. D'un ton froid et sec, il avoua :

— L'encre masque du sang.

Après un court silence, Pownall fit le premier mouvement depuis qu'il s'était rassis — quelque chose comme un geste exprimant la résignation devant ce qu'il venait de dire.

— Vous vous demandez certainement comment un homme intelligent peut se comporter de manière aussi absurde que je l'ai fait. Eh bien, la réponse tient en un mot : *le sang*. On dit que verser le sang est grisant, qu'on se sent comme un ange. J'ai été enivré aussi, enivré de sang. Mais pas celui que j'ai versé. Et je ne me suis pas senti pareil à un ange... Non.

Il y eut un de ces silences qui paraissaient indissociables de toute conversation avec cet être maladroit, rigide et falot. Mais ce silence semblait receler une intense cogitation de la part de Pownall, comme s'il venait de déplacer une pièce sur un échiquier intellectuel complexe et qu'il se concentrait pour évaluer le résultat de ce mouvement.

— C'était du sang, sur le tapis. Là.

Il se leva pour marcher jusqu'au centre de la pièce et désigner un endroit du tapis de la pointe du pied.

— Il n'y en avait pas beaucoup, juste une petite tache — quatre ou cinq centimètres de large, pas plus... et à demi séché. J'ai pris du papier buvard. Je me souviens m'être demandé s'il conviendrait, si le buvard absorberait du sang, du sang coagulé. Ça a marché, et il ne restait plus qu'une tache d'environ un centimètre de large. Sur le motif noir, elle ne se voyait pas. Mais elle débordait sur le bleu du tapis, là. Alors j'ai pris de l'encre de Chine noire et j'ai agrandi le motif noir. C'était une action due à la panique — j'étais motivé par la peur des retombées de ce mauvais tour qu'on m'avait joué. Mais la panique ne m'a pas quitté pour autant. Hier, chaque fois que je regardais le tapis, l'irrégularité du motif — cette bande d'un centimètre ajoutée à l'encre — me sautait aux yeux. Pourtant l'encre teintant le bleu s'accordait parfaitement au noir du tapis. Mais ce détail m'a hanté à un point tel que j'ai fini par modifier tout le tapis la nuit dernière, pour restaurer la symétrie du dessin. Ce n'est qu'après avoir exécuté tous ces raccords à l'encre que je me suis rendu compte qu'on allait la sentir. Mais en ouvrant les fenêtres...

Pownall s'interrompit. Il semblait simplement perdu dans ses pensées. Cette fois Appleby crut bon d'intervenir :

— Pourriez-vous me donner une version plus cohérente, et moins dramatique ?

Le ton employé disait la conviction du policier que Pownall feignait la tension et qu'il jouait un rôle. Pourtant l'inspecteur n'aurait pu le jurer ; il était dérouté par ce mélange singulier d'agitation et d'impassibilité auquel il était confronté. Et maintenant Pownall prenait sa requête avec naturel.

— Oui, dit-il, je vais le faire.

Après une de ces pauses qui constituaient un rythme essentiel de son expression, il ajouta :

— Tout a commencé avec un rêve.

S'il avait eu droit à ces confidences une heure plus tôt, l'inspecteur Dodd aurait sans doute montré quelques signes d'impatience à ce stade de l'entretien. Pas Appleby, qui toutefois sortit de sa poche un calepin et un crayon. Il inscrivit un titre en sténographie, et ce geste parut stimuler Pownall, qui se lança dans quelque chose approchant un récit adapté.

— Je me lève très tôt, et de coutume j'abats le gros de mon travail personnel quotidien avant le petit déjeuner. C'est une habitude que j'ai prise dans les pays chauds : j'ai fait pas mal de recherches archéologiques en Égypte et en Grèce. Normalement, je suis debout avant cinq heures du matin, et en conséquence je me couche assez tôt le soir. Avant-hier, je suis revenu de la salle commune un peu après vingt et une heures trente. Je suis resté à lire ici, dans un fauteuil, pendant une vingtaine de minutes, ensuite je suis allé chercher de l'eau chaude au petit office qui se trouve sur le palier, je me suis lavé et couché. J'ai dû m'endormir avant vingt-deux heures quinze : j'aime dormir dès dix heures du soir quand je le peux.

« Eh bien, comme je vous l'ai dit, tout a commencé par un rêve. Je faisais de l'aviron quand j'étais étudiant, et ce rêve concernait le fleuve. Nous nous entraînions tout comme ils le font encore aujourd'hui — dans des bateaux pour quatre. Notre entraîneur nous hurlait aux oreilles et je me souviens avoir été alarmé par quelque chose dans sa voix — peut-être se servait-il d'un mégaphone. J'étais très inquiet de ses cris, sans raison précise... Nous répétions le départ et le même cri retentissait tout au long du rêve, encore et encore : "Attention — Prêts ? — Souquez !" Le dernier mot était un hurlement titanesque, comme le claquement d'un fouet géant, et nous nous échinions à filer sur la rivière. Il y a d'autres détails que j'ai oubliés, ou bien le rêve s'est interrompu. Mais par la suite je me suis retrouvé dans la même situation, c'était comme un cauchemar récurrent. Et peu à peu une sorte de raideur gagnait mon corps et m'empêchait de ramer correctement. L'entraîneur me hurlait sans arrêt "Lâchez, courbez ! Lâchez, courbez !" en parlant de mes poignets. Mais je n'y arrivais pas et finalement je plongeais la rame trop profond.

« Je me suis réveillé en sursaut. J'étais terrifié et couvert d'une sueur froide. Pourtant je n'étais pas assez terrifié pour ne pas me rendre compte que cette réaction était étrange. Il m'arrive de faire des cauchemars, mais jamais ils ne me laissent apeuré au réveil. Et soudain j'ai su que quelqu'un était entré chez moi. Je serais incapable de vous expliquer comment j'ai eu cette conviction, je suppose que ma conscience endormie a dû m'en prévenir. L'instant d'après j'en ai eu la confirmation. J'ai entendu un bruit distinct et fort dans le salon. Si je résidais dans la partie accessible du collège, j'aurais pu croire à une plaisanterie d'étudiants, même si ces choses sont rares à St. Anthony. En toute logique, seul un de mes collègues ou le gardien pouvait se trouver dans Orchard Ground à cette heure. Et même si un fellow pouvait fort bien entrer dans mon salon sans que je m'en offusque, il était très improbable qu'il s'introduise secrètement dans ma chambre pendant mon sommeil. J'en ai donc conclu qu'un cambrioleur était à l'œuvre dans la Maison.

« J'avoue ne pas être un homme très courageux. Il m'a fallu peut-être deux minutes avant que j'ose sortir de mon lit pour aller voir dans le salon. Quand j'y suis entré, j'ai aperçu un rai de lumière provenant du vestibule, qui a presque aussitôt disparu. Quelqu'un venait de refermer la porte. Assez curieusement, je pense (car je suis plutôt peureux, comme je vous l'ai dit), je me suis lancé à sa poursuite. Je suis sorti juste à temps pour voir quelqu'un disparaître dans l'obscurité...

— Dans quelle direction ?

Si la question était subite, Appleby n'eut aucune certitude qu'elle prenait Pownall de court, car il n'hésita qu'une fraction de seconde avant de répondre :

— Il n'y a qu'une allée, et bien avant l'embranchement le cambrioleur était hors de ma vue. J'ai crié et je sais qu'il m'a entendu : il s'est instantanément mis à courir.

Cette fois, c'est d'un ton paisible qu'Appleby demanda :

— Qui était-ce, Mr. Pownall ?

Et l'universitaire hésita nettement, selon son habitude des pauses. Il parut encore peser les effets et les conséquences avant de parler enfin :

— Je ne sais pas.

— Vous n'avez aucune idée ? Vous n'avez vu qu'un dos ? Et la taille ? Les vêtements ?

Pownall secoua la tête et revint brusquement à son récit :

— Je suis retourné dans le salon avec l'intention de téléphoner sur-le-champ au gardien. Alors que je regardais dans la pièce pour voir si l'intrus avait volé ou dérangé quelque chose, j'ai remarqué...

— Vous avez remarqué le sang, Mr. Pownall — une tache à demi coagulée de quatre centimètres de large. Et vous l'avez essuyé avec du papier buvard avant d'aller chercher votre bouteille d'encre de Chine... Quoi d'autre ?

Appleby était maintenant redoutable. L'incrédulité froide et mesurée dans sa voix aurait déstabilisé le criminel le plus endurci. Mais Pownall était entièrement maître de lui-même.

— C'est exact, dit-il. J'ai découvert le sang — et autre chose. Deux morceaux de papier carbonisés dans un cendrier ont attiré mon attention. Un cendrier que je savais vide quand je suis allé me coucher. Quand je les ai examinés, j'ai découvert qu'il s'agissait de deux pages déchirées à un agenda personnel — presque complètement brûlées, mais pas tout à fait. Il restait un coin intact, qui portait un fragment de l'écriture du président.

Avec dans sa poche l'agenda d'Umpleby, l'inspecteur savait que sur ce point au moins il ne s'agissait pas d'une affabulation totale.

— Tout cela pourrait sortir de l'imagination de Mr. Gott, dit-il en s'interrogeant aussitôt sur le double sens de cette remarque. Qu'avez-vous conclu de ces indications ?

Pownall s'arrêta devant l'obstacle tout comme Haveland le soir précédent.

— J'en ai conclu que quelqu'un avait assassiné le président et cherchait à me faire accuser.

— C'est plutôt à Chicago et non ici que ce genre de conclusion vient spontanément à l'esprit des gens, vous ne trouvez pas ? Vous voulez me faire croire que c'est ce que vous avez pensé ?

Pownall considéra son hôte d'un regard froid.

— C'est ce que j'ai pensé.

— Ces indices étranges — une tache de sang, deux feuilles de papier brûlées, un mystérieux rôdeur nocturne — vous ont donc suggéré l'idée d'un meurtre et d'une conspiration vous visant ? fit Appleby d'un ton ouvertement incrédule.

Pownall n'hésita pas une seconde.

— C'est le sang, dit-il. Sa vue m'a bouleversé, enivré, d'une certaine façon, comme je vous l'ai dit. A partir de cet instant, j'ai eu des réactions anormales. La tentative de masquer la tache était anormale. Toutefois j'estime que ma conclusion était parfaitement raisonnable et solide. De ces faits — la visite clandestine chez moi, le sang, les fragments à demi détruits de feuilles portant l'écriture du président — je ne pouvais arriver qu'à une hypothèse : aussi incroyable que cela pût sembler, Umpleby avait été agressé ou assassiné, et l'accusation allait retomber sur moi. Les feuilles brûlées de l'agenda, le sang n'étaient sans doute que les premiers éléments destinés à m'incriminer. En me réveillant, j'avais certainement interrompu la mise en scène. J'aurais dû être endormi, ce qui aurait permis au scélérat de terminer son plan. J'ai pensé qu'il s'était fondé sur ma réputation de dormeur profond pour parier qu'il pourrait en plus disposer des indices compromettants jusque dans ma chambre. D'ailleurs, nous avons eu une alerte au feu il y a quelques années, et je suis resté endormi pendant tout le vacarme, de sorte que c'est devenu une sorte de plaisanterie à mon propos dans tout le collège.

« J'ai supposé que le meurtrier avait l'intention d'abandonner le corps non loin de chez moi, puis de donner l'alarme et de diriger les recherches vers mon appartement. On aurait trouvé ces indices, comme des traces de mon forfait que j'aurais négligées avant d'aller cyniquement me coucher. Si je ne m'étais pas réveillé comme je l'ai fait, la première chose que j'aurais vue en ouvrant les yeux aurait été la police venue m'arrêter pour l'assassinat d'Umpleby.

Pownall parlait avec assurance et même — sous la froideur résolue du ton — avec une certaine passion. *Presque*, songea Appleby, comme un homme qui dit la vérité. Pourtant, en se jetant de façon aussi déterminée vers l'obstacle, Pownall avait commis une erreur. Et Appleby, par cette cognition intuitive que donnent l'expérience et l'entraînement, sut que Pownall se rendait compte de ce faux pas. (Il a cru, se dit-il, que la connaissance de l'assassinat d'Umpleby était nécessaire pour expliquer son accès de panique et le maquillage du tapis. Alors il a inventé toute cette histoire selon laquelle il aurait « deviné » le crime, et en agissant ainsi il s'est mis dans une impossibilité psychologique. Il aurait simplement dû prétendre qu'il avait eu peur de l'intrusion nocturne de l'inconnu et de la tache de sang, et qu'il avait agi sous le coup d'une sensation de danger indéfinie mais très puissante. Il a commis une erreur qu'aucun discours n'effacera, et il le sait.)

— *Pourquoi ne pas avoir donné l'alerte?* dit Appleby.

C'était là le deuxième point qu'il marquait, après la mention de Chicago. Pownall prit un moment avant de l'affronter.

— J'avais les mains liées. Une fois que j'avais utilisé cette encre, à cause du sang et, je le reconnais, sous un coup de folie des plus graves, je n'ai pas osé faire un autre mouvement. J'ai caché la tache en cédant à une bouffée de peur morbide qui m'a submergé ; cette même peur m'a repris la nuit suivante quand j'ai continué à retoucher le tapis. A cet instant, j'étais dans un tel état d'esprit que j'aurais préféré être pendu plutôt que de l'admettre, je crois.

L'homme savait se reprendre, et quoi concéder au meilleur moment. Tous étaient talentueux... Quelle affaire ! Soudain Appleby fut choqué par la qualité du pur plaisir cérébral que lui-même pouvait éprouver dans cette histoire misérable — dans ce meurtre misérable qui n'avait pas de raison d'être. Il se remémora les pensées qui lui étaient venues quand il déambulait dans Bishop's Court en pleine nuit. Il se rappela les ténèbres, le silence lourd de sens et d'une certaine façon en accord avec l'esprit des lieux qui l'avait momentanément empli d'une étrange amertume, celle née de la conviction qu'il avait été amené ici comme l'instrument d'une justice vengeresse. Et cette humeur avait été supplantée par la colère. Il se revit touchant la pierre froide d'un passage voûté et en ressentant la *permanence* : quelque chose qui était là avant notre temps, qui y demeurait alors que notre temps, comme le dépeignait Titlow, s'engageait peureusement mais inéluctablement vers sa fin ; quelque chose qui serait encore là dans des temps futurs. Il se souvint de la signification qu'avait prise pour lui la lumière qui brillait doucement sous la voûte, au sein de l'obscurité et de la brume, et comment il s'était juré de chasser l'intrus du collège... A présent le problème était froidement exposé devant lui, à la façon d'un jeu intellectuel présenté sans équivoque comme agréable...

Néanmoins il était impossible d'oblitérer l'élément émotif. Pourquoi cet universitaire assis avec flegme devant lui mentait-il, alors qu'il était question de la mort de quelqu'un ? Avait-il pris un revolver et tiré une balle dans la tête d'Umpleby ? Après tout, pourquoi aurait-il commis un acte aussi insensé ? Une vague exaspération naquit en Appleby et il décida de pousser l'interrogatoire plus loin.

— Très bien, Mr. Pownall. Votre observation s'étend-elle à l'heure où ces intéressants événements se sont déroulés ?

Mais Pownall ne fut pas plus troublé par la dureté du ton qu'il ne l'avait été par l'incrédulité affichée du policier.

— Quand je suis sorti du lit, j'ai regardé ma montre. Il était vingt-deux heures quarante-deux.

— Vingt-deux heures quarante-deux, répéta Appleby en appuyant avec ironie sur la précision. Dites-moi, ce moment bien défini ne précède-t-il pas de dix-huit minutes celui auquel nous savons que le président a été abattu ? Comment, d'après vous, le Dr Umpleby alors bien vivant a-t-il été persuadé de donner assez de sang pour constituer une tache de quatre centimètres de large sur votre tapis ? Il semble que la concordance des temps pose quelque difficulté...

— Je suppose que ce n'était pas nécessairement le sang d'Umpleby. Je suppose que le vrai coupable

— quel qu'il soit — disposait par avance autant de fausses preuves que possible. Ensuite, il aurait simplement tué Umpleby tout près de chez moi, se serait enfui et aurait déclenché l'alarme.

— Mais nous savons que le président a été tué dans son bureau, où le coup de feu devait très certainement être entendu et marquer le moment exact du meurtre. Et le corps du président y a été découvert, entouré des ossements appartenant à Mr. Haveland. Tout cela concorde-t-il ?

— Oui. Souvenez-vous, le tueur a compris qu'en m'éveillant j'avais percé à jour son projet. Il m'a entendu crier derrière lui quand il fuyait, de sorte qu'il a dû abandonner son plan consistant à m'accuser pour charger Haveland à la place.

Un long silence suivit, qu'Appleby se refusa à rompre. Finalement Pownall céda :

— Ou bien le meurtrier a abandonné son projet de rejeter l'assassinat sur quelqu'un d'autre. S'il s'agit d'une personne souffrant d'un déséquilibre mental, par exemple, et que son stratagème rate, alors...

— Alors il pourrait se retourner contre lui-même et laisser sa propre signature sur les lieux du crime ? Je vois.

Appleby se leva et dit soudain :

— A propos, si votre première suggestion est la bonne — si le tueur, comprenant qu'il avait échoué à vous incriminer, a voulu diriger les soupçons sur Haveland, il a compté sur votre improbable bouffée de folie qui vous a poussé à cacher ce que vous auriez dû immédiatement révéler.

— Je ne crois pas que ma première suggestion soit la bonne, répondit Pownall.

2

C'est un Appleby pensif qui retourna d'un pas lent par Orchard Ground jusqu'aux appartements du président. Il sentait la nécessité de réagir contre ces étranges entrevues où l'enquête s'enferrait. Il avait la désagréable impression que sa propre technique de prédilection — être passif, observer, écouter — était dans ce cas inadéquate, voire trompeuse. Il fallait opter pour une attitude plus agressive. En paroles toutes ces personnes se montreraient captieuses et peu sujettes à commettre des erreurs.

Qu'avait-il appris ? Ou, plutôt, qu'avait-il appris qu'il n'aurait pas dû apprendre ? Sa réussite, pour l'instant modeste, se cantonnait à son entretien avec Pownall : il l'avait poussé d'une position à une autre, et l'avait accusé d'une conduite fort peu judicieuse. Mais ce résultat découlait de l'emploi de méthodes policières classiques : un coup d'œil chanceux par une fenêtre, avant de malmener un peu le suspect avec succès. Avait-il commis un impair en acceptant de suivre ces hommes sur leur propre terrain ? Et toutes ces palabres prenaient du temps ; la matinée s'était écoulée sans gain appréciable. Il n'aurait pas d'autre face-à-face avant de s'être adonné à quelques petites opérations. Le besoin de faits concrets pour étayer son enquête se faisait pressant et le hantait depuis qu'il avait dit à Dodd qu'il allait marcher un peu. Il avait à résoudre une énigme qui semblait à la fois sans rapport avec l'affaire et trop *proche* de celle-ci pour l'être réellement... En attendant, il allait se rendre dans les appartements du président et persuader Dodd, si son collègue désirait quitter les lieux, de trouver un autre officier suffisamment capable pour continuer de prendre les dépositions. Appleby n'était pas d'humeur à assumer cette tâche.

Toujours perdu dans ses pensées, il traversa l'entrée. Inutile d'espérer des résultats rapides dans une affaire aussi compliquée. Des indices concernant des mobiles possibles pour le meurtre devraient être apparents, et qu'avait-il en tout et pour tout ? Umpleby n'avait pas été très aimé de ses collègues, et il y avait cette histoire douteuse selon laquelle il se serait approprié sans vergogne la propriété intellectuelle d'autrui. Très insuffisant, pour l'instant. Quoi d'autre ? L'arme ?

Appleby passa dans la salle à manger. A une extrémité de la table le sergent à la mine lugubre rassemblait des papiers. En face de lui était assis Dodd, qui paraissait en pleine méditation. Sur la surface d'acajou entre les deux hommes reposait un petit revolver brillant au mince canon d'acier bleuté, avec une crosse incurvée en ivoire. Pas exactement ce qu'on appelle une arme sérieuse, mais efficace à trois ou quatre mètres.

Appleby analysait la surprise ressentie à la vue du revolver quand Dodd sortit de ses réflexions et son visage s'illumina :

— Les policiers du coin ont réussi à faire une partie du travail de terrain, fit-il avec un geste vers l'arme, et maintenant, ils vont se retirer.

Il ramassa lui aussi les papiers étalés devant lui.

— Sans me divulguer l'endroit où cet intéressant objet était caché ?

— Bien sûr, j'allais oublier ! Nous l'avons trouvé parmi les Vénus et autres créatures fabuleuses, fit Dodd qui avait ses propres ressources en allusions littéraires.

— Bien entendu, dit Appleby. Parmi les Vénus. Comment ne pas y avoir pensé plus tôt ?

Même le sergent triste se joignit à leur rire. Enfin Dodd expliqua :

— Babbitt l'a découvert dans la réserve de la Maison des jeunes fellows. Vous voyez ce passage qui relie le rez-de-chaussée au petit escalier menant au sous-sol, où se trouvent l'office des domestiques et le reste ? Il y a là, près de l'office, une sorte de grand placard qui sert de réserve aux locataires, et qui est empli d'un tas de bricoles diverses. Babbitt fouinait par là peu avant que vous ne preniez votre petit déjeuner... L'endroit contient tout un bric-à-brac remisé là, dont pas mal d'objets de Titlow. Un vrai musée : il y a des statues, des sarcophages et des fragments d'un vieux dallage de salle de bains — c'est du moins ce qu'a dit Babbitt, mais votre érudition vous fera sans doute reconnaître des dalles romaines ou quelque chose d'approchant. La porte est plus ou moins bloquée par un vieux fauteuil roulant qu'Empson utilisait — semble-t-il — quand il était plus handicapé qu'aujourd'hui. Derrière tout ça il y a les déesses païennes, et le revolver était dissimulé tout au fond. Pas une mauvaise cachette, vraiment.

— Elle a ses avantages, aucun doute, approuva Appleby d'un ton un peu sec.

Il contemplait la petite arme d'un regard songeur.

— On dirait que vous attendez qu'il vous saute à l'oreille pour vous raconter toute l'histoire ! remarqua Dodd.

— Tel qu'il est sur la table, j'ai la sensation qu'il m'a déjà appris quelque chose. L'ennui, c'est que je n'arrive pas à définir quoi. *Abondance de richesse*[1], une fois encore... Il y a un instant je me disais que je n'avais pas avancé d'un pouce. Et voilà qu'en une minute j'en apprends beaucoup trop.

— Toujours votre manière cryptique de dire les choses, railla Dodd avec un petit rire.

Appleby manqua rougir, et ses manières se firent brusques.

— Vous avez un horaire des chemins de fer, Dodd ? Parfait. Sergent, vous êtes-vous promené à Londres récemment ? Alors vous allez le faire. Voulez-vous passer prendre ma mallette au Six-deux, je vous prie ?

— Le Yard en action ! continua Dodd dans la même veine gentiment ironique. Quant à moi, je vais humblement partir à la recherche de mes cambrioleurs. Kellett restera ici pour prendre les dépositions, comme vous l'avez demandé. J'ai cru comprendre que vous alliez faire une petite promenade ? Ne les laissez pas vous matraquer une autre fois dans vos pérégrinations rurales, surtout ! Au fait, si vos savants amis ne vous réclament pas, accepterez-vous de faire la connaissance de Mrs. D. ce soir, pour le souper ?

Appleby se fit une joie de répondre par l'affirmative. Apparaître une nouvelle fois à la table d'honneur aurait constitué une sorte d'infraction au code universitaire, lui semblait-il. Ils avaient conclu du rendez-vous quand le sergent réapparut avec la mallette, et Appleby se mit rapidement au travail, tandis que Dodd s'attardait pour l'observer avec intérêt.

— Vous n'espérez quand même pas qu'il ait

1. En français dans le texte. (*N.d.T.*)

laissé des empreintes, n'est-ce pas ? demanda-t-il avec incrédulité.

— On ne sait jamais, dit Appleby dont les doigts agiles entortillaient une longueur de fil métallique.

— Je ne savais pas qu'on pouvait chercher des empreintes avec ce genre de collet à lapin, lâcha Dodd, partagé entre l'amusement et la curiosité devant ces mystérieux préparatifs.

— Dieu du Ciel, Dodd ! Vos romans policiers doivent être bien vieillots ! Vous ne croyez pas que je vais m'attaquer moi-même à ce qui est au mieux une chance sur cent ? C'est un travail pour les meilleurs chimistes et photographes dont nous disposons. A propos, ils désireront examiner aussi la balle, dès qu'elle sera disponible.

Il avait créé l'ossature d'une sorte de petite cage métallique. Tout en parlant, il souleva délicatement le revolver et le plaça à l'intérieur. Le tout fut ensuite enfermé dans une boîte en acier, avec la célèbre dixième clef. La boîte fut fermée et confiée au sergent.

— Voilà, sergent, et vous avez ici l'horaire des chemins de fer. Prenez le premier train pour Londres, puis un taxi jusqu'au Yard. Donnez la boîte à Mr. Mansell, dans l'aile est. Le temps est un élément important dans ce genre de distractions, aussi je ne vous retiens pas plus longtemps. Et autant rester là-bas pour la nuit ; il se pourrait que vous soyez en mesure de nous ramener les rapports d'expertise demain. Amusez-vous bien.

Le sergent au visage triste sortit, totalement transfiguré. Et Dodd le suivit. Il emmenait avec lui une nouvelle image d'Appleby, celle d'un homme au regard brillant.

CHAPITRE IX

1

Les étudiants déambulaient dans Bishop's Court, plus nombreux que de coutume, peut-être, et plus lentement que ne le conseillait le froid mordant. Certains s'attardaient pour converser avec des amis penchés aux fenêtres, lesquelles étaient elles aussi remarquablement garnies. Appleby, qui marchait dans le soleil atténué de l'hiver là où de nuit il avait fait les cent pas, ne se souciait guère du spectacle qu'il offrait. L'excitation détectée par Dodd le possédait toujours.

Plus tôt, il s'était plaint à son collègue qu'il y avait trop de lumière — mais il s'agissait d'une lumière, ou d'une multiplicité de lumières qui jouaient confusément sur un mur nu. A présent, la lumière s'était soudain concentrée et révélait une ouverture dans le mur, un passage encore incertain qu'il était possible d'emprunter. Et Appleby commençait son exploration en ce moment même. Tandis qu'il avançait sur le chemin, celui-ci se rétrécit et devint mieux tracé ; la lumière s'accrut...

Il comprenait maintenant quelque chose dont il aurait dû être conscient dès son entrée dans les appartements du président. La détonation entendue par Titlow et Slotwiner ne pouvait être celle du coup de feu qui avait tué Umpleby. La toge de Barocho en était la preuve presque absolue. Appleby l'avait trouvée enroulée autour de la tête de la victime. Or, entre la détonation et l'irruption de Titlow et de Slotwiner dans le bureau, quinze secondes au maximum s'étaient écoulées. Le meurtrier n'avait donc pas eu le temps matériel d'emmailloter la tête d'Umpleby, sans compter les ossements, les dessins griffonnés sur le mur et la fuite dans le verger. L'assassin n'avait pas pu agir ainsi ; mieux : il n'avait aucun motif pour le faire.

Cette évidence, qui aurait dû s'imposer à l'esprit d'Appleby dès le premier instant — et qui sans doute le hantait depuis le début de l'enquête —, lui avait été révélée par un renseignement anodin fourni par Dodd. Et elle s'était imposée à Appleby sous la forme d'une image très claire. Alors qu'il se trouvait dans la salle à manger d'Umpleby, il avait recréé en pensée toute l'impénétrable obscurité d'une nuit sans lune de novembre — des ténèbres qu'il avait lui-même connues douze heures plus tôt. A travers cette nuit noire avançait une forme étrange, grinçant et cahotant — une forme indéfinissable jusqu'à ce qu'elle s'arrête dans le halo lumineux dispensé au-dehors par les portes-fenêtres, et que se précisent alors les contours d'un fauteuil roulant dans lequel était blotti un corps humain, la tête entourée d'une étoffe noire...

Cette image toujours à l'esprit, Appleby fit demi-tour et se hâta vers Orchard Ground. Une minute plus tard, il entrait dans la réserve dont Dodd avait parlé. Le fauteuil roulant s'y trouvait bien. Était-il possible de définir s'il avait récemment servi, et à l'extérieur ? L'inspecteur se plongea dans un examen minutieux de l'objet. Comme il se l'était imaginé, c'était un vieux modèle en osier qui devait craquer au moindre mouvement. Il ne décela aucune trace d'huile — indice éventuel d'une utilisation sous le coup de l'urgence, sans plan préalable. Nulle part il n'y avait de sang. Cela, bien sûr, s'expliquait par la tête emmaillotée : on ne devait relever les traces de sang que dans le bureau du président... Appleby s'intéressa ensuite aux roues. Elles étaient vieilles et usées, et le caoutchouc durci et détérioré offrait une surface à laquelle peu de chose pouvait adhérer. Mais ici et là il vit de minuscules craquelures qui ravivèrent ses espoirs. En deux endroits il trouva dans ces crevasses miniatures des graviers — mais totalement secs. En supposant qu'ils se soient logés là deux nuits plus tôt, pouvaient-ils être aussi secs ? Appleby le pensait, et il chercha une preuve plus probante. Il avait presque fini d'examiner le pourtour de la seconde roue quand sa ténacité paya. Entre le pneu et la jante était pris un brin d'herbe, sans doute arraché quand le fauteuil avait roulé près d'une pelouse. Un brin d'herbe encore vert. Récemment — très récemment — ce fauteuil roulant avait été utilisé à l'extérieur.

Appleby se concentra ensuite sur le dos du siège. Une unique barre horizontale permettait de pousser le fauteuil, du genre que l'on peut ôter en dévissant un bouton à chaque extrémité. Mécaniquement, suivant la recherche de routine des empreintes, Appleby la délogea. Il le faisait d'un geste absent, en regardant autour de lui. Comme l'avait dit Dodd, la petite pièce était pleine d'objets au rebut appartenant surtout à Titlow, visiblement. Il y avait là une arquebuse, un petit requin à l'air doux dans sa vitrine, et un ou deux moulages en plâtre, dont celui d'une Vénus allongée — la déesse, sans doute, derrière laquelle le revolver avait été dissimulé. Appleby ne prit pas le risque de s'installer sur le fauteuil et préféra s'asseoir sur le ventre de la dame, pour réfléchir.

Umpleby vivant, dans son bureau, à vingt-deux heures trente. Umpleby abattu, ailleurs, entre ce moment et vingt-trois heures... Subitement il lui revint à l'esprit une autre impression dc la nuit précédente. Le calme dans Bishop's Court, protégée par la haute barrière que constituaient la chapelle, la bibliothèque et le réfectoire. Le grondement et le fracas intermittents entendus dans Orchard Ground, montant jusqu'au rugissement quand un véhicule approchait dans Schools Street. Toutes les cinq minutes, le phénomène devait se produire, même la nuit, et à cet instant on pouvait tirer un coup de feu sans risque d'être détecté.

Umpleby tué là, dans le verger, puis son corps transporté dans son bureau. Umpleby tué à une certaine heure et dans un certain endroit, son meurtre maquillé pour faire croire qu'il avait eu lieu ailleurs et à un autre moment. *Et donc, qu'il avait été perpétré par quelqu'un d'autre.* L'alibi... Non, ce n'était pas cela : il y avait eu le second coup de feu. Restez pour le tirer, et vous ne pouvez pas vous établir un alibi. Mais si cela n'avait eu pour but que de *détruire l'alibi d'un autre*... Oui, c'était beaucoup mieux... Appleby ajouta alors un nouveau détail à l'image de ce transfert morbide qui émergeait des ténèbres. Aux pieds du corps se trouvait une caisse — peut-être un sac — emplie d'ossements.

Il se leva de l'abdomen froid et dur d'Aphrodite,

sortit lentement de la réserve et fit halte dans l'entrée. Sur sa gauche, l'appartement de Haveland, où s'étaient trouvés les ossements. Sur sa droite, celui de Pownall, avec sur son tapis du sang. Il retourna dans Orchard Ground et se mit à marcher entre les arbres, cette fois à l'abri des regards curieux. Son esprit mettait à l'essai une formule :

Il ne pouvait pas prouver qu'il ne l'avait pas fait là et en vingt minutes — à supposer qu'il y ait des indices de sa culpabilité. Mais il pouvait prouver qu'il ne l'avait pas fait ici et maintenant.

Il y ajouta une annexe : *Un homme efficace ; il a rechargé le revolver afin qu'il soit trouvé avec une seule balle manquante.* Puis vint la question : *Et la seconde balle ?* Finalement, et sans logique précise, il conclut par une réflexion : *Néanmoins, il faut que je m'offre cette petite promenade. Et maintenant.*

2

Appleby n'avait pas mis le pied hors de St. Anthony depuis que la grosse Bentley jaune l'avait déposé la veille devant ses portes, et il commençait à éprouver un besoin pressant de changer d'air. Il s'était prévu un itinéraire qui satisferait à la fois les nécessités du travail et celles du délassement ; sa mise au point avait été interrompue par la découverte du revolver, mais il était déterminé à ne plus le retarder. Un sandwich et une bière au bar du *Berklay*, puis il filerait. Il passait sous la voûte d'accès de Surrey Court quand il vit Mr. Deighton-Clerk qui approchait en sens inverse. Le cœur d'Appleby se serra, non sans raison comme il lui apparut rapidement.

— Ah, Mr. Appleby. Je vous cherchais, justement. Si vous en avez le temps, faites-moi le plaisir de venir partager mon déjeuner. J'aimerais beaucoup avoir un autre entretien avec vous. Quelque chose d'assez simple doit déjà nous attendre chez moi.

Appleby n'avait certainement pas le temps, et encore moins l'envie, mais il manquait encore plus du courage de refuser. Peut-être fallait-il voir là l'effet d'une vieille habitude : celle du jeune homme intelligent qui jamais ne rate une invitation de ses aînés plus érudits. Ou bien son instinct de policier le convainquit-il d'accepter ce changement de plan. Quoi qu'il en fût, Appleby marmonna quelques paroles d'assentiment appropriées et suivit docilement Mr. Deighton-Clerk. Il prit quelque plaisir à l'idée qu'il avait à la main la mystérieuse barre de guidage du fauteuil roulant. Cet objet déconcerterait le doyen.

Le menu proposait un double filet de sole, une *bécasse Carême* et des *poires flambées*[1], le tout arrosé d'un vin du Rhin tout à fait remarquable. Les cuisiniers d'un collège sont aptes à concocter ce genre de repas fin, et les étudiants — et même les professeurs — aiment à recevoir. Mais c'était là une invitation curieuse, songea Appleby, propre à détourner un policier de son enquête — ou à agrémenter celle-ci. Il sentait chez Deighton-Clerk une indécision cachée. Sa salle à manger fort joliment décorée bien qu'avec préciosité, sa bécasse excellente mais inopportune, signaient un individu incertain de lui-même. Et une fois de plus sa conversation débuta de façon assez floue. En présence de ses

1. En français dans le texte. (*N.d.T.)*

collègues, et même dans des circonstances difficiles ou malencontreuses, le doyen savait se montrer résolu, détendu et poli. Mais si vous ajoutiez à une situation tendue un étranger qu'il avait quelque mal à « situer », l'homme agissait souvent un peu mal à propos. Durant le repas, sa conversation donna maints exemples des manières formelles et pompeuses qu'il avait montrées lors de ses premiers rapports avec Appleby. Enfin il aborda le sujet qui le préoccupait. Il parla longuement, mais sans trop verser dans le plaisir du discours.

— Vous vous souvenez peut-être que je vous ai dit hier soir qu'il était particulièrement fâcheux que la mort du président survienne à cette époque précise, juste avant nos célébrations. C'était une expression malheureuse et déplacée, qui m'a fait beaucoup réfléchir. J'en suis arrivé à penser que j'essayais d'inventer des soucis qui n'existent pas pour masquer ceux qui existent bel et bien, hélas. J'étais déterminé à repousser l'idée que notre président ait pu être assassiné par un des membres de cette société ; j'étais très désireux de voir le meurtre élucidé et déclaré extérieur à St. Anthony.

« Je suis maintenant frappé par le degré jusqu'où j'ai — bien involontairement — ignoré ou déformé les évidences. Ainsi j'étais enclin à voir dans ces ossements une preuve de quelque accès d'irrationalité né *hors ces murs* et qui venait troubler l'ordre et la santé de notre collège. J'ai trouvé moyen d'ignorer le fait que les intérêts de nombre de mes collègues pouvaient expliquer qu'ils soient en possession d'ossements. Plus symptomatique encore, j'ai réussi à réprimer le souvenir de l'aberration qui a atteint naguère ce pauvre Haveland.

Le doyen s'interrompit pendant que son domestique apportait le café. Appleby se remémora les pauses périodiques de Pownall chez lui, le matin même. Mais alors que ces silences étaient involontaires chez Pownall, Deighton-Clerk semblait calculer les siens pour souligner ses dires : s'il ne s'agit pas d'un fou meurtrier venu de l'extérieur, alors c'est quelqu'un du collège, *mais qui est d'abord un fou meurtrier*. C'était très exactement le message que voulait faire passer le doyen, et comme auparavant il semblait chercher à minimiser le scandale.

— Ce que je veux surtout dire est ceci, reprit-il. L'autre nuit, j'ai manqué à mon devoir. L'intensité de mon sentiment que tel ou tel événement ou situation à St. Anthony *ne pouvait* être en relation avec le meurtre m'a rendu insuffisamment communicatif, je le crains. Je me suis efforcé de vous convaincre que les manques d'harmonie qui ont pu exister ici sont à ranger sur un plan différent de celui de l'assassinat. J'aurais été plus avisé de laisser votre bon sens en décider seul après vous avoir donné une relation dépassionnée de ce qu'ont été ces manques d'harmonie. Et c'est ce que je désire vous confier maintenant.

Au fait, enfant prolixe de St. Anthony ! songea Appleby.

— Il est difficile de dire ce qui pourra aider à la progression de l'enquête, commenta l'inspecteur avec prudence. Directement ou indirectement.

— Très vrai, répliqua Deighton-Clerk du ton qu'il aurait employé pour remercier un étudiant d'une observation avisée. Très vrai. Je dois vous avouer tout d'abord que depuis quelques années nous ne formons pas une communauté parfaitement heureuse. Vous avez entendu la réflexion choquante que Haveland nous a dit avoir proférée à l'encontre d'Umpleby, et vous aurez sans doute remarqué d'autres signes de friction. J'ai mentionné moi-même une dispute récente qui m'avait opposé au président, et je vais vous expliquer. En préalable, je tiens à vous préciser qu'en ce qui concerne les disputes entre nous je suis incapable de blâmer l'un ou l'autre. Sans que personne puisse dire pourquoi, des frictions naissent parfois, qui peuvent dégénérer en querelles, en inimitiés, en accusations. Car il y a eu des accusations — ce qui en soi est choquant —, et des accusations de faits relevant de la petite criminalité. Mais à ce niveau de misérables mesquineries, un esprit objectif aurait du mal, je pense, à accuser tel ou tel.

« Je vais commencer par vous parler d'Umpleby. C'était un homme très compétent. Là réside peut-être l'essence de la situation. Nous n'avons pas d'intelligence comparable à la sienne dans tout St. Anthony — à part Titlow. Mais Titlow est une intelligence qui fonctionne par à-coups comparée à celle d'Umpleby. Notre défunt président possédait toutes les aptitudes de Titlow, et une volonté beaucoup plus grande. La force d'Umpleby venait de sa capacité à couvrir un vaste champ d'activités ayant un rapport entre elles, et à organiser des collaborations fructueuses entre les spécialistes de chaque domaine. Ici, à St. Anthony, il avait rassemblé une équipe. Mais elle n'a pas tenu.

« Comme je vous l'ai dit la nuit dernière dans la salle commune, Haveland, Titlow, Pownall, Campbell et Ransome étaient tous très intimement associés — et cette association était vraiment l'œuvre d'Umpleby. J'étais moi-même intéressé dans ce travail, mais d'une façon peu active — dans les aspects qui touchaient aux syncrétismes méditerranéens. Aussi ai-je gardé un œil sur les relations entre Umpleby et les autres dès les premiers temps, et je me suis rendu compte du problème presque aussitôt.

Appleby avait sorti son calepin, non sans une certaine hésitation face aux restes du repas élégant et bien peu policier que lui avait offert le doyen. Voyant sa gêne, celui-ci eut un geste d'approbation à la rondeur tout épiscopale.

— Je situerai le début d'un certain embarras il y a cinq ans à peu près, après que Campbell eut obtenu son titre de professeur. C'était alors un très jeune homme, vingt-trois ans je crois, ce qui faisait de lui le cadet de seulement deux ou trois ans de notre autre jeune recrue, Rowland Ransome, un chercheur de première force. Ransome travaillait depuis déjà quelque temps, pratiquement sous la direction d'Umpleby, quand Campbell est arrivé à St. Anthony. Les deux hommes sont devenus amis. Ransome est quelqu'un d'intelligent mais... eh bien, je dirais : par intermittence. Ainsi est-il capable d'accomplir une tâche à la perfection un jour pour rater complètement ce qu'il entreprend le lendemain. C'est une personne insouciante, négligente et souvent entêtée, qui pense très peu à sa carrière ou à sa réussite. Au bout d'un certain temps Campbell s'est persuadé qu'Umpleby exploitait les talents de Ransome. Celui-ci, pensait-il, était heureux de travailler sous la direction du président jusqu'à un point que ne justifiait pas sa position, et Umpleby profitait des résultats obtenus par Ransome d'une façon indigne. Campbell a réussi à convaincre Ransome de la perfidie du président.

« Comme je l'ai dit, c'est une affaire très difficile

à juger. Umpleby publiait avec régularité, en ne faisant référence que très occasionnellement à Ransome. Toutefois vous devez vous rappeler qu'Umpleby organisait et coordonnait le travail de plusieurs personnes avec leur accord, et pour une bonne part à leur avantage. Je me fais l'écho de l'opinion, Mr. Appleby, que notre défunt président ne s'est jamais approprié la production intellectuelle d'autrui dans le but d'en tirer profit dans le monde de l'érudition.

C'était une formulation assez obscure et Appleby, se rappelant sa propre incrédulité devant les insinuations de plagiat proférées par Haveland, saisit l'occasion au vol :

— « Dans le but d'en tirer profit », pourriez-vous être plus explicite, je vous prie ?

— Vous allez comprendre. Pour résumer, Umpleby en est arrivé à prendre du plaisir à ennuyer les gens. S'il parvenait à établir, disons, la Solution X, il était capable de travailler plus dur encore pour persuader, disons, son Collègue A que la Solution X était la réussite personnelle du Collègue A, simplement pour le plaisir d'énerver ensuite le Collègue A en lui donnant plus tard l'impression qu'il lui avait volé la Solution X.

— Je vois, dit Appleby, qui se demandait comment Dodd réagirait à une telle déclaration.

— Je peux maintenant reprendre le fil de mon récit, poursuivit le doyen, sans plus insister sur le fait qu'Umpleby n'était pas un homme facile ni aimable. Quand il a appris que Ransome, qui avait été son élève dès le début de ses études et qu'il considérait toujours comme son élève, se plaignait (derrière son dos, comme il aimait à le répéter), il a été furieux. La situation est restée très délicate jusqu'à ce que Ransome parte à l'étranger il y a quatre ans. Il est demeuré absent deux années et dès son retour les ennuis ont recommencé. Il y a eu des scènes — des « incidents » est peut-être le terme qui conviendrait mieux — et finalement Umpleby s'est comporté d'une manière que la plupart des gens ont jugée très autoritaire, sinon tyrannique. Il avait en sa possession quelques documents précieux qu'on avait toujours pensé appartenir d'autorité à Ransome. Quand je dis « documents précieux », vous comprendrez que je parle de leur valeur intellectuelle : ils constituaient en fait une clef presque complète permettant de déchiffrer une série d'inscriptions qui promettaient d'être du plus haut intérêt. Il n'est pas nécessaire que je précise. Umpleby refusait simplement de s'en séparer. Quand Ransome quitterait de nouveau le pays, disait-il, il pourrait les récupérer : la présence de Ransome ici l'offensait et c'était le seul moyen qu'il avait trouvé pour le forcer à quitter St. Anthony. En effet Ransome est parti, et il n'a plus reparu ici depuis. C'est à ce propos que je me suis querellé avec Umpleby, comme j'y ai fait allusion hier soir.

Deighton-Clerk était absorbé par son récit, à présent. Son affectation avait disparu dans l'effort intellectuel qu'il fournissait afin d'atteindre à la plus grande clarté. Appleby l'écoutait avec attention.

— Il y a de cela quelques mois, j'ai reçu une lettre de Ransome, dans laquelle il me disait que les documents ne lui avaient jamais été envoyés. Il ajoutait quelques sous-entendus qui m'ont poussé à entreprendre une petite enquête personnelle. A mon grand déplaisir, j'ai découvert qu'Umpleby se proposait de rédiger des communications concernant le déchiffrage des inscriptions dans une revue spécialisée. C'est Sir Theodore Peek, l'éditeur lui-même, qui me l'a confié, sous le sceau du secret. J'ai aussitôt approché Umpleby sur ce sujet, en privé bien entendu. Je n'ai pu obtenir satisfaction de sa part. J'ai alors considéré qu'il était de mon devoir de convoquer une réunion collégiale pour exposer ce problème dans les formes. Ce n'était pas réellement possible dans le sens strict, mais je l'ai fait. Cela a été l'occasion de quelques échanges plutôt vifs. En apparence, l'affaire n'était pas très sérieuse — juste une dispute malheureuse entre collègues à propos d'un sujet savant. Mais derrière il y avait cette très laide hypothèse du plagiat — du vol intellectuel. Souvenez-vous, je vous prie, que tout cela n'est pas simple. Je n'avais pas le moindre doute quant à la capacité de notre président à travailler avec plus de succès que Ransome sur ces inscriptions, et en dehors du fait qu'Umpleby agissait de façon tyrannique et injuste en gardant ce qui appartenait à un autre homme — ou ce qui lui appartenait en partie —, toute cette affaire était très embrouillée.

— A part Umpleby, Ransome et Campbell, d'autres personnes étaient-elles impliquées dans cette histoire ?

— Oh oui, et j'y arrive. Dès le début, cet incident a paru avoir un effet négatif sur le président. Je pense que c'était quelqu'un qui n'en faisait qu'à sa tête. Quand il a pensé que l'opinion générale dans le collège était contre lui à propos de cette affaire, il s'est mis à se comporter avec un entêtement provocateur. C'est du moins ainsi que j'ai ressenti son attitude bien que, je le répète, tout cela soit très malaisé à démêler. Umpleby s'est querellé avec Haveland. A l'origine, il cherchait seulement à le *taquiner*, je crois. « *Vous* serez le prochain à qui je volerai son travail. » A l'évidence, la menace a rendu Haveland nerveux et furieux aussi, et Umpleby s'est pris au jeu. Il se délectait des réactions qu'il déclenchait chez son collègue. Peu à peu il a évolué dans cette direction, jusqu'à entrer dans une sorte de jeu mental pervers. D'une façon assez étrangement ironique, il aimait que ses collègues s'interrogent sur sa probité intellectuelle. Il a déclenché d'autres querelles, et il a fait des alliances. En particulier, il s'est allié avec Pownall contre Haveland puis, pour rendre le combat moins inégal, il a poussé Titlow à soutenir Haveland. Et récemment il avait décidé qu'il serait plus amusant (j'ai le regret de devoir le dire) de les affronter tous, ce pour quoi il a manigancé une violente dispute entre lui et Pownall.

« Pour Umpleby, ce n'était qu'un amusement et il n'a jamais dépassé certaines limites. On peut dire qu'il n'a jamais enfreint les règles qu'il avait inventées pour lui-même. Il s'est toujours montré d'une grande courtoisie formelle, et je pense qu'au fond il n'agissait pas par passion : il était très détaché. Non, simplement il expérimentait sur un plan intellectuel une récréation quelque peu morbide. Hélas, cela a mis une très mauvaise ambiance dans le collège, ce qui se comprend aisément : les autres acteurs n'avaient pas la même objectivité, le même recul. Je soupçonne en particulier Pownall et Titlow de s'être laissé emporter l'un contre l'autre ; il existe maintenant entre eux une réelle antipathie, j'en ai peur. D'autres se sont également laissé entraîner, à un degré ou à un autre : Empson, Chalmers-Paton, et même Curtis — ce cher vieil homme ! Quel cadre, Mr. Appleby, pour cet horrible acte final !

Deighton-Clerk était arrivé au terme de sa narration. Comme pour le signifier, il se renversa dans son fauteuil et pendant un moment parut se perdre dans une contemplation morose de la décoration bleu et argent de son plafond. Appleby prit une dernière note et se plongea dans un examen non moins maussade du tapis d'Aubusson. Enfin le doyen rompit le silence :

— Maintenant, si vous avez des questions à me poser sur ce que je viens de vous révéler, ou sur quoi que ce soit d'autre, n'hésitez pas.

Pour l'instant Appleby n'avait pas l'intention d'imposer un contre-interrogatoire à son hôte. Il se cantonna donc à un sujet qui n'avait pas été abordé :

— Cette histoire du changement de clefs d'Orchard Ground... Je me demandais si vous pourriez m'éclairer à ce propos. Était-ce l'idée du Dr Umpleby ?

— Oui. A la dernière réunion collégiale, il nous a annoncé qu'il estimait cette mesure nécessaire, et qu'il prendrait les dispositions en rapport. Notre intendant étant décédé il y a peu, le président avait pris sur lui d'assumer bon nombre des tâches pratiques pour l'établissement.

— Pensez-vous qu'il y avait un mobile précis derrière cette décision de changer clefs et serrures ? Par exemple qu'Umpleby prenait cette mesure pour se protéger ?

Visiblement, Deighton-Clerk n'y avait pas songé.

— J'aurais du mal à le croire, répondit-il. Umpleby était persuadé que des doubles non autorisés des clefs étaient en circulation. C'est la raison pour laquelle il a pris cette décision, et je n'ai jamais décelé chez lui une motivation d'ordre personnel à ce sujet.

— Mais c'est par Orchard Ground, pour ainsi dire, qu'il était vulnérable, n'est-ce pas? Son bureau, par exemple, ouvre sur St. Ernulphus Lane par des fenêtres à barreaux, et les portes donnant sur la salle commune et la rue étaient verrouillées tous les soirs. Par Orchard Ground, en revanche, on pouvait assez facilement accéder à ses appartements.

Un moment le visage de Deighton-Clerk s'éclaira.

— Ce qui impliquerait qu'Umpleby craignait une agression venant d'une autre personne que celles autorisées à posséder une clef... une personne extérieure qui aurait obtenu un double?

Appleby acquiesça, et le doyen réfléchit un instant à cette possibilité, mais il finit par secouer la tête avec une moue dubitative.

— Non, dit-il à contrecœur. Je ne crois pas que cette théorie tienne. Je suis sûr — *presque* sûr — que la raison d'Umpleby était exactement celle qu'il nous a exposée. Il était inquiet, et je dois reconnaître qu'il l'était à un point assez surprenant. Principalement pour la réputation du collège, à mon avis. Il y avait eu cette affaire regrettable concernant l'escapade d'un étudiant, et il était déterminé à mettre un terme aux sorties illicites de St. Anthony. Il n'est peut-être pas inutile de vous préciser qu'Umpleby était issu d'un milieu défavorisé, et qu'il a toujours eu certaines craintes sociales. Il aimait qu'une certaine catégorie d'étudiants vienne à St. Anthony, et rien ne détourne plus les bonnes familles d'un collège qu'un vulgaire scandale. Je pense que sa perturbation dans cette affaire repose sur ce point. Je ne crois pas qu'il ait pu craindre que sa propre sécurité dépendait du détenteur illicite d'une des clefs.

Mais Appleby n'en avait pas fini avec ce sujet. Il marqua une pause lui-même avant de formuler la question suivante :

— A propos, Ransome détenait-il une des clefs ?

Deighton-Clerk sursauta sur son siège.

— Oui, il en avait une...

— Mais il n'aurait pas reçu une des nouvelles ?

— Non, je suppose que non.

— Pouvez-vous m'indiquer comment le président a réparti les nouvelles clefs ?

— Pour autant que je sache, il a simplement fait le tour du collège et en a donné un exemplaire aux personnes qu'il avait choisies.

— Dans quel ordre ?

Le doyen prit une mine perplexe.

— Ah, vous voulez dire qui a eu la première, qui la deuxième et ainsi de suite ? Je ne saurais vous le préciser, sinon pour ce qui me concerne : il me l'a donnée en dernier, en ajoutant toutefois qu'il lui en restait une à confier à Gott.

— Et cela s'est produit vers midi, avant-hier ?

— Oui.

Une fois de plus, Appleby s'abîma dans un silence méditatif. Son déjeuner n'avait pas été sans intérêt, mais de nouveau la lumière jetée sur l'affaire se fragmentait et frappait ici et là. Ce soir, il faudrait qu'il en parle à Dodd, mais à nouveau il craignait qu'il n'y ait trop de lumière...

Deighton-Clerk consulta sa montre.

— J'ai une réunion très bientôt, Mr. Appleby, et il va me falloir me hâter. Y a-t-il un autre sujet que vous désirez aborder ?

— Il y a une chose, oui, fit Appleby en jouant avec la barre du fauteuil roulant. Je crains de devoir prendre les empreintes digitales des membres du collège.

La demande typiquement policière, enfin. Le bouquet du vin du Rhin offert par le doyen et les saveurs de cet excellent repas hantaient encore le palais d'Appleby alors qu'il parlait.

A l'évidence, pendant un instant, cette requête prit Deighton-Clerk au dépourvu.

— Les empreintes digitales! s'exclama-t-il. Bien sûr, mais... je croyais que de nos jours les criminels portaient toujours des gants pour commettre leurs forfaits?

— C'est souvent le cas, et cela ne nous facilite pas la tâche. Bien qu'en Allemagne ils prétendent avoir mis au point une technique permettant de relever les empreintes digitales à travers n'importe quel gant ordinaire... Enfin, la prise d'empreintes — avec bien entendu l'accord des personnes concernées — n'est qu'une procédure de routine à laquelle nous devons nous plier. S'il y a la moindre objection...

— Il n'y aura aucune objection! interrompit le doyen d'un ton ferme. Je suis d'accord avec vous, c'est une procédure tout à fait nécessaire. Mes doigts sont d'ailleurs à votre disposition pour commencer, si vous le voulez. Et il en sera de même pour les autres.

Appleby crut pourtant déceler une ombre de répugnance ou d'appréhension dans la voix du doyen, et ajouta avec diplomatie :

— En ce cas, Mr. Deighton-Clerk, si vous l'autorisez j'enverrai un sergent procéder à cette tâche...

Le visage du doyen s'éclaira aussitôt. C'était un problème d'étiquette qui l'avait assombri. Que Mr. Appleby, qui avait été invité à la table d'honneur de St. Anthony, se déplace ensuite dans le collège avec un tampon encreur et applique des doigts universitaires sur des fiches de police lui était très désagréable à envisager. Un subordonné éviterait toute malséance.

— Certainement, Mr. Appleby, certainement. C'est une suggestion très convenable. Ce sera... ah, une grande nouveauté ici. Jusqu'alors, vous n'avez relevé aucune empreinte ?

— Seulement sur le corps, éluda Appleby.

Il consulta sa montre et se leva. Deighton-Clerk conclut leur entretien par une note polie sur le confort du policier à St. Anthony. Mais ses yeux restaient fixés sur la barre en bois que tenait Appleby. L'objet ressemblait curieusement à une matraque symbolique.

CHAPITRE X

1

C'est dans les universités anglaises que l'esprit conservateur trouve sa plus parfaite expression. Bien après la réforme de nos institutions ecclésiastiques, les coutumes médiévales et les conventions ont survécu à l'intérieur de ces vénérables établissements. « Les Moines » (selon le surnom indignement appliqué aux citoyens savants par l'érudit historien de l'Empire romain) sont rarement à la page. Ils enseignent des sujets désuets selon des méthodes depuis longtemps discréditées. Ils nient obstinément la nécessité d'adopter les aménagements modernes pour eux-mêmes, leur épouse ou leurs enfants. D'ailleurs, ils n'ont *découvert* que récemment les épouses et les enfants. Et ils n'ont appris l'existence des bains qu'hier. Aujourd'hui, grâce peut-être à l'exemple donné par maints étudiants, ils prennent peu à peu en compte l'existence des engins propulsés par un moteur à explosion. On a beaucoup glosé sur le président de Dorchester décédé seulement quelques mois avant le Dr Umpleby, et qui avait affirmé jusqu'à son dernier jour que l'utilité d'une locomotive était de loin dépassée par les dangers résultant de la proximité de la chaudière : s'il voyageait lui-même par le rail de temps à autre, c'était uniquement par obligation et toujours dans le wagon de queue.

Mais l'automobile gagne chaque jour du terrain. La principale raison est sans doute qu'à l'inverse du train (autre institution qui s'est imposée tardivement et non sans mal) elle peut changer de direction à la commande. Et il arrive que, de par sa constitution mentale, un universitaire sur le point de prendre sa retraite voie dans cette maniabilité un atout déterminant. Quel délice de partir un matin avec le projet d'aller emplir ses poumons de l'air sec du British Museum, pour terminer la journée dans le cimetière de Beaconsfield et se recueillir sur l'épitaphe du poète Waller[1] : *Inter poetas sui temporis facile princeps!* En chemin — bien des kilomètres en fait avant d'atteindre Aylesbury — existe un endroit intimement lié à ce genre de changement de plan. Une petite route mène vers Bicester, ou vers Tring. Quelques kilomètres plus loin l'universitaire vagabond et initié peut faire halte dans une auberge tout à fait excellente, et tout autant chestertonienne. Ici, on déjeune et on dîne fort bien; la carte vous propose un *bortsch* qui n'est en rien inférieur à celui qu'on sert ailleurs, et un *schnitzel* très simple qui aurait reçu la recommandation du grand Sacher en personne. On a l'occasion d'y consommer un vin de Bordeaux gouleyant, un tokay très honorable et même une curieuse liqueur importée de Dalmatie. Le jardin est savamment

1. Edmund Waller (1606-1687) : poète (et homme politique) anglais, qui fut considéré comme « le plus célèbre poète lyrique que l'Angleterre ait produit ».

composé, aussi remarquable en été qu'en hiver. Avec un peu de chance, vous ne rencontrerez pas un de vos savants collègues; vous croiserez seulement quelque érudit venu des déserts académiques de Birmingham ou de Hull pour méditer dans la solitude champêtre les implications les plus éloignées de la courbe quartique, ou un romancier londonien prospère et paisible passant ici une semaine paresseuse sous prétexte de corriger les épreuves de sa dernière œuvre. Il ne peut y avoir qu'une présence réellement dérangeante : celle d'étudiants. Car les étudiants aussi, par l'effet de la triste inexorabilité du destin, ont découvert ce coin de paradis sur terre. Pourtant même eux deviennent plus supportables et moins excités quand ils baignent dans l'ambiance régnant au *Three Doves*.

Justement un groupe d'étudiants séjournait dans cette auberge. Assis devant les reliefs de leur déjeuner, Mr. Edwards, Mr. de Guermantes-Crespigny et Mr. Bucket échangeaient quelques obscénités calmes et ciselées aux dépens du seul autre client dans la salle, un individu âgé, à la barbe fournie, qui mangeait bruyamment sa soupe dans un coin de la pièce tout en restant courbé sur un ouvrage sans aucun doute très savant. Il ne s'agissait assurément pas du romancier venu de Londres; peut-être du mathématicien à la retraite de Birmingham; et certainement pas du maître des comportements ésotériques élaborés par les gentlemen de St. Anthony. Mais bientôt un regard désapprobateur du barbu, suggérant qu'il se rendait compte que l'on parlait de lui, ce que les bonnes manières de St. Anthony interdisaient, couplé à l'envie de fumer une pipe (acte formellement interdit par la coutume dans la salle de restaurant du *Three Doves*), décida le jeune trio à passer au salon. Un moment plus tard, confortablement installés, ils étaient en plein débat sur le sujet du jour.

— J'ai croisé Gott ce matin, annonça Mike. Il est resté peu communicatif. Je lui ai demandé qui d'après lui avait pu commettre le meurtre. Ou plutôt, je lui ai demandé qui l'*avait* commis. Et il m'a répondu que l'assassin était très probablement le commissaire, ou, à la rigueur, la grand-mère démente du président, qui était enfermée dans le grenier et grattait à la porte pendant la nuit. Alors j'ai essayé le registre « Mais-en-parlant-sérieusement », et il m'a dit qu'il s'en tenait à la fiction. Ensuite il a requis mon avis sur son nouveau livre...

— Il a requis ton avis, vraiment ! s'exclama Horace sans dissimuler son incrédulité. Tu veux dire qu'il t'a sondé pour avoir un aperçu de ce que pourrait penser son pauvre lectorat de sa prochaine œuvrette ?

— Non, non : il m'a demandé mon avis. A propos d'une épigraphe.

— Une quoi ?

— Une épigraphe. Comme dans *La Terre vaine*[1], tu sais : *Nam Sibyllam quidem Cumis ego...*

— Idiot ! Il ne t'a pas consulté, *toi*, pour avoir une citation latine, quand même ?

— Pas en latin. Et ce n'était pas exactement une citation qu'il désirait. Tu vois, il invente des extraits de textes classiques imaginaires qu'il place en exergue au début de chaque chapitre. Pour donner une touche érudite à l'ensemble. Celle-là concernait le fait de découper des tranches du cerveau des criminels pour les examiner aux rayons gamma, ou quelque chose de ce genre.

1. Œuvre du poète anglais T.S. Eliot (1882-1965).

— Quelle prétention ridicule ! Et que lui as-tu proposé ?

— Un titre : *Recherches statistiques sur douze types d'algolagnie homicide* — par le Pr Umplestein, de l'université de Göteborg — en Suède, tu sais. Gott a accepté le titre, mais a refusé le nom d'Umplestein. Il avait raison, pas de doute. Ce n'était pas du meilleur goût, je l'admets.

— Bah, cela ne cadrait pas avec une des élucubrations de Gott, voilà tout, commenta lourdement Horace. Où en est-on à l'université, au fait ? Nous allons bientôt entendre Deighton-Clerk nous demander d'observer la plus grande discrétion sur tout cela...

— Tu as bien dit élucubrations ? demanda David, qui s'avisait soudain de jouer tardivement au pédant. Le mot ne convient pas. Il s'applique à un travail exécuté la nuit.

— Comme Umpleby, enchaîna Horace, impavide. Il a été zigouillé *de nuit*, pas de doute. Et je ne suis pas convaincu que ce n'était pas une des *élucubrations* de Gott justement.

Ignorant le sarcasme, David déplia une carte devant eux.

— Messieurs, dit-il, le temps de la cogitation est venu.

Tous considérèrent le plan sans enthousiasme excessif.

— Il convient d'entrer dans l'esprit de notre proie, pontifia Horace. As-tu lu *Les Trente-Neuf Marches*[1], Mike ? Un roman policier beaucoup plus sain que les exercices morbides d'oncle Gott. Bon,

1. Roman de l'écrivain britannique John Buchan (1875-1940).

il y avait un homme qui voulait passer pour un cantonnier écossais. Et il y est parvenu en pensant qu'il l'était. Il consacrait tout son esprit à être un cantonnier. Du coup, il a réussi à passer les interrogatoires les plus poussés, et cetera... A présent, tout ce que nous avons à faire est de nous identifier totalement au criminel ; alors nous pourrons poser le doigt sur la carte et dire avec certitude : *il est ici !*

— Tout dépend de l'échelle de la carte, maugréa Mike. Moi, je crois qu'il se cache à Londres.

— Trop loin.

— Non, pas vraiment. Et un endroit épatant pour se cacher — pour rester à couvert, comme ils disent. A son club, très probablement. Les clubs de Londres sont très protecteurs avec leurs membres dès que vous voulez enquêter sur un d'entre eux. Gott a très bien tiré parti de cette attitude dans *Meurtre au zoo...*

David et Horace poussèrent un grognement affligé.

— Bref, reprit David, les profs ont-ils des clubs ? J'en doute — sauf peut-être les plus anciens qui appartiennent à des cercles très sélects... Mais la ville ne convient pas : prenons plutôt une zone comprise dans un rayon de trente kilomètres. Voyons ce que cela englobe.

Il travailla du crayon un moment, puis annonça :

— On évite St. Neots, on englobe Biggleswade, on passe à travers Hatfield, on rate Amersham, on traverse Princes Risborough, on rate Kingswood de quelques kilomètres et Bicester d'un peu plus, à peine Towcester, on englobe Olney et un peu plus au-delà...

— J'y suis ! s'écria soudain Mike. Nous avons tout faux !

— Olney et un peu au-delà, reprit David d'un ton sec. On rate Rushden et on revient à St. Neots. Qu'y a-t-il encore, Mike?

— Il y a, répliqua Mike en maîtrisant mal son excitation, qu'on s'éloigne du but. Olney, voyez-vous, m'a tout de suite fait penser à Kelmscott...

— Pourquoi Olney devrait te faire penser à Kelmscott, très cher crétin?

— A cause des poètes anglais, très cher ignare. Maintenant, écoutez-moi. Quand j'étais un bizuth, comme disent les gens manquant d'instruction, j'ai fait durant un congé un pèlerinage jusqu'à Kelmscott — un pèlerinage *littéraire*. En allant de Kelmscott à Burford je suis arrivé à un hameau dont le nom m'échappe. A l'entrée du hameau se trouvait un manoir, retiré sur ses terres. Et au moment où je suis passé devant, il est sorti.

— *Qui* est sorti?

— Notre proie, pour reprendre le terme tellement pittoresque d'Horace. Même à l'époque, quand j'y repense, il berçait en son sein une conscience criminelle. Car à ma vue il a sursauté et a eu l'air de vouloir éviter d'être vu. En fait, il s'est éclipsé avant que j'aie le temps de bien observer ses traits. Mais je l'ai reconnu instantanément, et formellement, par un tic qu'il a : il marche en collant ses poings à ses épaules, comme s'il s'adonnait à un exercice d'assouplissement.

— C'est la vérité? lança Horace d'un ton soupçonneux.

— La stricte vérité. Les divagations oratoires de ce cher vieux David m'ont ramené l'incident à la mémoire. Bien sûr, c'est à des kilomètres d'ici. Mais si ma pauvre vieille guimbarde peut nous amener jusque-là... Je propose que nous partions sans tarder.

David approuva d'un hochement de tête. Horace, qui s'était allongé dans sa pose favorite sur le tapis du *Three Doves* et soufflait aimablement la fumée de sa pipe vers un chat endormi, se releva et tous trois sortirent dans la cour. La pauvre vieille guimbarde de Mike — en réalité une De Dion robuste et récente qui avait coûté une petite fortune à une tante un peu gâteuse — ronronna à la première sollicitation. Bientôt ils filaient en riant dans l'air hivernal vers Farringdon. Que leur expédition eût un sens quelconque, aucun d'entre eux ne le croyait vraiment : ils se divertissaient simplement selon la manière ironiquement compliquée de leur ordre — celui des étudiants férus de gymnastique intellectuelle. Un déjeuner au *Three Doves*, une balade en voiture dans la campagne pendant laquelle ils pouvaient s'enivrer de leur propre vitesse comme les esprits de Shelley, des chants, des rires et des bavardages légers, et de temps à autre une concession au sérieux pour l'énigme qu'ils élaboraient eux-mêmes. Tout cela était délicieux. Ils traversèrent Wantage en trombe.

Soudain Mike débraya et écrasa la pédale de frein avec une violence qui ferma les yeux d'Horace devant l'inévitable catastrophe. Mais la De Dion glissa en douceur avant de s'arrêter. Un peu plus loin s'élevait un bâtiment de brique fort laid orné d'un panneau : *Blanchisserie.*

— C'est là que nous faisons une emplette, déclara Mike en descendant du véhicule. Vous pouvez venir, si vous voulez, ajouta-t-il.

Tous trois traversèrent la route pour pénétrer dans un bureau triste et humide où trônait une dame à l'âge incertain et à l'air revêche, que déjà gagnaient la surprise et la méfiance. Mike la gratifia d'une petite révérence du même modèle que celle adressée chaque soir après la lecture biblique à la table d'honneur de St. Anthony.

— Je me demandais, madame, si votre établissement utilise ce que me semble-t-il on appelle des panières ?

— Des panières *à linge* ? Oui, évidemment !

— Évidemment vous en utilisez ?

— Évidemment on appelle ça des panières *à linge* ! Et évidemment nous en utilisons.

— Nous en vendriez-vous une ?

— En vendre une, monsieur ? C'est une blanchisserie, ici, pas une vannerie ! Et nous n'avons pas de panières en trop.

— Ma chère madame, en êtes-vous bien certaine ? C'est vraiment une question très urgente pour nous. Puis-je vous expliquer ? Ma grand-tante — peut-être la connaissez-vous, c'est Mrs. Umpleby, de St. Anthony — part en bateau pour les Indes demain, et depuis toujours elle a pour habitude de ranger couvertures, édredons et ce genre de choses dans une panière. Or, comme elle vient de découvrir qu'hélas sa panière avait été endommagée par des souris, elle m'a demandé...

— Des souris ! s'exclama la dame, de plus en plus soupçonneuse.

— Elle m'a demandé de voir ce que je pouvais faire. J'ai cru comprendre que le prix habituel d'une panière tourne autour de cinq livres...

Mike sortit son portefeuille et la dame, toute méfiance envolée, lui présenta bien vite une panière. C'était un objet énorme, en osier, muni d'un couvercle tenu par une barre d'acier formidable, avec deux crampons et un cadenas. Mike supervisa gravement son transport jusque sur la banquette arrière de la voiture, paya la dame éberluée en ajoutant un généreux pourboire à la somme, l'assura de la gratitude éternelle de sa grand-tante, puis fit signe à ses amis de remonter dans le véhicule. La De Dion démarra aussitôt.

Mike, songeait Horace, était sans doute un exemple de l'Homme Magnifique décrit par Aristote. Il savait s'amuser avec munificence... Mais la dépense pour la panière l'avait quelque peu choqué.

— A quoi va-t-elle servir? s'enquit-il.

— Une cage pour Bajazet, répondit Mike avant de poursuivre, énigmatique : une cité de Rome, un voile du soleil et de la lune, un dragon pour *Faust*...

La veille, il s'était plongé dans l'étude du théâtre élisabéthain. Il se mit à déclamer :

C'est là, dans la fange et l'eau, que je me tiens
Depuis dix jours; et de peur que je ne [m'endorme
L'un frappe sans cesse sur un tambour;
Ils m'offrent du pain et de l'eau, car je suis roi...
Dites à la reine Isabel, je n'avais point cet [aspect
Quand pour la sauver je me ruai en France...

Et derrière lui, Horace tambourina sur la corbeille et répondit :

Je suis Ulysse Laertiades,
La terreur des pleutres du monde entier,
Pour lequel mes actes résonnent jusqu'aux [cieux.
J'habite Ithaque, la plus célèbre des terres
Ombragée par la colline aux arbres feuillus,
Neritus la renommée...

Puis David passa à Pindare, et comme il possédait une excellente mémoire, il prit plaisir à déclamer encore. Le moteur de la De Dion chantonnait dans l'air frais tel le char de la victoire, tandis que les deux autres écoutaient leur ami narrer les hauts faits d'un monde encore jeune. C'est ainsi qu'ils atteignirent Lechlade et firent halte sur la place pour réfléchir. Puis ils se retrouvèrent à explorer d'étroits chemins, et pendant un long moment ils observèrent un silence inhabituel entre eux.

— Il s'est appesanti sur nos esprits la sombre prémonition de la possible réalité de notre paisible distraction, pontifia David.

Et c'était exact. Après tout, s'il était *vrai* que Mike l'avait naguère vu non loin d'ici...

— Ceci, annonça Mike, est le hameau dont je vous ai parlé. Et voici le manoir.

Le hameau n'avait rien de remarquable. Le manoir était vaste, triste et repoussant — un ensemble en brique rouge qui par sa laideur n'était pas sans rappeler la blanchisserie, et une offense architecturale dans ce pays où régnait la pierre patinée par l'âge. Heureusement, de hauts murs de brique et un jardin planté d'arbres avaient la décence de le dissimuler quelque peu. Il y avait un pavillon de gardien près des grandes grilles de fer. La bicyclette d'un facteur était appuyée contre un battant ouvert de la grille.

— Je pense que nous pourrions poser une ou deux questions aux habitants du hameau, proposa David.

Mike fit reculer la voiture hors de vue de l'entrée de la propriété, et tous trois descendirent. Le petit village semblait très peu peuplé. Ils ne virent personne sinon deux vieillards assis sur un banc contre le mur d'une maison et occupés à goûter le faible soleil de novembre. David approcha d'eux.

— Bonjour, dit-il. Nous sommes un peu perdus; pourriez-vous nous dire comment s'appelle cet endroit?

Un des deux vieillards opina vigoureusement du chef.

— Oui-oui, marmonna-t-il. D'énormes cochons. Vérité vraie que j'dis, jamais j'en ai vu d'aussi gros quand j'étais minot. Vérité vraie que j'dis.

Supputant qu'il s'agissait là d'une partie de la conversation qu'il venait d'interrompre plutôt qu'une réponse à sa question, David la réitéra un peu plus fort.

Les deux hommes posèrent sur lui un regard doux et compréhensif. Celui qui n'avait pas parlé paraissait sur le point de se risquer à une révélation d'importance. Mais quand il ouvrit la bouche, ce fut pour reprendre le thème antérieur de leur discussion.

— Et si c'est pas mouais qui t'l'avais dit, hein! Si c'est pas mouais qui t'l'avais dit, ben oui!

Horace s'efforçait de ne pas céder à l'hilarité, tandis que Mike s'escrimait à faire des gestes incompréhensibles. Subitement le premier vieillard prit conscience des modifications de son environnement immédiat.

— Ici, c'est Londes, lâcha-t-il.

— Londres! répétèrent à l'unisson David et Mike, hébétés.

— Nan! Londes, comme : *Londes*.

— Et quelle est cette maison, là-bas? demanda Mike pour changer de sujet.

Il désigna du doigt le bâtiment d'un rouge agressif qu'on entrevoyait entre les frondaisons.

— Ça, c'est la Maison Blanche, oui, fit le second vieillard d'un air sombre, avant de cracher devant lui.

— La Maison Blanche? Qui vit là?

Les deux villageois échangèrent un regard craintif. Et subitement, comme mus par une même impulsion mystérieuse, ils se levèrent avec peine. C'était de vieux, de très vieux hommes, aux jambes flageolantes et aux mains décharnées comme des serres. Le premier disparut aussi vite qu'il le put dans la maison contre laquelle ils s'étaient appuyés, le second dans le cottage décrépi voisin. Mais sur le seuil il s'arrêta et se retourna avec effort.

— C'est-y pas l'antre du mal, ça oui... lâcha-t-il.

Il cracha et s'enferma chez lui.

Mike regardait Horace en secouant la tête avec tristesse.

— Le vieux sage a dit : « Tout ce qui est beau s'en va comme les eaux »... Mes amis, allons-nous-en.

Sans grand entrain le trio retourna vers le manoir.

— Entrons pour nous renseigner, offrit Horace.

— Horace sent une maison mal famée, ironisa Mike.

— Allons, intervint David, il rôdait ici une fois, il peut y être revenu.

La grille était toujours ouverte, et la bicyclette du facteur y était toujours appuyée. Personne ne les remarqua tandis qu'ils franchissaient les limites de la propriété, mais par-dessus une haie basse ils aperçurent le préposé qui bavardait avec quelqu'un à la porte du pavillon du gardien.

— Continuons, fit David.

L'allée tournait dans les buissons, et après le virage ils virent la Maison Blanche, ou plus exactement ils découvrirent, en plus de la grande bâtisse de brique rouge seule décelable de la route, une longue résidence basse d'un blanc assez douteux sur laquelle l'autre avait été érigée. La demeure comme les jardins dégageaient une atmosphère déprimante : ils semblaient correctement entretenus, mais sans amour. Quelque part derrière les buissons s'éleva un murmure de voix. Les trois amis s'arrêtèrent pour écouter.

Alors se produisit quelque chose d'étrange. Après la dernière courbe de l'allée, devant eux, arrivait la silhouette d'un homme venant de la maison. Mais dès qu'il vit les trois intrus, il disparut dans la végétation — et d'après le fracas qui s'ensuivit, dans une portion touffue du jardin.

— C'était lui ? s'écria David, car la scène n'avait duré qu'un instant.

— Bien sûr, c'était lui ! répliqua Mike en s'élançant un peu au hasard devant lui.

Il n'en était pas du tout certain, mais il ne voulait pas que retombe l'excitation du moment. Tous trois remontèrent l'allée au pas de course, Horace émettant des sons lugubres en référence ironique à la chasse au renard. En coupant par une petite étendue plantée de lauriers, le fugitif avait gagné une sente sinueuse. Il était invisible à leurs yeux mais ils pouvaient l'entendre qui s'éloignait, dans une direction parallèle à l'allée, vers la maison. Ils le poursuivirent en file indienne.

Bientôt le chemin se scinda en deux branches, qui elles-mêmes se dédoublaient un peu plus loin. Ici les haies étaient hautes et épaisses. Horace, qui précédait les deux autres, s'arrêta et les attendit.

— Seigneur ! fit-il. C'est un véritable labyrinthe !

C'était vrai. A présent, on n'entendait plus que faiblement le fugitif. Il devait déjà avoir mis plusieurs épaisseurs de haies entre lui et ses poursuivants.

— Séparons-nous ! s'exclama Mike, impatient.

— Pas question, répondit David. Restons ensemble, au contraire. Ainsi nous saurons que tout bruit entendu vient de *lui*.

David était sans conteste le cerveau du trio. Il serait certainement premier de sa promotion à la fin de l'année. Sagement groupés, ils se mirent à explorer le dédale devant eux. Ils s'arrêtaient fréquemment pour tenter de localiser leur proie. Parfois l'homme pouvait être entendu clairement, ou faiblement, droit devant eux ou sur le côté. Mais peu à peu, après avoir accumulé tours et détours, il devint évident au trio qu'il les avait semés. Si le fugitif connaissait bien l'endroit, il ne pouvait guère en être autrement. Bientôt ils ne perçurent plus aucun bruit, et après un dernier coude ils débouchèrent sur une petite clairière, le cœur du labyrinthe.

— Quel gâchis ! pesta Horace. Il a décampé d'ici sans problème, mais ça va nous prendre un certain temps...

David désigna quelque chose devant eux qu'il rejoignit en quelques enjambées. Au centre de la clairière s'élevait une plate-forme en bois que l'on pouvait atteindre grâce à une échelle ; une sorte de belvédère destiné à l'orientation des égarés. David y grimpa en quelques secondes.

— Je le vois ! lança-t-il. Il est presque sorti du labyrinthe. Écoute, Mike : as-tu du papier sur toi ? Nous allons faire comme le Petit Poucet. Vous sortez tous les deux selon mes indications, et vous laissez derrière vous des morceaux de papier pour que je vous suive.

C'était le plan le plus sensé, mais une entreprise fastidieuse. L'après-midi se fondait lentement dans la grisaille du crépuscule, et de son perchoir David discernait à peine le chemin de la sortie. Il lui fallut près de vingt minutes pour guider ses compagnons hors du dédale de haies, et cinq pour les rejoindre en se repérant à la piste qu'ils avaient laissée. Enfin ils se retrouvèrent réunis sur l'allée, un peu plus loin de la maison que lorsqu'ils s'étaient enfoncés dans le labyrinthe.

— Fiasco magnifique, bougonna Horace.

— Retour au point de départ, appuya Mike.

— Allons au pavillon du gardien, dit David. Notre homme est peut-être parti par là.

Ils se dirigèrent vers l'entrée de la propriété. Ils arrivaient en vue des grilles quand devant eux s'éleva une voix rageuse qui débita un chapelet d'imprécations. C'était le facteur qui se lamentait avec une verve certaine sur le vol de sa bicyclette.

— Vite ! fit David.

Ils se ruèrent vers la route, sans entrevoir davantage que la silhouette gesticulante du pauvre fonctionnaire, puis celle d'une femme apeurée près du pavillon, et un jardinier qui arrivait en hâte par une sente perpendiculaire. Sur la route, aucun cycliste n'était visible, mais le fugitif s'y était sans doute élancé vingt minutes plus tôt. Le facteur semblait ne s'être rendu compte de l'emprunt de son vélo que depuis un instant ; peut-être avait-il accompagné son bavardage d'un petit verre pris dans le pavillon du gardien.

— Quelle direction ? Voilà la question : quelle direction ?

Tout en courant vers la voiture avec ses amis, Mike cria cette question désespérée au vent. Il y fut répondu de la façon la plus inattendue, par la réapparition des deux vieillards qui gesticulaient avec excitation. C'étaient de vieux, de très vieux hommes ; leurs mains étaient décharnées comme des serres et leurs jambes flageolaient. Mais ils avancèrent assez rapidement au centre de la chaussée en brandissant leurs cannes qui étaient aussi tordues et noueuses qu'eux et s'écrièrent ensemble, dans un chœur non prémédité :

— C'est par là qu'il est parti, oui, c'est par là !

Et ils désignèrent la petite route de campagne.

Un moment plus tard, le moteur de la De Dion rugissait et la voiture fonçait sur la chaussée.

— Je crois que cette route rejoint l'axe Lechlade-Burford. C'est à peu près à trois kilomètres. Nous devrions le rattraper.

Mike s'était bien repéré. La route serpentait entre deux rangées de haies brisées çà et là par un portail donnant sur les champs nus. Il semblait probable que le fugitif ait roulé droit devant lui. David étudiait la carte et quand la De Dion arriva à la route principale il avait défini leur position :

— A gauche pour Lechlade, avec un croisement à environ un kilomètre et demi entre Bampton et Eastleach. A droite vers Burford, sans croisement avant celui de la route Witney-Northleach à l'entrée du village. Je vote pour Burford.

— Attendez une minute ! s'exclama Horace. Voici un flic à vélo, il pourra certainement nous renseigner.

Un policier très gros, engoncé dans son uniforme, roulait en effet vers eux, en provenance de Burford. David le héla.

— Monsieur l'agent, fit-il poliment, auriez-vous croisé un cycliste sur cette route ?

Le gros policier descendit de sa machine avec une dignité empesée.

— Oui, répondit-il, j'en ai croisé un...

Et son attention étant ainsi portée sur ce détail, un nouvel aspect parut le frapper :

— En y réfléchissant bien, fit-il, c'était le vélo de Will Parrott.

Puis il s'enferma dans un silence maussade.

— Will Parrott, le facteur ? s'enquit David.

L'autre acquiesça.

— Mais ce n'était pas Will dessus, ça non...

Le visage fermé par la concentration, il mit un temps avant de dire :

— En y réfléchissant bien, l'individu pédalait de toutes ses forces. Je me demande...

Il fut interrompu par un rugissement de moteur. Déjà la De Dion filait comme une balle jaillie d'un revolver dans la direction de Burford. Le gros policier s'autorisa quelques instants pour assimiler ce fait nouveau. Et enfin la lumière parut naître dans son esprit :

— Ce s'ront ces gangsters de Londes qui viennent enfin par ici, ça oui !

Sur cette déduction définitive, il retourna sa bicyclette, l'enfourcha et se lança dans une poursuite laborieuse.

Le crépuscule de novembre cédait déjà la place à la nuit. Il était temps d'allumer les phares. Mike et David scrutaient la route devant eux, mais ne voyaient personne. Installé sur la banquette arrière avec la panière à linge, Horace s'écria soudain :

— Les amis ! Il y a une autre meute sur la piste ! Une Rolls énorme !

Il ne plaisantait pas. Bien que Mike conduisît déjà à vive allure, un moment seulement après l'exclamation d'Horace une grande Rolls-Royce grise s'approcha à quelques mètres de la De Dion. Son klaxon retentit avec insistance et ses phares lancèrent un éclair éblouissant. Mike se déporta sur la gauche pour laisser le passage mais appuya sur l'accélérateur en même temps. Le chauffeur de la Rolls était visiblement pressé, pas au point cependant de risquer le suicide, et les deux bolides foncèrent sur la route l'un derrière l'autre.

La visibilité était réduite; à cette heure incertaine, les phares n'offraient qu'une aide insuffisante. Juste devant eux, le croisement apparut. Quelqu'un avait dû user du téléphone, car trois policiers barraient la route. Et entre eux et les deux voitures qui arrivaient, le fugitif pédalait furieusement, courbé sur le guidon du vélo. Les moments qui suivirent furent très confus. Le cycliste arriva au niveau des policiers, dont deux se jetèrent vers lui. L'homme effectua un virage serré, les esquiva et fila à travers le barrage et le croisement vers Burford Hill. Une seconde plus tard, les agents bondissaient sur le côté de la route pour éviter les deux autos. Mais Mike, qui conservait un sang-froid imperturbable quand il conduisait, avait ralenti pour engager la De Dion sur la route principale. Le vélo avait repris quelques mètres d'avance et dévalait la pente abrupte.

— Nous allons l'avoir! cria Horace.

— S'il reste quelque chose à avoir, rétorqua David d'un air lugubre. Il roule beaucoup plus rapidement qu'il ne le voudrait, je parie.

En effet. Sur cette portion de route, Mike allait aussi vite qu'il était possible avec une grosse voiture, mais la De Dion gagnait à peine sur le cycliste qui s'était jeté dans la descente comme si tous les diables de l'Enfer étaient à ses trousses. Qu'il parvînt à conserver son équilibre à une telle vitesse relevait du miracle. Mais un instant plus tard c'était fini. La route entrait dans Burford, avec l'église sur la droite ; la chaussée redevint horizontale et tourna vers le pont. Le fugitif le franchit d'un trait au moment où la De Dion le rejoignait, et l'homme donna un coup de guidon qui l'envoya dans le fossé. La proie était à leur merci.

— Ce n'est pas lui ! s'écria Mike en découvrant l'individu aux cheveux roux qui gisait sur le bas-côté.

Il prit brusquement conscience que les raisons de supposer que c'était « lui » avaient toujours été plutôt minces.

— C'est un cinglé, dit David gentiment en croisant le regard vide de l'homme.

— Le manoir, c'était un asile, murmura Horace en revoyant la bâtisse laide nommée Maison Blanche.

La Rolls-Royce grise fit halte à leur hauteur dans un léger crissement de pneus. Une personne de petite taille, très excitée, qui ressemblait à quelque médecin militaire, sortit du véhicule.

— Est-il blessé ? fit-il aussitôt. Sa Seigneurie est-elle blessée ?

Sans attendre de réponse il sauta dans le fossé pour entreprendre un examen du cycliste fou.

— Sa Seigneurie, répéta Horace dans un murmure. Aïe, quel fiasco...

Le petit médecin ressortit du fossé.

— Rien de cassé. Quelques bleus, un léger étourdissement, rien de plus. Yates ! Davies ! Aidez Sa Seigneurie à monter dans la voiture. Et laissez la bicyclette de cet imbécile de facteur où elle est.

Maudits soient ces policiers ! Ils ne parviendraient même pas à arrêter un enfant sur un tricycle. Il a failli se rompre le cou. Rogers ! Faites faire demi-tour à la Rolls. A présent, messieurs...

Ces messieurs les étudiants firent face au médecin de Sa Seigneurie avec circonspection. Ils ne savaient trop quelle attitude adopter. Heureusement il ne vint pas à l'esprit du praticien que ces trois jeunes bien vêtus roulant dans une voiture de prix pouvaient être les vilains de la pièce.

— Je vous suis très reconnaissant, dit-il, pour votre... intervention et votre assistance. Je pense que la situation est assez claire pour vous. Je suis le Dr Goffin, de Maison Blanche, et Lord Pucklefield est un de mes patients. Quelqu'un de très nerveux. Il s'enfuit dès que quelque chose l'effraie. Je n'arrive pas à comprendre ce qui l'a mis dans cet état aujourd'hui. Et les grilles qui étaient ouvertes... Ce satané facteur ! Mais cela ne se reproduira plus, je vous en donne ma parole. Yates ! Davies ! Montez !

Le Dr Goffin ôta son chapeau dans un geste d'une politesse très formelle (à laquelle Mike répondit par sa courbette postbiblique) avant de sauter dans la Rolls-Royce. Celle-ci emporta sans plus tarder Lord Pucklefield et ses amis dans la nuit.

Horace pianotait des doigts sur la panière, l'air songeur. David sortit sa pipe, Mike sa montre de gousset.

— Il est dix-sept heures quarante-cinq et nous ne sommes pas rendus au collège. Nous pourrions arriver à temps au réfectoire, si nous nous dépêchons...

La suggestion avait été faite sans enthousiasme, et elle fut reçue de même.

— Je perds dix livres si nous n'y parvenons pas, ajouta-t-il.

— Tu as déjà perdu cinq livres, lui rappela brutalement Horace en frappant l'osier de la panière du plat de la main. Dix livres de plus ne te gêneraient pas, toi. Pour ma part, je pense que nous ferions mieux d'aller dîner décemment quelque part.

David avait allumé sa pipe.

— Il y a le *Three Doves*, proposa-t-il.

La chose étant entendue, la De Dion arriva bientôt au carrefour de Fulbrook où elle put effectuer un demi-tour. Alors que la voiture allait gravir la colline, le pinceau de ses phares révéla une silhouette replète qui était descendue de son vélo et contemplait placidement la bicyclette du facteur abandonnée dans le fossé. C'était le gros policier. Il avait dû rater ses collègues un peu plus loin, et il réfléchissait à ce mystère impénétrable.

2

La grande De Dion glissa sous l'enseigne discrètement éclairée du *Three Doves*. Le salon de l'auberge offrait le confort de feux de cheminée joyeux, le repos à la douce lumière des bougies, le délassement du xérès de l'apéritif. Les folies de la journée étaient terminées, par chance sans avoir été ternies par la fatalité qui un moment les avait menacées. David était revenu à Pindare. Horace était perdu dans une agréable rêverie, et Mike pensait au repas. Il était encore tôt et le jeune homme savourait pleinement l'attente.

Au *Three Doves*, tout se déroulait toujours bien. Le xérès avait été bu, l'ode récitée, la rêverie dissipée, le choix du vin fixé; les aiguilles de l'horloge approchaient l'instant où l'attente se transforme en impatience quand le serveur se présenta à la porte et murmura les mots espérés. Ils se levèrent voluptueusement, et d'une phrase Mike chassa les soucis de la journée :

— Vous savez, mes amis, j'aurais vraiment détesté le capturer.

Ils entrèrent les premiers dans la salle à manger longue et à l'éclairage doux, et ils avaient terminé leur saumon fumé quand un autre client apparut. L'érudit à la barbe fournie déjà vu au déjeuner venait ce soir sans livre. Il se dirigea vers sa table, les poings pressés contre ses épaules en une pose singulière...

— *Taï-ï-ïaut!*

Le cri de Mike était sinistre, et il fit décamper le barbu de la pièce.

— *Disparu-u-u!*

Il s'ensuivit une scène inédite dans les annales d'une hostellerie bien tenue.

CHAPITRE XI

1

La capacité à sentir quand il y a anguille sous roche constitue un des talents non négligeables de l'enquêteur. Appleby la possédait, et il avait senti une anguille sous la mauvaise roche. Mais il était trop prudent pour penser qu'une anguille au mauvais endroit est nécessairement là pour brouiller les pistes ; il peut s'agir d'une anguille trompeusement affublée de l'odeur d'un autre poisson, mais qui n'en reste pas moins une anguille.

Pour être exact, cette anguille s'était moins trouvée sous le mauvais rocher qu'au mauvais moment. Une heure après la découverte du cadavre d'Umpleby, deux professeurs de St. Anthony, Gott et Campbell, avaient convergé à un endroit précis de Luton Road. La chose pouvait être fortuite, ou concertée — mais dans ce cas le but poursuivi restait obscur. En tout état de cause, cela ouvrait un champ d'investigation nouveau et Appleby avait eu l'intention de l'explorer quand il avait dit à Dodd qu'il allait faire une petite promenade. A présent, il descendait d'un pas rapide Schools Street, et tout en marchant il se concentrait sur le premier point à étudier.

La nuit du crime, Campbell était allé au *Chillingworth Club*, sur Stonegate. Il affirmait y être arrivé avant qu'on ait vu pour la dernière fois Umpleby vivant, et y être resté jusqu'à minuit moins dix. Par rapport à l'assassinat, cette déclaration représentait l'alibi de Campbell, et il faudrait la vérifier. C'est par là qu'Appleby comptait commencer.

L'entrée du *Chillingworth Club* se trouve située en retrait de la rue, séparée d'elle par une ruelle couverte longue de quelques mètres, laquelle ouvre sur une petite cour ornée en son centre d'un petit bassin avec fontaine — l'ensemble mesure environ une quinzaine de mètres carrés et est surnommé « le Jardin » par les membres du club. Une approche discrète du *Chillingworth* était impossible, constata Appleby. Il ne pourrait éviter l'attaque frontale du secrétaire. Il sonna donc à la porte.

Le secrétaire était un jeune homme très discret. Devant la carte du Yard d'Appleby, il assura le policier que le club l'aiderait de son mieux et dans les meilleurs délais possibles. Néanmoins, pour une demande de renseignements concernant les agissements d'un des adhérents, il craignait ne pouvoir répondre sans la bénédiction du président. Celui-ci pouvait-il être consulté sur-le-champ ? Hélas, non. Lord Pucklefield souffrait d'une santé délicate, et pour quelque temps ses médecins avaient interdit qu'on le dérange. N'y avait-il pas un président suppléant ? Certes, et sans aucun doute l'autorité du Dr Crummles suffirait. Pouvait-on téléphoner au Dr Crummles ? L'inspecteur comprenait bien que ce n'était pas une affaire à traiter par téléphone...

Appleby était habitué à surmonter les difficultés de cette sorte, et en un peu plus d'une heure il avait obtenu d'une succession de serveurs attachés au club presque tous les renseignements qu'il désirait au sujet des déplacements de Campbell, et des renseignements précis. Campbell était arrivé à vingt-deux heures quinze. Juste avant vingt-deux heures trente il s'était fait servir un alcool dans le fumoir. Quelques minutes plus tard, il était passé dans le salon de jeu, son verre à la main, et s'était proposé comme quatrième à une table de bridge. La partie avait duré jusqu'à vingt-trois heures trente, et durant les dix minutes suivantes Campbell était resté à discuter avec un des autres joueurs. A très précisément minuit moins le quart il avait pris son chapeau, son manteau et avait quitté le club. Le serveur était formel sur l'exactitude de l'heure, car juste avant de se lever Campbell avait consulté sa montre, ce qui avait eu pour effet sur l'employé qu'il regarde la pendule. De plus, autre chose avait fixé ce moment dans sa mémoire : Campbell était sorti par la petite cour, mais il avait à l'évidence oublié quelque chose au club car il y était revenu une minute plus tard, pour repartir presque immédiatement, cette fois en passant par la porte latérale qui ouvre un peu plus haut dans Stonegate.

Ces témoignages paraissaient suffisamment détaillés, et Appleby ne se désola pas qu'on ne puisse répondre plus clairement sur certains points particuliers. Il était quand même remarquable que les mouvements pourtant très anodins d'un membre, quelques nuits plus tôt, aient été aussi bien mémorisés. Appleby avait maintenant la quasi-certitude qu'il était sur une piste. Perdu dans ses réflexions, il émergea dans Stonegate comme l'avait fait Campbell et tourna à gauche vers Luton Road. Sa visite suivante était pour Sir Theodore Peek et son voisinage immédiat, l'auberge du *Green Horse*[1]. Car cette disposition topographique était la raison première de la présence ici d'Appleby. Le plan de Dodd lui avait appris que le *Green Horse* se trouvait presque dans les écuries, pour ainsi dire, de l'éminent universitaire. Et il espérait que la visite des lieux l'éclairerait.

Il ne fut pas déçu. L'entrée de l'auberge était située dans la cour de l'établissement, laquelle ouvrait d'un côté sur la route et de l'autre sur une avenue isolée de banlieue. Et la demeure la plus proche était bien Berwick Lodge, où habitait Sir Theodore. Appleby consacra un moment à s'imaginer l'ensemble des lieux malgré l'obscurité, puis il gravit lestement les marches du perron de Berwick Lodge et frappa à la porte.

2

La ville recèle une abondance d'hommes vénérables, en particulier sa banlieue, où résident nombre d'universitaires d'âge fort respectable. Ce fait ne saute pas aux yeux, car une fois qu'ils ont abandonné leur poste dans leur collège, ils ne sortent plus de chez eux. Ainsi, caché derrière les murs de cette maison banale que n'aurait pas désavouée Ruskin vit une barbe grise qui se souvient encore de la publication du *Lucretius* de Lachmann; derrière cette façade en faux Tudor évolue d'un pas lent l'historien qui se querella avec

1. Green Horse signifie en anglais cheval vert. (*N.d.T.*)

Grote[1] ; dans cette rue végète le vieillard dont la tête fut gentiment tapotée par la main du grand Niebuhr[2] en personne... Et il y a quelque chose de *spécial* dans la génération de ces savants de génie. Ils sont eux-mêmes fils et petits-fils d'universitaires qui, ayant voué une longue vie de travail à l'accroissement des connaissances humaines, et sentant à l'approche de leurs quatre-vingt-dix ans les premières brumes de la sénilité qui s'accumulent autour de leur esprit, abandonnent les recherches intellectuelles pour le réconfort du mariage et de la procréation. L'homme qui se souvient de Lachmann se remémore également les anecdotes de son père à propos de Porson[3], et celui qui a reçu la bénédiction de Niebuhr conserve les anecdotes familiales les plus amusantes concernant Bentley[4], Heinsius et Voss. Ce sens du contact personnel s'amenuise peu à peu pour disparaître avec Politien et Érasme dans le crépuscule du XVe siècle. Telle est la tradition chez ces Anciens de l'Université, et de tous Sir Theodore Peek était le plus vieux et le plus éteint, le plus immergé dans la longue et nébuleuse histoire des érudits — et peut-être aussi dans le soleil lointain de la Grèce et de Rome.

Appleby le trouva dans une pièce petite et triste, encombrée d'une confusion indescriptible de livres et de manuscrits empilés. Et endormi. Ou parfois

1. George Grote (1794-1871) : historien britannique, auteur d'une histoire de la Grèce. *(N.d.T.)*

2. Barthold Georg Niebuhr (1776-1831) : historien allemand, auteur d'une Histoire romaine (1811-1832). *(N.d.T.)*

3. Universitaire anglais, Richard Porson (1739-1808) a publié des pièces d'Eschyle et d'Euripide. *(N.d.T.)*

4. Richard Bentley (1662-1742) est notamment l'auteur de *Dissertation sur l'épître de Phalaris* qui établit sa réputation dans toute l'Europe. *(N.d.T.)*

somnolent, parfois éveillé, car de temps à autre les paupières de cet homme très peu présent se relevaient, pour retomber ensuite. Quand ses yeux s'ouvraient, c'était pour déchiffrer un fragment de papyrus étalé devant lui sur son bureau, et sa main frêle notait quelques mots sur une feuille. Appleby avait l'impression d'être en présence du symbole à peine animé du Savoir.

Sir Theodore finit par prendre conscience de la présence de son visiteur, mais pas de sa qualité d'inspecteur de police. Il semblait le confondre avec un jeune universitaire sorti premier de sa promotion et venu consulter une autorité reconnue sur quelques matières relatives à ses études actuelles. Ce n'est qu'avec beaucoup de difficultés qu'il renonça à ses péroraisons sur la recension des poèmes homériques par Aristarque de Samothrace pour entendre le nom maintes fois répété par Appleby.

— Campbell, disait fermement l'inspecteur. Campbell, de St. Anthony.

Sir Theodore hocha la tête, puis la secoua.

— Capable, murmura-t-il. Capable, pas de doute. Mais nous ne nous intéressons guère à son domaine, n'est-ce pas ? Umpleby est le seul homme de réelle valeur à St. Anthony. Je vous conseille de voir Umpleby. Quel dommage qu'il se soit mis lui aussi à ces balivernes anthropologiques ! Vous connaissez son travail sur Harpocration[1] ?

— *Campbell... vous... a-t-il... rendu... visite... mardi... soir ?* demanda Appleby.

1. Valerius Harpocration (Ier ou IIe siècle) : savant grec d'Alexandrie, auteur du Lexique des dix orateurs attiques. (*N.d.T.*)

— Oh ! on peut s'intéresser à Harpocration, bien sûr, continua Sir Theodore. Comme vous le savez, il a conservé nombre de passages de l'*Atthidographers Hellanicus*, d'Androtion, Phanodemus, Philochorus et Istrus — pour ne rien dire d'historiens tels que Hecataeus, Ephorus et Theopompus, Anaximenes, Marsyas, Craterus...

Appleby fit un nouvel essai.

— Oui, Harpocration. *Est-ce... à propos... d'Harpocration... que Campbell... est venu... vous voir... mardi soir ?*

Sir Theodore prit un air vaguement surpris.

— Mon Dieu, non, répondit-il enfin. Campbell ne connaît rien à Harpocration, j'en ai peur. Il m'a simplement apporté un manuscrit pour le *Journal*. Nous consacrons parfois un peu de place à ce genre de travail. Il n'est resté que quelques instants. Bien, et maintenant, si vous voulez des recommandations pour votre séjour à l'étranger...

Sir Theodore était vénérable, mais épuisant. Respectueusement, Appleby prit congé, et il se rendit au *Green Horse*, pour plus d'une raison.

3

Appleby regagna son appartement de St. Anthony à vingt heures trente. Sa visite au *Green Horse* n'avait pas conclu sa journée d'inspecteur, et il avait continué de fureter ici et là. Il s'était entretenu avec des employés étonnés et incertains, avait laissé des messages téléphoniques au maître de discipline senior, ainsi qu'au président d'université, et interrogé brièvement des individus aux allures de boxeurs... Mais la soirée s'était terminée très agréablement par un souper chez l'inspecteur Dodd et un bavardage reposant — car sans rapport avec l'enquête — qui aurait pu se prolonger si son excellent collègue n'avait été appelé en urgence à l'extérieur. Ses opérations contre les cambrioleurs atteignaient leur apogée, et le dénouement était proche. A présent revigoré, Appleby avait hâte de retrouver la solitude de sa chambre pour réfléchir à tous les nouveaux éléments glanés durant la journée. Il ouvrit la porte de son appartement et s'immobilisa sur le seuil. Assis près du feu, un peu comme l'inspecteur lui-même chez Pownall ce matin, Mr. Giles Gott l'attendait.

L'enthousiasme de Mike pour son directeur d'études était compréhensible. Au repos, l'homme ne manquait pas d'une certaine beauté. Quand il se mouvait, c'était avec grâce, et quand il parlait, avec charme. S'il discourait, il était intéressant. Pardessus tout, il était désarmant. « Manifestement, semblait-il dire, je suis un être dont l'existence est plus heureuse, plus éminente, plus accomplie que la vôtre, mais — notez bien ! — vous n'en êtes pas le moins du monde irrité ; en fait, vous êtes ravi. »

Mr. Gott se leva dans un mouvement élégant, sans un mot. Il se contenta d'observer Appleby avec une familiarité curieuse et hésitante que bien peu d'hommes, étant des étrangers l'un à l'autre, auraient pu afficher sans une trace d'impertinence. Chez cet individu, c'était attachant.

Appleby ne vit aucune raison de refuser l'atmosphère suggérée. En silence, il s'assit de l'autre côté du feu, bourra sa pipe sans hâte.

— Ainsi donc vous êtes bibliographe ? lâcha-t-il enfin.

Gott bourrait lui aussi sa pipe, et il répondit par un petit rire approbateur.

— Vous êtes professionnellement un bibliographe, poursuivit Appleby, ce qui peut fort bien se comparer au travail du détective. Vous faites une science des éléments constitutifs des livres et vous êtes capable, en établissant des corrélations complexes entre les plus petits fragments de preuve, de détecter le plagiat, la falsification, le vol intellectuel, la main de tel homme ou de tel autre dans un texte, une altération ici, une corruption là — qui remontent peut-être à des siècles. Par un pur travail d'enquête, par exemple, vous avez découvert des choses sur les pièces de Shakespeare que Shakespeare n'a jamais pu apprendre...

Appleby s'interrompit pour allumer sa pipe et remuer les braises dans l'âtre.

— Et cette technique — ou au moins le type d'esprit entraîné derrière cette technique —, vous l'employez maintenant pour traiter du crime, à ce qu'on m'a dit. Les romans de Pentreith sont les meilleurs dans leur genre ; plaisamment fantastiques, mais strictement mis en scène. Je suppose que vous devez porter un certain intérêt professionnel à la mort plaisamment fantastique et strictement mise en scène du Dr Umpleby ?

— Mr. Appleby, fit Gott, vous ne le croyez pas vous-même. Parmi tous les tristes puzzles dans lesquels cette affaire vous plonge, vous possédez une ou deux certitudes. Et vous savez que, bien que j'écrive des romans policiers, je n'ai pas planifié ce meurtre réel.

— Je sais que vous avez planifié... quelque chose.

— Certes. Mais rappelez-vous *Don Juan* : « Le fait est que je n'ai rien prévu sinon m'amuser un moment »... Qu'en pensez-vous ?

— Qu'il est dangereux de se divertir dans les parages du crime ; que c'est se fourvoyer que de faire du meurtre un sujet d'observation désintéressée. Tout comme ce serait une erreur d'entrer dans la cuisine des voleurs et de seulement *s'intéresser* au meurtre. Et — sentimentalement, peut-être — l'erreur est encore plus grande ici.

Gott l'avait écouté avec un grand sérieux.

— Oui, dit-il sobrement après un instant de silence. C'est vrai. Mais mes affaires n'ont aucun rapport avec cet assassinat.

Appleby adopta brusquement un ton emphatique :

— Mr. Gott, j'ai passé tout l'après-midi à me pencher sur vos affaires, et aussi à y réfléchir. Or il se trouve que, dans un cas comme celui qui m'occupe actuellement, le temps m'est compté et revêt en conséquence une certaine valeur.

Mais l'attaque n'eut pas l'effet espéré.

— Alors, comment avez-vous trouvé la bière du *Green Horse*, Mr. Appleby ? répondit Gott. Et que pensez-vous de Sir Theodore ? Je suppose que vous avez tout résolu de cette petite énigme ?

Son rire était moqueur et charmant, sa réponse à la fois une confession et un défi.

— Oui, dit Appleby. Ce n'était pas *très* difficile.

— Ah ! Et puis-je avoir votre version ?

C'était dit avec une pointe d'insolence, mais aussi beaucoup de charme, et Appleby ne pouvait se cacher qu'il appréciait l'homme.

— Je vais vous donner ma version, de mes soupçons jusqu'à la preuve. Mon premier soupçon est un pur coup de chance. Je ne m'intéressais pas spécialement aux déplacements des uns et des autres vers minuit mardi, et je n'aurais pas dû m'arrêter aux vôtres. Mais un collègue consciencieux, qui avait reçu pour mission de se renseigner à votre sujet, a suivi vos déplacements — ou ce qu'il croyait être vos déplacements — aussi loin qu'il l'a pu.

« Le maître de discipline junior se trouvait au *Town Cross* à vingt-trois heures quarante. Puis il a remonté Stonegate, et à minuit il était au *Green Horse*. Curieusement, un autre professeur de St. Anthony, Mr. Campbell, déclare avoir pris la même direction à la même heure. C'était là une coïncidence suffisante (pour utiliser, je le crains, un terme bien peu scientifique) pour attirer mon attention et me pousser à me procurer un plan détaillé. Ce plan m'a suggéré une petite promenade, et la promenade m'a montré pourquoi Campbell rendait visite à Sir Theodore Peek approximativement à l'heure où le maître de discipline junior allait au *Green Horse*.

Appleby s'interrompit quelques secondes. Gott l'observait d'un air détendu à travers les volutes de fumée.

— Mr. Gott, vous et Mr. Campbell étiez en train de vous fabriquer un alibi pour la nuit où a eu lieu l'assassinat d'Umpleby, mais pas pour la bonne heure. Votre alibi était en retard d'une heure.

— Étrange, commenta Gott. Mais ne m'en direz-vous pas un peu plus sur la façon dont vous avez pensé à cela ? J'aime beaucoup.

— Quand je me suis souvenu de la routine d'un maître de discipline, tout est devenu très simple. Le maître ne marche pas avec ses assistants en groupe : ils le suivent à une vingtaine de mètres. Et quand il pénètre dans un établissement ou une maison, ils n'y entrent pas à moins qu'il ne le leur demande. Ils restent à l'extérieur.

— Vous semblez fort bien connaître la procédure, observa Gott sèchement. Poursuivez, je vous en prie.

— Vous et Campbell aviez fixé vingt-trois heures quarante-cinq comme moment critique. De vingt-trois heures quinze à vingt-trois heures quarante-cinq vos alibis respectifs étaient vrais. Je veux dire par là que vous étiez réellement où vous sembliez être : Campbell à son club, vous en tournée de discipline en ville. Mais à vingt-trois heures quarante-cinq vous avez remonté Stonegate alors qu'au même moment Campbell sortait de l'allée couverte du *Chillingworth Club*. Les assistants l'ont vu — il se trouve qu'ils l'ont reconnu — et il n'y avait aucun mal à cela. Vous vous êtes tous deux salués et Campbell a fait mine de vouloir vous attirer dans la ruelle couverte et au club. Rien d'anormal à cela, et durant une telle visite vos assistants vous auraient simplement attendu dehors. Mais une fois hors de leur vue, dans la ruelle, vous avez retiré votre toge de maître de discipline et l'avez confiée à Campbell. Ensuite, vous avez simplement attendu pendant que Campbell, votre toge roulée sous son manteau, passait par le club et ressortait par la porte latérale, plus haut dans Stonegate. Ainsi le maître de discipline marchait de nouveau devant ses assistants. Si quelqu'un l'avait identifié dans la rue, jamais cette personne n'aurait pensé que Campbell n'agissait pas en qualité de maître de discipline de façon tout à fait régulière.

— Intéressant, murmura Gott.

— Ensuite au *Green Horse*, puis chez Sir Theodore. Comme toujours, les assistants attendent dehors. Campbell passe dans la cour de l'auberge et musarde une minute en toge. Quiconque est dans les parages affirmera que le maître de discipline est venu jeter un œil au *Green Horse*. Ce n'est pas très important, car les assistants le savent, ou croient le savoir. Campbell ôte de nouveau la toge, ressort par l'autre extrémité de la cour, et en deux minutes il est établi que Campbell — le véritable Campbell — a rendu une visite éclair à Sir Theodore, à minuit. Deux bons alibis : un faux, et l'autre faux-vrai, si l'on peut dire.

— Et la fuite ? demanda doucement Gott.

— Campbell dans son rôle de maître de discipline se montre sous l'entrée voûtée de la cour, fait signe aux assistants, tourne les talons et ressort de l'autre côté, derrière la maison de Sir Theodore. Les assistants suivent jusqu'à St. Anthony. C'est là que s'opère la dernière substitution. Habituellement, dans ces circonstances, vous retournez au collège par le portillon de Schools Street. Cette fois vous êtes entré à St. Anthony par la porte principale, sur St. Ernulphus Lane ; et le gardien vous a ouvert, il s'en souviendra. Oh oui, c'est bien vous. Car Campbell a tourné de Schools Street dans St. Ernulphus Lane, et vous étiez là, juste après le croisement, sous un porche. La toge change de mains une dernière fois et Campbell peut rentrer tranquillement chez lui. Vous attendez que les assistants entrent dans la rue, vous les saluez gravement : Bonsoir, Mr. Gott. Une fois vos assistants congédiés, vous allez jusqu'à la porte principale de St. Anthony et le gardien vous ouvre. Bonsoir, Mr. Gott... En réalité, vous avez pu agir à votre guise entre vingt-trois heures cinquante et minuit vingt, tout en vous forgeant un alibi parfait. Quel dommage de gaspiller (inutilement, comme vous le voyez) une telle trouvaille alors qu'elle aurait été du meilleur effet dans un de vos romans !

Appleby posa sur son interlocuteur un regard railleur.

Gott souffla lentement la fumée.

— C'est très ingénieux, fit-il, quoique un peu gratuit, vous ne trouvez pas? Vous avez peut-être inventé tout cela, n'est-ce pas? Et sans preuve — quelqu'un qui m'aurait vu là où je ne devais pas me trouver, ou qui aurait identifié Campbell sous la toge du maître de discipline —, cela ne mène pas à grand-chose, convenez-en. Avez-vous pensé au mobile qui aurait pu me pousser à ce comportement surprenant? Nous avions le projet d'assassiner Appleby à minuit, et nous avons été devancés?

— Peut-être tout cela n'avait-il aucun rapport avec St. Anthony, répondit Appleby. Mon collègue Dodd s'occupe actuellement d'une série de cambriolages commis en banlieue. Et si vous étiez le cerveau de la bande?

Gott émit un rire bref.

— Vous pensez que je suis un cambrioleur?

— Oui, je le pense.

— En banlieue?

— Non.

Il y eut un court silence, puis Appleby ajouta :

— Maintenant, puis-je avoir votre version?

— S'il y en a une, ce n'est peut-être pas à moi de la raconter...

Un autre silence suivit, pendant lequel Appleby se demanda comment il devait se comporter avec cet individu charmant, détendu et peu coopératif. Avec Pownall il s'était montré brusque, une méthode qu'il n'appréciait guère et qui n'aurait probablement pas les mêmes résultats sur Gott... Ses pensées en étaient là quand elles furent interrompues. De l'autre côté de la porte du salon monta une succession de heurts assourdis et de grincements, un choc plus fort et le bruit de pas battant rapidement en retraite. Appleby bondit vers la porte et l'ouvrit. Dans le petit vestibule avait été déposée une grande panière à linge en osier.

Gott le rejoignit sur le seuil de la pièce et pendant un moment les deux hommes contemplèrent cet objet problématique sans rien dire. C'est alors qu'ils perçurent les sons qui s'en élevaient.

— Je pense que nous devrions l'ouvrir, dit enfin Appleby.

Il ôta la barre métallique qui maintenait fermé le couvercle de la panière.

Il y a quelque chose d'éminemment absurde dans le spectacle d'un être humain confronté à une panière à linge — fait connu de Shakespeare quand il écrivit *Les Joyeuses Commères de Windsor*. C'était une apparition digne de Falstaff qui émergeait à présent de la grande corbeille, mais un Falstaff dont la mise théâtrale aurait été quelque peu chahutée, car le maquillage avait coulé sur le visage de l'homme et d'une oreille rosie pendait une fausse barbe blanche et fournie.

Appleby reprit très vite contenance. Tendant une main secourable, il dit d'une voix affable :

— *Mr. Ransome, je présume ?*

CHAPITRE XII

Mr. Ransome était parti prendre un bain et se restaurer à l'office. Comme il l'avait fait observer d'un air sombre, il n'avait *pas* dîné... Mr. Gott fut donc laissé seul pour expliquer la situation.

— Je suppose que toute l'histoire peut être racontée, maintenant, dit-il. Vous avez sans aucun doute entendu parler de l'affaire des documents de Ransome — ceux qu'Umpleby détenait? Eh bien, Ransome est rentré en Angleterre il y a un mois. Il était furieux que le président ne lui ait pas envoyé ses papiers comme il l'avait promis. Plutôt que de se présenter ouvertement au collège, il est resté en ville et a contacté Campbell. Tous deux ont toujours été proches, et Campbell était d'avis de prendre des mesures draconiennes contre Umpleby. Ils ont décidé d'appliquer eux-mêmes la loi. Ils ont également décidé de m'appeler en tant que... autorité.

Gott tira sur sa pipe. Il parlait avec une simplicité et un plaisir désarmants.

— J'ai accepté leur offre et, très idiotement direz-vous, j'ai transformé la situation en une sorte de jeu. Nous aurions pu nous contenter d'une incursion chez Umpleby et l'obliger à nous rendre les documents. Il n'aurait pas osé ébruiter ce petit coup de force, de peur du scandale. Au lieu de quoi nous avons opté pour une sorte de cambriolage parfait dont j'ai peaufiné les détails. Nous étions trois, et j'étais surtout intéressé par les alibis. Il fallait que je sois présent lors du cambriolage, ainsi que Ransome...

— Pourquoi vous deux ? interrompit Appleby.

Un instant Gott parut considérer que la question était absurde, puis il eut un sourire aimable :

— Je devais être là parce que les circonstances du cambriolage requéraient une certaine tournure d'esprit, comme vous le comprendrez bientôt. La présence de Ransome me semblait nécessaire, tout simplement parce que je n'avais pas l'intention d'entreprendre pour lui cette action plutôt risquée et indubitablement insensée alors qu'il serait en sécurité au fond de son lit... Mais c'est le problème de l'alibi qui m'intéressait. *A priori* Ransome n'avait rien à craindre, puisque seuls Campbell et moi savions qu'il ne se trouvait pas à des milliers de kilomètres. Quant à moi j'avais besoin d'un alibi, de même que Campbell s'il participait à l'expédition. Comme je l'ai dit, je voyais dans tout cela à peine plus qu'un jeu. Je ne pensais pas qu'Umpleby appellerait la police après le cambriolage et — pardonnez-moi — dans le cas contraire, j'étais persuadé que la police ne se pencherait pas sérieusement sur nos alibis. Néanmoins, je me suis efforcé de les travailler au mieux.

— L'approche expérimentale du roman populaire, murmura Appleby.

— Peut-être ; et peut-être ai-je imaginé la chose comme je l'aurais fait d'un livre. En tout cas, vous savez comment j'ai mis au point l'idée. A vingt-trois heures quarante-cinq, Campbell devait prendre ma place, vous l'avez deviné. J'irais alors à St. Anthony rejoindre Ransome, lequel aurait déjà reconnu les lieux. Nous avions décidé d'en avoir fini avec le cambriolage pour minuit dix. Je me glisserais au-dehors et je repasserais dans St. Ernulphus Lane où Campbell devait arriver à minuit vingt exactement, et à la même heure Ransome prendrait la poudre d'escampette. Mais nous devions faire assez de bruit en quittant les appartements du président pour réveiller la domesticité. De cette manière, le cambriolage serait découvert aussitôt et situé dans le temps, à une heure où le faux moi, suivi des assistants, se trouverait encore à l'extérieur de St. Anthony et où, bien sûr, Campbell n'aurait pas eu le temps matériel d'aller à pied de chez Sir Theodore au collège. Campbell et moi devions échanger nos rôles quand nous serions hors de vue des assistants, au coin de St. Ernulphus Lane. Il aurait rejoint son appartement en deux ou trois minutes, et moi il me suffisait de marcher jusqu'à l'entrée principale du collège, puisque je pouvais difficilement rebrousser chemin et rentrer par le portillon de Schools Street, vous l'avez dit. Je serais ainsi introduit à St. Anthony par le gardien, dix minutes après la découverte du cambriolage.

Appleby avait écouté avec attention, et il posa une question :

— Vous avez dit que Ransome devait reconnaître les lieux avant que vous ne le rejoigniez. Voulez-vous parler d'une reconnaissance *à l'intérieur* du collège ?

Gott acquiesça.

— Vous pensez à l'histoire des nouvelles clefs,

n'est-ce pas ? Bien sûr, elles ont failli altérer notre plan, mais nous avons eu de la chance. Ransome possédait toujours une clef des grilles et malgré la nouvelle du changement de serrures nous ne pensions pas qu'il se ferait aussi rapidement. Cela n'aurait pas été très grave, d'ailleurs : une seule clef suffisait. Mais une pour Ransome et une pour moi, voilà qui était mieux, et j'ai été très ennuyé quand ce mardi matin Umpleby est venu me voir chez moi pour m'annoncer que les serrures avaient été changées. Il m'a alors donné une clef. Même s'il en avait fait faire une pour Ransome, il l'aurait gardée, évidemment.

— Pensez-vous, s'enquit Appleby, que cette affaire des nouvelles clefs avait quoi ce soit à voir avec la volonté d'empêcher Ransome de pénétrer dans le collège ? Qu'Umpleby avait des craintes ?

Gott parut étonné.

— Je n'ai jamais envisagé les choses sous cet angle, avoua-t-il. Je pense que les clefs ont été changées pour la raison qui a été donnée, et qu'Umpleby ne pensait pas du tout à Ransome en faisant cela.

— Vous pouvez imaginer ce qu'un représentant du ministère public tirerait de l'incertitude qui subsiste quant à ce point, dit froidement Appleby.

— Je vois très bien les possibilités embarrassantes que cela pourrait créer, oui. A l'évidence, un des aspects curieux est que j'ai réussi à obtenir la dixième clef — celle de Ransome.

— Et vous l'avez obtenue, pas de doute, fit Appleby avec aigreur en se frottant le crâne.

— Ah non, je ne parlais pas de cette fois-là. Je parlais de la *première* fois. Je l'ai obtenue avec un peu de chance et en usant d'un petit stratagème.

Umpleby est venu me voir en dernier, et il avait deux clefs en main. J'ai pris la mienne, j'ai posé l'ancienne sur la table, puis j'ai tendu à Umpleby un gros livre sur lequel j'avais travaillé et je lui ai demandé son avis sur un point quelconque. Il a pris le volume à deux mains, et pour ce faire a naturellement posé la nouvelle clef restante sur la table. Ensuite j'ai trouvé un prétexte pour me disputer un peu avec lui, afin qu'il oublie la clef que j'ai discrètement subtilisée. Et j'ai fini par désigner mon ancienne clef. « C'est celle de qui ? » ai-je demandé d'un air détaché. Il a répondu dans un grognement que c'était celle de Ransome, s'il revenait, l'a prise et est reparti. Résultat : Ransome disposait d'une des nouvelles clefs.

— Résultat, enchaîna sèchement Appleby, vous aviez fait un pas de plus vers le crime... Gott, dites-moi ce qui s'est réellement passé lors de cette triste nuit, voulez-vous ?

— Rien. Ransome est entré dans le collège par le portillon de Schools Street à vingt-trois heures trente, pour repérer les lieux, et il a tout de suite remarqué des bruits et aperçu des gens qui marchaient d'un pas lourd dans le verger. Puis il a entendu Deighton-Clerk qui disait quelque chose à propos du portillon. Ransome en a déduit que tout allait de travers, il est ressorti du collège et m'a rejoint après que Campbell et moi avions effectué notre première substitution. Bien sûr, je n'ai pu que me conformer à notre autre rendez-vous pour l'autre échange, dans St. Ernulphus Lane. C'est tout.

— Quand vous êtes rentré au collège, vous avez appris la mort d'Umpleby ?

— Oui.

— Aucun d'entre vous n'a voulu révéler votre plan ?

— Nous vous laissions cette tâche.

La repartie était faible, et prononcée sur un ton absent. Il était évident que Gott pensait à ce qui allait suivre.

— Avant que vous ne continuiez, dit Appleby, j'ai une question à vous poser. Cette nuit de mardi, l'un d'entre vous, lors de votre petite expédition, a-t-il réussi à s'introduire dans le bureau d'Umpleby ?

— Non.

— Vous n'étiez pas là plus tôt, par exemple ? Quand vous prétendiez être dans le bureau des maîtres de discipline ? N'étiez-vous pas en réalité dans le bureau, pour effectuer des recherches préliminaires ?

— Absolument pas.

— Et Ransome ? Ou Campbell ?

— Campbell non, c'est certain. Ransome non plus, à moins qu'il ne mente.

— Vous n'étiez donc pas dans le bureau, à chercher à localiser le coffre-fort ?

— J'avais déjà fait ce repérage longtemps auparavant, répondit Gott.

— Vous n'étiez pas là, avec une bougie ? insista Appleby.

De nouveau, le démenti de Gott fut absolu, mais cette fois teinté de surprise.

— Mr. Gott, vous venez de dire que le cambriolage était une entreprise insensée. Et la coïncidence du meurtre est quelque chose d'assez épouvantable. Pour quel motif avez-vous persévéré la nuit suivante ?

— L'entêtement. Et l'opportunité.

— Vous voulez parler de la clef que vous aviez toujours ?

— Exactement. La police avait récupéré neuf clefs, nous détenions la dixième. Incidemment, j'ai pensé qu'en sachant qu'il existait une dixième clef vous risquiez de poster une armée de gardes à toutes les issues. Mais il n'en a pas été ainsi... Donc, nous avions toujours accès à Orchard Ground et au bureau, ce que personne ne savait. Nous nous sommes réunis hier après-midi et avons décidé de faire une deuxième tentative. Cette fois, le plan était d'une grande simplicité. Ransome avait la clef, et à minuit quinze il devait pénétrer dans Orchard Ground par le portillon. C'était certes risqué puisque, comme je l'ai dit, vous pouviez disposer des policiers en faction, mais nous avons eu de la chance... Il devait ensuite ouvrir la grille ouest qui communique avec Bishop's Court et me faire entrer dans le verger. Ensuite, nous ferions ce que nous pourrions.

« Tout s'est bien passé — enfin, au début. Nous nous sommes introduits dans le bureau et nous avons pris les documents dans le coffre-fort...

— Vous connaissiez l'existence du coffre ? Et sa combinaison ?

— Je savais où il y avait quelque chose, c'est tout. J'avais déjà suffisamment rôdé dans le bureau d'Umpleby, bien avant cette date, pour repérer la fausse bibliothèque. J'ai deviné qu'elle devait dissimuler un coffre...

— Vous étiez certain de parvenir à l'ouvrir ? Même dans les romans, c'est assez difficile...

Gott sourit.

— Je faisais confiance à mon sens de l'observation et de la déduction. C'est pourquoi il fallait que je participe en personne au cambriolage. A force d'écrire des romans policiers, et peut-être, comme vous l'avez suggéré, grâce à ma formation de bibliographe, j'ai acquis une certaine aisance dans ce genre de situation... Bref, il y avait bien un coffre-fort, et j'ai bien réussi à l'ouvrir, n'est-ce pas ?

Tout le plaisir de son récit possédait de nouveau Gott.

— Mon cher monsieur, dit Appleby en abandonnant sa réserve officielle, dites-moi donc comment ? Allez-vous me raconter que vous avez écouté les déclics des gorges de la serrure à l'aide d'un stéthoscope, et ce genre de choses ? Peut-être avez-vous procédé ainsi. Vous vous introduisez dans le bureau par un procédé qu'on hésiterait à employer dans un roman — de la mélasse et de la toile, par le Ciel ! — et vous allez me dire que vous avez ouvert le coffre par des moyens tout aussi absurdes ?

— Non, répondit Gott avec modestie, je n'ai rien écouté du tout. J'ai simplement observé.

— Observé ! Et quoi donc ?

— Le rayonnage factice. J'ai également pris en considération le caractère fantasque d'Umpleby. Vous ne vous souvenez pas des faux livres de cette étagère ?

— Une longue étagère étroite avec une cinquantaine de volumes d'essais britanniques, répondit Appleby aussitôt, confiant en sa mémoire presque photographique.

— Exactement. Le dos de cinquante livres collé à une planche. Peut-être n'avez-vous pas songé à examiner les dix derniers de plus près ?

— Non, en effet, reconnut Appleby.

Le visage de Gott s'épanouit dans un sourire ravi.

— Moi, si. Et j'ai remarqué qu'ils étaient en

désordre. Ce n'étaient pas de véritables volumes placés en désordre, souvenez-vous-en, mais des maquettes *collées* en désordre. Quelque chose comme *49, 43, 46, 41, 47, 42, 50, 45, 48, 44*. En d'autres termes, un rappel toujours disponible pour Umpleby de la combinaison du coffre : *9361720584*. Élémentaire, mon cher...

— ... Watson, termina Appleby en vidant sa pipe. Comme vous le dites, un stratagème qui prouvait amplement le caractère fantasque de l'intelligence de feu votre président.

Il emplit le fourneau de sa pipe et poussa sa boîte à tabac sur la table basse, vers Gott. Il était tout disposé à prolonger cette édifiante conversation avec le célèbre Mr. Pentreith.

— Nous en arrivons à un moment délicat, fit-il.

Gott désigna du pouce la panière à linge qui encombrait toujours l'entrée.

— C'est Ransome qui vous a assommé, dit-il, et vous ne pouvez pas dire qu'on ne lui a pas rendu la pareille... S'il n'est pas malséant de parler ainsi d'un collègue, je dirai que Ransome se montre parfois un peu trop têtu. Ses documents récupérés, il a refusé de quitter immédiatement le collège. Il tenait à toute force à boire un verre chez moi pour fêter notre victoire — une victoire sur un homme mort, quand on y pense... Bref, nous sommes tous deux passés dans Bishop's Court et à la grille il a dit qu'il voulait mettre le crochet et que je pouvais aller de l'avant, ce que j'ai fait. J'ai compris ensuite que cet imbécile n'avait pas seulement laissé la grille ouverte parce qu'elle grinçait, mais qu'en plus il avait oublié la clef dans la serrure.

— C'était en effet une erreur de taille, qui m'a déconcerté, je l'avoue, dit Appleby avec bonne humeur. Je comprends que vous n'ayez guère confiance dans les capacités de Ransome pour l'art difficile de la cambriole. En revanche, il sait très bien assommer les importuns... Peut-être vous trouviez-vous là, pour diriger les opérations ?

— Non. Jamais je ne penserais à frapper un homme sur le crâne, sauf dans mes romans. C'est beaucoup trop risqué. A la place de Ransome, je crois que je me serais rendu, tout simplement, ou que j'aurais inventé un mensonge plausible. Mais il semble s'être plutôt bien débrouillé. Il a trouvé sa seule possibilité de fuite surveillée, il a donc rôdé dans les parages jusqu'à vous repérer, et c'est ainsi que vous avez de nouveau perdu la clef.

— J'ai perdu une clef différente.

— Ah, alors il a commis une autre erreur. Ransome n'est pas très fin, mais il sait se montrer efficace. A l'occasion.

— Quand il ne se trouve pas dans une panière à linge, commenta Appleby. Au fait, pourquoi se promenait-il dans les parages sous cet accoutrement aujourd'hui ?

— C'est moi qui lui ai imposé ce déguisement, à l'origine, expliqua Gott. Voyez-vous, les déguisements m'intéressent — jusqu'à quel point ils peuvent tromper, ce genre de choses. Ransome avait une confiance naïve dans sa barbe postiche, et quand il a pris peur en apprenant qu'il avait assommé un célèbre inspecteur du Yard, il a décidé de continuer à se cacher quelque temps là où il résidait. Il avait choisi un endroit très agréable... jusqu'à ce que nos jeunes amis le démasquent.

Gott s'était levé et arpentait la pièce en parlant. Il s'arrêta devant la bibliothèque et prit *La Dernière Enquête de Trent*, l'ouvrit au hasard et parut se plonger dans la lecture. Puis il referma le livre et reprit :

— Apportez-vous quelque crédit à tout ce que je viens de vous dire ? Vous savez, je *pourrais* inventer différentes histoires qui collent aux faits, au fur et à mesure. Croyez-vous la version que je vous ai exposée ?

L'inspecteur tira sur sa pipe en réfléchissant à ce qu'il allait répondre. *La Plus Grande Affaire d'Appleby... L'Affaire la plus folle d'Appleby* aussi. Il était porté à prendre un risque — mais seulement parce que quelque chose en lui disait que ce n'en était pas un.

— Oui, je crois à votre version. *Verbatim et litteratim.*

— Et que je n'ai gardé aucune carte dans ma manche ?

— Que vous n'avez gardé aucune carte dans votre manche.

— Alors, déclara Gott d'un ton légèrement narquois comme en récompense de cette profession de foi, alors il ne nous reste plus qu'à découvrir qui est le véritable assassin. Et maintenant, s'il est exact que je ne suis pas en état d'arrestation, je pense que je vais faire un saut et nous rapporter une bonne bière... Blonde ou brune, Appleby ?

— Brune, Gott.

CHAPITRE XIII

1

Les pensées auxquelles Appleby s'abandonna pendant qu'il attendait le retour du cambrioleur de St. Anthony et l'arrivée de sa bière oscillaient entre la satisfaction et l'exaspération. L'anguille sous roche avait réellement constitué une fausse piste. L'enquête à ce sujet avait eu pour résultat le possible soutien d'un allié de poids, mais avait-il pour autant progressé vers la résolution de cette affaire ? La réponse semblait bien être oui, mais pas aussi loin qu'il l'aurait espéré.

Pour commencer, il pouvait à présent éliminer certaines pistes. Campbell paraissait hors de cause, son alibi au *Chillingworth Club* pour l'heure considérée étant solide. La vision de cet alpiniste éminent grimpant le mur d'enceinte de St. Anthony pour assassiner son président n'était plus de mise. Quant à Chalmers-Paton, l'heure du meurtre étant avancée, son alibi devenait incontestable. Gott n'avait rien d'un coupable plausible. Un homme capable de planifier un cambriolage parfait à minuit ne le ferait pas précéder d'un meurtre imparfait — c'est-à-dire un meurtre qu'il aurait aisément pu commettre. Un assassinat avant vingt-trois heures suivi d'un alibi pour minuit n'avait aucun sens. Et si Dodd ou quelqu'un d'autre estimait qu'on manquait d'éléments concluants pour écarter définitivement Gott de la liste des suspects, eh bien, Gott serait surveillé de près.

Ce qui valait pour Gott s'appliquait, dans une certaine mesure, à Ransome. Mais pas totalement. Si Gott s'était proposé de supprimer Umpleby, la mise au point du cambriolage n'avait plus de sens. En effet pourquoi, à la suite d'un assassinat, un homme aussi intelligent se serait-il acharné à satisfaire une envie de plaisanterie des plus risquées ? Si Ransome était l'instigateur du meurtre, l'idée du cambriolage conservait une place logique dans l'ensemble, *car il aurait procuré à Ransome un accès à Orchard Ground*. Même ainsi le *début* du plan pour le cambriolage n'avait pas forcément de rapport avec un meurtre projeté par Ransome : il pouvait n'être devenu un élément déterminant qu'après le changement des serrures... Appleby se permit de penser que l'universitaire prouverait son innocence, mais il savait également que c'était une impression qu'il ne devait pas prendre en considération pour l'instant. Il faudrait vérifier les déplacements de Ransome lors de cette nuit fatale, dans la période précédant sa rencontre avec Gott, quand il avait prétendu qu'il avait interrompu sa reconnaissance à vingt-trois heures trente. Aucune raison physique n'empêchait Ransome d'être entré dans le collège et d'avoir assassiné Umpleby.

Entrer dans le collège... La révélation que Ransome avait pu le faire constituait le réel progrès fait lors de l'élucidation de la fausse piste. Ransome avait été en possession de la dixième clef. Sachant où se trouvait cette dixième clef, Appleby pouvait maintenant éliminer un facteur très important : celui d'un meurtrier totalement inconnu. Umpleby avait été assassiné par une personne ou un groupe de personnes connues, ou au moins avec leur connivence. Mais qui ?

— Qui a tué Umpleby ?

Gott venait de poser la question à haute voix. Chargé d'un assortiment de rafraîchissements, il venait de refermer la porte et contournait la panière. Il semblait avoir lancé cette interrogation en toute innocence.

— Umpleby a été abattu par une personne ou un groupe de personnes connues, ou au moins avec leur connivence, répéta Appleby. A première vue et cette hypothèse posée, les suspects sont Deighton-Clerk, Haveland, Empson, Pownall, Ransome, le gardien, vous-même. Une de ces personnes peut également avoir participé au meurtre, c'est-à-dire l'avoir rendu possible en procurant à l'assassin une clef. Ceux qui *a priori* ne se trouvaient pas dans la position de commettre le crime mais qui ont pu conspirer pour atteindre ce résultat sont Titlow et Lambrick. Sans oublier Slotwiner.

— Et Mr. X, le serrurier ? proposa Gott.

— Éliminé de la liste.

— Très bien, éliminé de la liste. Pour que cette discussion entre vous et moi porte ses fruits, éliminez également mon humble personne, dit Gott. Et aussi le gardien, qui aura un alibi, et qui de toute façon n'a pas assassiné Umpleby, pas plus qu'il n'a aidé le meurtrier. Éliminons Slotwiner : il faut toujours éliminer les employés au plus tôt, me semble-t-il. Le majordome louche et ténébreux est toujours d'un ennui mortel...

— Mais en dehors de ces considérations littéraires, avez-vous des raisons plus solides de rayer Slotwiner de la liste ?

— Eh bien, à sa façon mesurée, Slotwiner était très dévoué à Umpleby, et je ne le crois pas capable d'avoir pu comploter pour l'assassiner. D'ailleurs je ne vois pas pourquoi vous tenez à ce qu'il soit retenu. Il ne disposait d'aucune clef et il ne semble pas avoir eu la possibilité de faire entrer un acolyte dans les appartements du président.

— D'accord, approuva Appleby. Disons que j'ai eu tort de l'inclure dans la liste. A première vue.

Gott acquiesça pour montrer qu'il avait saisi la signification de l'expression itérative, mais il n'en poursuivit pas moins son raisonnement :

— Exit Slotwiner, *temporairement*. Ce qui nous laisse sept suspects... largement suffisant. Symboliquement, c'est un chiffre intéressant. En y réfléchissant, cela pourrait faire un bon titre de roman : *Les Sept Suspects*. Mais il faut qu'ils soient bien dirigés, si on en met autant en scène. Et certains resteront forcément un peu dans l'ombre.

Gott poursuivit cette digression d'écrivain en servant les bières avant de s'installer confortablement en face d'Appleby, avec un crayon et une feuille de papier ministre. Dans son esprit, le romancier associait meurtre et crime mystérieux à l'idée de récréation intellectuelle ; pourtant il semblait à présent y apporter le même sérieux que celui qu'il vouait à résoudre les inconnues concernant les imprimeries du XVIe siècle.

— Cette histoire de conspiration, dit-il, de A donnant sa clef à B... Selon toute probabilité, c'est réellement une piste d'investigation mineure, n'est-ce pas ? Deighton-Clerk ici, ou Lambrick chez lui, qui auraient confié leur clef à un assassin engagé pour l'occasion ?

Appleby saisit l'invraisemblance implicite.

— Oui, dit-il. Je suis d'accord avec vous. Cela fait intervenir une sorte de Premier Meurtrier de façon très peu crédible. Non que toute cette affaire ne fourmille d'éléments peu crédibles...

Gott sourit.

— Donc Deighton-Clerk a fait impression sur moi — et sur vous aussi, sans doute. Il voit en moi une sorte de père spirituel du crime, un peu comme un peintre créant un type impossible de beauté qui apparaîtrait en chair et en os dans la génération suivante... Après tout, de telles choses se produisent vraiment. Savez-vous que ce collège a été le théâtre d'un meurtre particulièrement horrible, en 1483 ?

— Un précédent est toujours réconfortant. Mais restons-en aux probabilités d'une conspiration : l'avantage de pouvoir s'assurer un alibi se trouve très relativisé par le risque de comploter avec quelqu'un qui serait un tueur à gages embauché pour le meurtre. Mais si nous nous cantonnons à une conspiration interne au collège, avec le collègue A possédant une clef, et pas le collègue B ? L'assassinat est commis le jour même du changement de clefs. En d'autres termes, l'attention est délibérément attirée sur ce point. Disons donc que A donne sa clef à B, qui abat Umpleby. A dispose d'un alibi et nous devons pratiquement prouver la conspiration avant de pouvoir démontrer que B a pu commettre le crime.

— Dans tout meurtre, l'action combinée de deux personnes est toujours moins probable que celle d'une seule, objecta Gott. Et dans le cas qui nous occupe, la théorie de la conspiration entraîne des probabilités psychologiques qui peuvent aller très loin. Un meurtre à deux est très différent, après tout, d'un cambriolage à trois.

— En effet. Une fois encore, je suis tout à fait d'accord. Il est de bonne méthodologie de ne pas chercher dans la direction d'une association de deux hommes tant que l'hypothèse du tueur unique n'est pas prouvée irréaliste.

— Ce qui nous laisse *cinq* suspects : Deighton-Clerk, Haveland, Empson, Pownall et Ransome. Nous avançons.

— A première vue, cinq ; dans les faits, peut-être toujours sept.

Pendant un moment, Gott réfléchit à cette idée, puis il l'aborda de front :

— Umpleby n'est donc pas mort à l'heure que nous croyions ?

— Non. Il a été assassiné entre vingt-deux heures trente et vingt-trois heures, dans Orchard Ground ou peut-être à l'intérieur de la Maison des jeunes fellows.

— Vous êtes en mesure de le prouver ?

— Hélas non, j'en suis même loin. Cependant j'ai trouvé un brin d'herbe verte accroché au pneu d'un fauteuil roulant...

Gott saisit immédiatement.

— Le vieux fauteuil roulant d'Empson...

Après un court silence, il formula sa complète compréhension du sujet :

— Oui, il ferait un excellent corbillard improvisé... pour Titlow, également.

— Ou Slotwiner, si vous n'étiez pas aussi affirmatif quant à son dévouement au défunt président. Imaginez cela. Slotwiner apporte son alcool à Umpleby dans le bureau, à vingt-deux heures trente comme d'habitude. Il lui communique un faux message : les salutations de Haveland ou de Pownall, et le désir de l'un ou de l'autre que le président lui rende visite dans la Maison des jeunes fellows, pour discuter de ceci ou de cela. Umpleby sort donc, Slotwiner le suit et le coup de feu est tiré quelque part dans le verger, au moment où un véhicule particulièrement bruyant passe dans Schools Street. Slotwiner va chercher les ossements, le fauteuil roulant, la toge égarée de Barocho — élément que vous ignorez —, puis retourne dans le bureau du président avec le tout et le cadavre d'Umpleby dans le fauteuil roulant. Il va ranger le fauteuil roulant mais il oublie la toge : cela peut s'expliquer, il est alors très pressé car vingt-trois heures approchent, et donc la visite habituelle de Titlow chez Umpleby. Il arrange un système quelconque de fil à la détente du revolver et le tire alors qu'il bavarde avec Titlow dans le couloir. Dans la confusion qui suit la découverte du corps, il a une chance raisonnable d'empocher l'arme et le fil... On peut bien sûr adapter cette hypothèse à Titlow.

— Je pencherais pour Titlow, dit instantanément Gott.

— Vous pensez qu'il ferait un assassin crédible ?

Appleby avait posé la question d'un ton neutre, mais délibérément. Le plus injuste était pour lui de devoir se dérober à son rôle de policier. Gott sembla y être sensible alors même qu'il évitait le piège :

— Je n'aurais pas dû insister autant sur les sentiments de Slotwiner, parce que je ne le ferai pour personne d'autre. Nous pouvons étudier les faits, mais difficilement pronostiquer la potence pour l'un ou l'autre. Ce que je voulais dire, c'est qu'en admettant que Slotwiner ait effectivement délivré un tel message à Umpleby, il ne pouvait guère se présenter *en face de lui* dans le verger pour le tuer d'une balle dans le front. En revanche Titlow — ou à peu près n'importe lequel des autres — aurait pu le faire.

Pendant quelques minutes les deux hommes fumèrent sans parler. Puis Appleby reprit :

— Alors vous estimez qu'au simple examen des éléments disponibles nous avons un indice particulier sur Titlow ?

— Loin de là. Lui et Slotwiner rentrent en jeu, voilà tout. Nous étudions simplement l'hypothèse que quelqu'un a désiré faire croire que la mort d'Umpleby avait eu lieu en un endroit et à une heure différents de l'endroit et de l'heure réels. Tous les autres suspects auraient pu avoir de bonnes raisons pour agir ainsi ; il est donc injustifié de réserver ce mobile à Slotwiner ou Titlow. Pourquoi, par exemple, penser que ce maquillage de la réalité a nécessairement pour but de donner un alibi au meurtrier ? Pourquoi ne viserait-il pas à détruire l'alibi de quelqu'un d'autre, plutôt ?

— Oui, dit Appleby, j'en suis venu à y songer aussi, bien que cela m'ait pris plus longtemps qu'à vous. Et j'ai imaginé quelqu'un qui disait : *Il pouvait prouver qu'il ne l'avait pas fait ici et maintenant; mais il ne pouvait pas prouver qu'il ne l'avait pas fait là et en vingt minutes — à supposer qu'il y ait des indices de sa culpabilité.*

— Bien. Ce qui nous amène à revoir tous les horaires et les déplacements.

— Et nous confronte obligatoirement aux probabilités psychologiques.

— Probabilités dont je ne crois pas non plus

devoir débattre avec vous. Mais il reste beaucoup d'éléments à étudier. Les ossements, par exemple. Ils doivent être notre sujet de prédilection pour l'instant. Dans le champ délimité par les grilles et les clefs ce sont les choses les plus proches d'un indice que nous ayons. Quel renseignement nous donnent-ils sur Haveland, leur légitime propriétaire, par exemple ?

Appleby répondit par une autre question :

— La nuit dernière, dans la salle commune, Haveland a virtuellement suggéré des pistes alternatives à propos du meurtre, vous vous en souvenez. Les jugez-vous valables ?

Gott eut un geste de compréhension.

— En effet, Haveland a dit quelque chose comme : « Soit j'ai moi-même assassiné Umpleby dans des circonstances qui ne s'accordent qu'à un état mental perturbé chez moi, soit quelqu'un d'autre a commis le meurtre et a tout agencé pour m'en faire accuser. » Eh bien, non, je n'estime pas cette piste très valable. Haveland peut très bien être l'auteur du crime et ne pas souffrir d'un déséquilibre mental pour autant. Autrement dit, il peut s'être ingénié à créer lui-même des indices le désignant.

— Vous voulez dire qu'il aurait pu éparpiller sa collection d'ossements autour du mort non sous l'emprise d'une pulsion insane pour s'accuser, mais pour simuler la mise en scène de quelqu'un d'autre cherchant à l'incriminer ? Tout cela me semble un peu compliqué, sans réelle nécessité et surtout risqué...

— Risqué, j'en conviens. Sans réelle nécessité et compliqué, peut-être. Mais peut-être pas. Ce stratagème peut lui avoir semblé la meilleure méthode pour diriger l'attention sur qulqu'un d'autre.

— Diriger l'attention sur quelqu'un d'autre en exposant des éléments qui l'accusent, lui ! Mon cher Gott, ne trouvez-vous pas la chose un peu trop subtile ?

Mais tout en disant cela sans ironie aucune, Appleby tentait d'évaluer la validité d'une telle hypothèse.

— Subtile, oui. Mais, après tout, vous êtes venu — revenu, n'est-ce pas ? — dans un des endroits les plus subtils d'Angleterre. Bien sûr, de cette théorie découlent certaines... implications.

— Telles que ?

— Telles que la constatation que vous auriez *raté* des détails. Ou que vous ne les auriez pas encore découverts.

Appleby sourit.

— Il est certain que j'ai raté certains détails. Mais à quoi faites-vous allusion, plus précisément ?

— Aux indices consécutifs de la fausse piste — l'idée renforcée que Haveland laisserait entendre qu'il a été incriminé *par telle ou telle personne.*

— Dans ce domaine, il m'a semblé désigner assez venimeusement Empson. Bien que je n'aie rien découvert contre Empson jusqu'à maintenant, à travers Haveland ou autrement. Comme vous l'avez suggéré, j'ai pu rater ces indices. D'un autre côté, il est possible que je ne les aie pas ratés parce qu'ils n'existent pas, donc possible que votre théorie soit fausse en fait.

— Ce n'est pas ma théorie, protesta Gott. Simplement une suggestion. Mais « rater », je crois, est un terme erroné. Haveland n'aurait aucun intérêt à semer des indices si discrets qu'ils *risqueraient* de ne pas être remarqués. Bien sûr ils peuvent encore apparaître...

Appleby partit d'un rire bas. Il appréciait vraiment son interlocuteur.

— Le deuxième meurtre, peut-être, qui jettera quelque lumière sur le premier ? Suivi des troisième et quatrième crimes, qui élimineront deux coupables possibles du deuxième ? Essayons plutôt de passer en revue les horaires et les déplacements de chacun, si vous le voulez bien. Pourquoi ne pas commencer par Haveland ?

A l'instar de l'inspecteur Dodd, Appleby sortit de sa poche une liasse de feuilles. A cet instant se produisit la deuxième interruption de la soirée. Ils entendirent quelqu'un qui contournait la grande panière à linge dans l'entrée, puis on frappa à la porte du salon : Haveland en personne.

En apercevant Gott, le visiteur s'immobilisa. C'est à l'homme du Yard qu'il s'adressa :

— Je vous prie de m'excuser de cette intrusion, je pensais vous trouver seul. Peut-être ferais-je mieux de revenir plus tard ?

— Mr. Gott et moi discutions de... mon travail ici, répondit Appleby.

Gott se leva pour prendre congé, mais déjà Haveland avait refermé la porte derrière lui et lançait une remarque qui les concernait tous deux :

— Puis-je être de quelque utilité si je me place à la disposition d'une conférence aussi prestigieuse ?

Haveland aurait dû être d'une nature ouverte et chaleureuse. Sa décontraction physique avait un effet plaisant, ainsi que la négligence esthétique de sa mise — qu'il refusait de troquer pour la tenue noir et blanc requise par les traditions de la table d'honneur de St. Anthony. Pour l'instant, il présentait une personnalité guindée, terne et manquant très certainement de spontanéité. En dehors de la pointe d'ironie qui traînait toujours dans sa voix à la fin de chaque phrase, il restait impavide et affectait une indifférence et une retenue étudiées. Appleby résolut de tenter de le faire sortir de sa réserve.

— Vous arrivez à point nommé, dit-il. Nous allions justement nous pencher sur l'étude de vos déplacements pendant la nuit du meurtre. Asseyez-vous, je vous en prie.

Il était raisonnable de s'attendre à ce que Haveland manifeste au moins une légère indignation, envers son collègue s'il ne l'osait pas envers le policier. Mais il ne broncha pas et obéit à l'invite sans rien dire. Par son attitude, il indiquait qu'il mettait de côté la raison de sa venue. Le policier se voyait obligé d'aller droit au but, sans aucune certitude qu'il ne faisait pas fausse route. Il n'avait pas eu le temps de revoir les dépositions recueillies par Dodd et de les examiner selon l'heure modifiée du crime. Néanmoins, il chercha avec assurance dans les papiers de son collègue.

— John Haveland, lut-il d'un ton calme, cinquante-neuf ans. Professeur au collège depuis 1908. Célibataire. Est logé à la Maison des jeunes fellows, dans Orchard Ground. Ne peut jeter aucune lumière sur le meurtre ou sur les circonstances qui s'y rattachent.

« *Vingt et une heures quinze* : a quitté la salle commune pour regagner son appartement. A lu. *Vingt-deux heures quarante* : a quitté Orchard Ground par la grille est et est allé rendre visite au doyen dans Bishop's Court. *Vingt-deux heures cinquante* : est repassé par la grille est pour revenir directement à son appartement. *Vingt-trois heures vingt-cinq* : découvert là par l'inspecteur Dodd et informé du décès du président. N'a pas paru spécialement ému.

Appleby posa la feuille de papier. La dernière observation de Dodd donnait une excellente raison d'attendre une réaction. Haveland releva aussitôt le défi :

— J'ai appris le décès du président sans émotion et sans regret, c'est tout à fait vrai.

— Et sans surprise, Mr. Haveland ?

— Je dois confesser que si.

— Et un peu de curiosité ?

— De la curiosité ?

— Les notes prises par mon collègue relatent ensuite une entrevue qu'il a eue avec vous le matin. Vous n'aviez aucun renseignement à lui donner — à propos des ossements, par exemple. En revanche, vous lui avez posé trois questions. Vous avez demandé si le président avait été tué par balle, si on avait retrouvé l'arme du crime, et si l'heure de la mort était déterminée.

— Mon cher Haveland, intervint alors Gott, un tel intérêt ne vous ressemble guère. Vous deviez être très troublé...

Haveland trahit ce qui pouvait être un peu d'impatience.

— Avec ma collection d'ossements sur le tapis où gisait le mort, l'heure de son décès était essentielle pour moi. Pour cette même raison, elle était essentielle pour Deighton-Clerk. Apparemment, Umpleby a été tué à vingt-trois heures précises. L'un ou l'autre d'entre nous aurait donc pu commettre le crime. Mais s'il avait été abattu, disons, un quart d'heure plus tôt, nous étions tous deux tirés d'affaire, ou bien jusqu'au cou dans une conspiration commune. Pourquoi n'aurais-je pas posé ces questions ? Je ne tiens pas à finir pendu, voyez-vous.

Avec candeur, Appleby lui confia ce qu'il savait :

— On a tiré sur Umpleby bien avant vingt-trois heures. L'inspecteur Dodd n'était pas au courant quand vous l'avez interrogé. Et nous avons retrouvé l'arme du crime.

Sans empressement, Haveland revint sur le premier point :

— Combien de temps avant vingt-trois heures ?

— Une demi-heure, au maximum.

Haveland restait impassible, pourtant il émanait de lui une impression avec laquelle Appleby était devenu familier depuis son arrivée à St. Anthony — l'impression que l'homme calculait à toute vitesse. Titlow, Pownall, Haveland... Tous réfléchissaient intensément avant de répondre. Chez eux, c'était peut-être cette habitude intellectuelle qui donnait ce sentiment. Mais Haveland était très fort. Il paraissait se demander s'il devait suggérer quelque chose, révéler quelque chose ou se risquer à une autre question... Enfin, il dit d'un ton plat :

— Alors Deighton-Clerk ou moi sommes toujours des suspects possibles.

— Deighton-Clerk aurait tué Umpleby et aurait laissé vos ossements dans son bureau ?

— Oui, ou bien moi.

— Quand pensez-vous que les ossements ont été subtilisés dans votre appartement ?

— Entre vingt-deux heures quarante et vingt-deux heures cinquante, je suppose. Pendant que je rendais visite à Deighton-Clerk.

— En ce cas, ils n'auraient pu être pris par Deighton-Clerk ?

— Non. Enfin, je ne sais pas exactement quand on me les a volés. Je n'ai qu'une certitude : ils se trouvaient encore dans mon placard durant l'après-midi. Un placard non fermé à clef.

— Deighton-Clerk était-il un ennemi d'Umpleby ?

— Il ne lui a pas souhaité de pourrir dans un tombeau, comme je l'ai fait. Mais ils n'étaient pas en bons termes, c'est sûr. Deighton-Clerk avait publiquement accusé Umpleby de s'être mal conduit avec Ransome, notre collègue parti à l'étranger.

— Ransome n'est plus à l'étranger, glissa Gott d'un ton insouciant.

— Vraiment ?

— A cette heure il est probablement au lit, dans ce collège. Il y a encore peu, il était recroquevillé dans la panière à linge que vous avez vue dans l'entrée.

— Vraiment ?

Certainement, l'attitude de Haveland était un masque qu'il s'était entraîné à présenter au monde entier. Il apprenait qu'un de ses pairs avait été enfermé dans une panière à linge et ne montrait pas la plus petite surprise, ni le moindre intérêt.

— Je ne peux que vous gêner dans vos activités. J'attends avec impatience les fruits de votre association. Bonne soirée.

Et il s'éclipsa.

Appleby réprima un rire amusé.

— Que croyez-vous qu'il entendait par l'expression « les fruits de votre association », Gott ?

— Je le soupçonne d'avoir insinué que nous serions plus productifs en écrivant ensemble des romans policiers. Mais quel était le but premier de sa visite ?

Appleby rit encore, de façon rêveuse cette fois.

— Il est venu à la pêche aux renseignements. Et il les a eus, je pense. Du moins il a reniflé tous ceux qu'il désirait. Vous savez ce qu'il nous faut faire à présent ?

— Oh oui, répondit l'invincible Gott. Nous devons entreprendre un petit travail expérimental avec un corbillard d'un modèle très spécial.

2

— Le mécréant a été libéré, annonça Horace quand il revint dans la chambre de David après une reconnaissance prolongée.

— Libéré ! s'exclamèrent ses amis, ébahis.

— Et je suis heureux de le dire, répliqua Horace qui semblait avoir réfléchi à la question. Ce qui signifie, je pense, qu'il est innocent, donc que nous n'avons pas capturé un meurtrier. Nous n'avions pas décidé de la moralité de disposer de l'assassin si nous l'arrêtions, je vous le rappelle. Nous nous sommes laissé emporter — ou Mike s'est laissé emporter — par la bonne blague que nous faisions en le livrant à domicile proprement empaqueté.

— Ils l'ont vraiment laissé repartir ?

— Il a réintégré son ancien appartement, a pris un bain puis un énorme repas, et il a téléphoné à Mrs. Tunk pour qu'elle lui prépare un lit moelleux.

— Peut-être qu'ils le laissent faire, pour voir, suggéra Mike.

— Peut-être que c'est nous qu'ils laissent faire, pour voir, rétorqua Horace. Tu ne crois pas que nous allons tous être renvoyés ?

— Pas du tout. Tu vois Ransome aller se plaindre auprès de Deighton-Clerk de ce qui lui est arrivé alors qu'il rôdait en se dissimulant derrière un faux nez ?

— Eh bien, fit Horace sans trop y croire, si c'est ainsi nous sommes tranquilles.

— Tranquilles ? s'étonna David. Tu ne serais quand même pas content de laisser notre enquête végéter ? Ne vous ai-je pas dit à tous deux qu'en plus d'une *notion* j'avais une *information* ? Non, non, Horace, nous avons accompli cette triste tâche, soit, mais il nous reste encore du travail.

L'interpellé se tourna vers Mike.

— C'est un vrai casse-pieds, tu sais. Je le soupçonnais depuis longtemps, en voilà la preuve irréfutable.

L'air maussade, Mike acquiesça.

— Oui, son avenir est tout tracé : Sir David Pennyfeather Edwards, le célèbre raseur du ministère des Finances... Il trottinera à droite et à gauche, en suggérant la création d'un comité ici, une enquête administrative là. Pauvre vieux David.

Mike se réfugia avec une concentration exagérée dans les *Sermons choisis du XVIIe siècle*. Horace s'allongea sur le sol et se plongea dans les énigmes de Miss Milligan. Au Deux-six, la mort du Dr Umpleby avait cessé d'enfiévrer les esprits.

Mais David connaissait bien ses amis. Tranquillement, il se mit à parler dans le vide. Deux minutes plus tard ses compagnons étaient pendus à ses lèvres.

3

Ils avaient renoncé à la bière, et Gott préparait du café fort. Appleby avait posé sa montre sur le bras du fauteuil et la considérait pensivement.

— Une expérience non concluante, lâcha Gott. Il a pu réussir, mais d'extrême justesse.

— Oui, et à l'un ou l'autre moment. Les deux périodes possibles pour Haveland sont égales : de vingt-deux heures trente à vingt-deux heures quarante, puis de vingt-deux heures cinquante à vingt-trois heures. Même si l'on avance son arrivée chez le doyen à vingt-deux heures quarante-trois ou même quarante-cinq, il faut laisser un peu de temps à Umpleby pour quitter son bureau et traverser le verger après que Slotwiner lui a apporté son alcool à vingt-deux heures trente. De *très* extrême justesse, oui.

— Ah, l'image que je m'étais faite de Haveland poussant le fauteuil roulant avec dessus le cadavre du président et les ossements était un peu exagérée, comme vous l'avez remarqué. Alors pourquoi a-t-il rendu visite au doyen, et que peut nous dire Deighton-Clerk à propos des horaires ?

— Une petite minute, répondit Appleby. Nous allons maintenant étudier les déplacements des autres, en commençant par le doyen. Nous y voilà, ajouta-t-il en prenant la déclaration.

« Deighton-Clerk... *Vingt et une heures trente* : quitte la salle commune en compagnie du Dr Barocho chez lequel il va, dans Bishop's Court. *Vingt-deux heures trente-cinq* : traverse jusqu'à son propre appartement, accompagné une partie du chemin par Barocho. Quelques minutes après son retour, Mr. Haveland lui rend visite. *Vingt-deux heures cinquante* : Haveland prend congé et rentre chez lui. Quelques minutes plus tard, Deighton-Clerk téléphone à la loge du gardien pour discuter de détails concernant le collège, puis s'installe pour lire. *Vingt-trois heures dix* : Slotwiner, le major-dome du président, arrive avec la triste nouvelle...

— L'ensemble corrobore les dires de Haveland, commenta Gott. Et si ce coup de fil au gardien a pris un peu de temps, le tout semble innocenter Deighton-Clerk.

— A moins qu'il ait téléphoné d'une main pendant que de l'autre il tirait sur Umpleby, objecta Appleby.

— Dans Bishop's Court, on aurait entendu la détonation.

— Il peut aussi avoir suivi Haveland immédiatement dans Orchard Ground, avoir rencontré Umpleby et l'avoir tué là, puis avoir appelé le gardien d'une chambre vide dans la Maison des jeunes fellows. Ensuite il serait reparti en courant, aurait véhiculé le cadavre et les ossements à l'aide du fauteuil roulant, les aurait disposés dans le bureau, aurait tiré — pour une raison qui reste à préciser — un autre coup de feu à vingt-trois heures avant de réintégrer au plus vite son appartement.

— Dieu du Ciel, Appleby, c'est encore plus improbable ! Vous imaginez vraiment Deighton-Clerk se démener de la sorte ? De toute façon, existe-t-il dans la Maison des jeunes fellows une pièce vide d'où on peut téléphoner ? Haveland était rentré. Qu'en est-il des trois autres occupants habituels ?

— Un moment. J'admets que l'hypothèse est très improbable. S'il n'y avait pas de téléphone disponible, elle ne tient évidemment plus. Mais avant de nous intéresser aux trois autres, voyons donc le cas de Barocho. Ses déplacements étant en rapport direct avec ceux du doyen, ils nous permettront peut-être de le rayer de la liste des suspects.

— Barocho ne possédait pas de clef, ne l'oubliez pas.

— Aucune importance. Étudions sa déposition. Il me semble me rappeler qu'il est hors de cause, d'ailleurs. Oui, voilà : A raccompagné Deighton-Clerk jusqu'à la porte de l'appartement de celui-ci à vingt-deux heures trente-cinq, puis s'est rendu directement à la bibliothèque et y a lu jusqu'à vingt-trois heures passées... Une flopée d'étudiants travaillaient à la bibliothèque. Barocho est donc innocenté.

— Puisque vous vous intéressez aux gens qui ne détiennent pas de clef, et Curtis ? A-t-il un alibi ?

Appleby secoua la tête.

— Curtis est rentré chez lui à vingt et une heures trente. Il affirme ne pas être sorti de toute la nuit. Le doyen l'a tiré du lit pour lui apprendre la mort d'Umpleby un peu avant minuit. C'est tout ce que nous savons à son propos.

— Et si c'était Curtis le tueur mystérieux ? lança Gott avant d'ajouter plus sérieusement : Bon, si nous récapitulions tout ce que nous savons ? Les personnes dans la course sont donc Haveland, Titlow, Empson, Pownall, Ransome, Deighton-Clerk et moi-même. Tous disposent d'une clef. Pour la clarté de la discussion, je me mets hors jeu. Nous ne connaissons pas encore les déplacements de Ransome au moment critique. Haveland aurait difficilement pu accomplir le meurtre, nous l'avons vu. La culpabilité ou l'innocence de Deighton-Clerk dépend des déplacements des trois restants.

S'il ne pouvait téléphoner d'un de leurs appartements, il n'avait pas le temps de tuer Umpleby et de faire tout le reste entre vingt-deux heures cinquante et vingt-trois heures. De plus il ne peut avoir utilisé le téléphone de Haveland. Voyons donc pour Titlow, Empson et Pownall. Leurs déplacements sont en eux-mêmes cruciaux.

Appleby prit un autre feuillet.

— Voilà la déposition de Pownall, d'après ce qu'il m'a raconté ce matin. Il a regagné son appartement dans la Maison des jeunes fellows peu avant vingt et une heures trente. Il a lu pendant vingt minutes. Puis il s'est couché et à vingt-deux heures quinze il dormait. A vingt-deux heures quarante-deux, quelqu'un s'est introduit dans sa chambre, ce qui l'a réveillé.

— Du diable qu'il l'a été ! Mais c'est trop tôt pour qu'il puisse s'être agi de Deighton-Clerk cherchant un téléphone... Ensuite, il n'a pas quitté sa chambre ?

— Non. Il a tourné en rond après avoir découvert du sang sur son tapis, et il en a déduit qu'Umpleby avait été assassiné. Mais il est quand même resté chez lui.

Appleby lui résuma ce que Pownall lui avait dit avant de s'intéresser à Titlow.

— *Vingt et une heures vingt* : est revenu de la salle commune et a travaillé chez lui jusqu'à vingt-deux heures cinquante-cinq, puis est parti rendre visite à Umpleby, comme à son habitude. Est passé dans Bishop's Court par la grille ouest et a sonné à la porte d'entrée des appartements du président à vingt-trois heures pile.

Appleby s'interrompit un instant, puis :

— Ici, vous pouvez sans doute m'aider. Pourquoi aurait-il fait le tour jusqu'à la porte principale ? Pourquoi ne pas avoir frappé aux portes-fenêtres ?

— Pour respecter l'étiquette. Dans des circonstances semblables, il agit toujours de la sorte. C'était une sorte de visite officielle hebdomadaire. Les deux hommes ne s'appréciaient que modérément, donc ils évitaient toute familiarité.

— Bon, nous n'avons là aucune confirmation, ni rien qui prouve le contraire. Mais pour ce que vaut cette déclaration, elle prive Deighton-Clerk d'un autre téléphone. Au tour d'Empson maintenant... Il a réintégré son appartement à vingt et une heures trente et s'est mis à travailler. A vingt-deux heures quarante, il s'est rendu à la loge du gardien par la grille ouest afin de s'enquérir d'un paquet d'épreuves. Il était de retour chez lui huit minutes plus tard et il y est demeuré sans être dérangé jusqu'à l'arrivée de la police... C'est tout ce que nous avons, conclut Appleby en poussant ses notes de côté.

— Les possibilités de mensonges ne manquent pas ! soupira Gott. Voyez-vous de quelle façon aucun des occupants de la Maison des jeunes fellows n'a de contact avec les autres ? Si l'histoire d'Empson est véridique, elle innocente Deighton-Clerk toutefois. Empson est rentré à vingt-deux heures cinquante — avant que le doyen puisse se servir de son téléphone et évite d'être découvert. Qu'en pensez-vous ?

— Je pense qu'à moins qu'il ait téléphoné de son propre appartement *immédiatement* après le départ de Haveland et non « quelques minutes plus tard », comme le dit le rapport, Deighton-Clerk est hors de cause. En fait, je crois qu'il est hors de cause de toute façon. Même sans parler du téléphone, il n'avait pas assez de temps.

— Auquel cas ne restent plus que le contingent des jeunes fellows, Ransome et moi.

— C'est exact. Mais je soupçonne de moins en moins les cambrioleurs de St. Anthony. La clef du mystère se trouve chez...

— Les jeunes fellows ?

— Thomas De Quincey, dit Appleby.

CHAPITRE XIV

1

En traversant Bishop's Court quelques minutes après le départ de Gott, Appleby fut pénétré du sentiment qu'il allait bientôt conduire l'entrevue la plus importante de l'affaire de St. Anthony. Il ne voyait en Gott qu'un suspect théoriquement possible, et il avait encore beaucoup à apprendre sur le compte de Ransome. Mais en lui grandissait l'intuition que la Maison des jeunes fellows recelait l'explication du mystère entourant la mort d'Umpleby; en tout cas, c'est à cet endroit et à ses occupants qu'il allait maintenant consacrer ses recherches. Il s'était déjà fait une opinion assez précise sur trois des quatre hommes qui y résidaient. Il venait d'observer Haveland, avait interrogé Pownall, et Titlow s'était spontanément ouvert à lui. Mais d'Empson il n'avait eu qu'un mot caustique dans le réfectoire et la salle commune, et un aperçu révélateur pendant son sommeil. Peut-être l'universitaire dormait-il déjà, toutefois l'heure n'était pas trop tardive pour une visite... Appleby franchit de nouveau la grille ouest et entra dans Orchard Ground.

La voix sèche d'Empson répondit aux coups qu'il frappa à sa porte. Ce fut peut-être la sensation qu'éprouva l'inspecteur d'un contraste inattendu avec cette sécheresse qui donna une qualité particulière au moment où il pénétra dans la pièce. Empson était assis, éclairé par la lueur dansante des flammes de la cheminée et une seule lampe à abat-jour. La bibliothèque austère, centrée uniquement sur le domaine de prédilection de son possesseur, la psychologie et les sciences de l'esprit, était plongée dans la pénombre. Empson avait troqué son smoking contre un peignoir de soie terni par les ans, et il lisait, assis sur une chaise droite ancienne à haut dossier. Sa canne était calée entre ses jambes, et l'ivoire pâle du pommeau avait la même teinte que les doigts qui le serraient. Le visage, également ivoire, qui ressortait sur le blanc de la chemise, était adouci par le rose pastel et l'or affadi de la soie... Le professeur se leva précautionneusement et posa son livre — *La Coupe d'or* d'Henry James —, et pour Appleby ce choix parut compléter à merveille cette image de détente d'un scientifique.

— Je me demandais si je pourrais venir vous déranger un peu ? dit l'homme du Yard.

Empson lui présenta une chaise, avec une courtoisie appuyée, mais qui n'avait pas l'air d'une marque de politesse forcée envers un policier importun. Les entrevues à St. Anthony pouvaient se révéler très difficiles, songea Appleby une fois de plus. Après avoir jeté un coup d'œil autour de lui en cherchant un préambule convenable, il décida d'aborder le seul sujet pour lequel Empson était directement concerné :

— Je crois savoir qu'il y a quelques années

vous aviez l'habitude d'utiliser un fauteuil roulant ?

— En effet. Le problème dont je souffre, comme vous pouvez le constater, fit Empson en tapotant doucement sa canne, s'était temporairement aggravé et je me suis vu obligé d'échanger un temps mon appartement avec celui de Pownall, en dessous. Pendant plusieurs mois il a fallu qu'on me conduise en fauteuil roulant à mes cours, au réfectoire et ainsi de suite.

— Vous savez qu'il est rangé dans la réserve qui se trouve au sous-sol de ce bâtiment ?

— Non, je sais seulement qu'il est quelque part à l'intérieur de l'établissement. Puis-je me permettre de vous demander si cet objet a une quelconque importance pour votre enquête ?

— Il a été utilisé la nuit où le président a été assassiné. Je pense qu'on s'en est servi pour le transport du corps.

Pendant un moment, Empson considéra cette nouvelle donnée, selon la coutume en vigueur à St. Anthony. Puis il répondit :

— Le transport du cadavre ? Vous avez donc conclu que le président a été tué ailleurs que dans son bureau ?

— Oui.

Une nouvelle fois, Empson mit un temps pour ingérer cette information. Dans sa nouvelle question, Appleby sentit une réserve sous-jacente :

— Vous avez une preuve de cela ?

L'inspecteur se sentit contraint de dire la stricte vérité :

— Seulement le fait qu'on a récemment utilisé le fauteuil roulant. Mais j'estime que c'est concluant.

Et soudain Appleby se rendit compte que l'universitaire essayait de le *sonder*. C'était comme si Empson employait toute son expertise professionnelle pour définir la fiabilité de ce qu'il venait d'entendre. Pourtant, quand il reprit la parole, ce fut d'un ton presque détaché :

— Je vois, fit-il simplement.

Ses yeux, qui un moment plus tôt cherchaient à lire les pensées du policier, se détournèrent pour se perdre, rêveurs, dans les flammes du feu de cheminée.

C'est en songeant à la vocation d'Empson qu'Appleby choisit son angle d'attaque :

— Il y a un sujet sur lequel j'aimerais avoir votre opinion, dit-il. Votre opinion de spécialiste, distincte de ce que vous savez personnellement des faits. Il n'est bien sûr pas du tout nécessaire que vous me répondiez, mais c'est un sujet sur lequel vous êtes très qualifié : celui du comportement humain, et...

Subitement Empson l'interrompit, d'une façon si contraire à sa prudence oratoire et à ses manières policées qu'Appleby en fut très surpris.

— La science du comportement humain en est encore à ses balbutiements, et nous en sommes à nous fier à ce que nous a appris notre faible expérience. Pourtant l'expérience nous trahira, elle aussi. La science dira d'un individu : « Il est infiniment improbable qu'il fasse telle chose », et l'expérience ajoutera : « Il est impossible qu'il fasse cette chose. » Nonobstant, il le *fera*.

Chez Empson, il y avait toujours une pointe d'amertume, mais dans la diction plutôt que dans la formulation de son discours. Appleby décela autre chose, une qualité de réponse qui ne découlait pas d'une habitude bien ancrée mais de quelque chose comme une révélation récente. Empson ne parlait pas d'après une attitude adoptée depuis longtemps, il s'exprimait d'après un choc récemment ressenti, voire un outrage. Était-ce lui ou un autre qui avait déçu ses espoirs ?

— Il est donc infiniment improbable, impossible, qu'Umpleby ait été assassiné *ici* ? lança Appleby et, devant l'acquiescement d'Empson, il enchaîna plus calmement : A une époque, Mr. Haveland a souffert de troubles mentaux passagers. Êtes-vous en mesure de m'apprendre quoi que ce soit à ce sujet ? Pour être plus direct, diriez-vous qu'il peut y avoir corrélation avec des tendances homicides ? Cette histoire d'ossements...

— Haveland n'a pas tué Umpleby. Les ossements dont vous parlez signent une imposture monstrueuse.

Il avait parlé d'un ton égal, mais avec une intensité extraordinaire face à laquelle la question suivante d'Appleby aurait pu paraître impertinente. Mais le policier se devait de la poser :

— Est-ce la voix faillible de la science qui s'exprime, ou la voix également faillible de l'expérience ?

Il n'y avait qu'une réponse par laquelle Empson pût préserver une position complètement logique. La ferait-il ? Dirait-il qu'il ne parlait ni du point de vue scientifique ni du point de vue expérimental, mais de celui de la connaissance ? Quelque part dans la pièce, une pendule rythma les moments de mutisme qui suivirent.

— Si la science est faillible, elle n'est pas nulle. Et elle vous dira avec une grande autorité que ces ossements font partie d'un coup monté détestable, fomenté par une personne qui ignore tout de la psychologie anormale. Je vous prie instamment, avant de vous précipiter dans le piège qu'on vous tend, de faire examiner dans la sérénité Haveland par des médecins éminents dont je peux d'ailleurs vous donner les noms. Ils fourniront des preuves à l'appui de ce que j'affirme.

— Que Haveland n'a pas assassiné Umpleby ?

Empson prit son temps pour répondre et, quand il le fit, Appleby eut l'impression que c'était à la manière de quelqu'un qui, contre son impulsion première, a décidé de suivre la ligne aride du savoir :

— La science serait très faillible si elle prétendait vous affirmer cela. La science ne peut vous dire qu'une chose : Haveland n'a pas tué Umpleby, puis dispersé des ossements pour faire de la publicité au crime. Cela, je pense, est concluant. J'ajouterai que je suis intimement *convaincu* de l'innocence de Haveland.

— Cette conviction... Est-ce la voix de l'expérience ?

— Précisément. De nouveau quelque chose de faillible, mais de quelque autorité.

— Haveland, alors, est mentalement... normal ?

C'était une nouvelle question, et la tentative subtile d'Appleby de la placer en appendice échoua. Empson battit en retraite tout comme l'avait fait Gott :

— Il est de mon devoir de vous déclarer ma conviction personnelle et professionnelle que les circonstances de l'assassinat du président sont incompatibles avec ce que je crois être la constitution mentale de Haveland. Mais je commettrais une faute grave si je continuais à discuter de sa constitution mentale ou de celle de n'importe quel autre collègue. Vous n'aurez aucune difficulté à trouver des psychologues prêts à découvrir la folie chez chacun de nous.

Les formes qu'il y mettait adoucissaient la réprimande d'Empson.

— Chacun doit être juge de son devoir, dit Appleby.

Pour la troisième fois Empson le coupa, avec une soudaine envolée de passion :

— La chose la plus difficile au monde !

2

Appleby passa à un autre sujet :

— Vous êtes revenu ici de la salle commune à vingt et une heures trente, puis vous êtes ressorti environ une heure plus tard, à vingt-deux heures quarante pour être précis, afin d'aller chercher un paquet dans la loge du gardien. Cela vous a pris entre huit et dix minutes, et par la suite vous n'avez pas quitté votre appartement jusqu'à ce que la police arrive à la Maison des jeunes fellows. Cela résume-t-il tous vos déplacements ?

Empson hocha la tête.

— A l'aller ou au retour de la loge du gardien, avez-vous rencontré quelqu'un ?

— J'ai aperçu Titlow.

— Pourriez-vous m'en parler, je vous prie ? Où l'avez-vous aperçu, exactement, et à quel moment ? Vous a-t-il vu ?

— Je ne crois pas qu'il m'ait vu. Il rentrait chez lui à l'instant où je sortais de chez moi.

Apparemment, il venait de monter à l'étage et pénétrait dans son vestibule quand j'ai ouvert cette porte — du regard, Empson désigna la porte de son salon. C'est alors que je l'ai remarqué.

— Il était donc environ vingt-deux heures quarante, c'est-à-dire le moment où vous êtes parti pour la loge du gardien ?

— Exactement.

— Je dois vous dire que Mr. Titlow a déclaré ne pas avoir bougé de chez lui avant vingt-deux heures cinquante-cinq, et qu'alors il est *descendu* et s'est rendu directement chez le président...

Comme Empson ne saisissait pas l'occasion de répondre, Appleby ajouta :

— Il y a divergence, là, non ?

— Titlow a oublié. Ou bien il ne dit pas la vérité.

Empson avait adopté un ton neutre dont il avait même supprimé l'habituelle sécheresse.

— Vous n'avez rien noté de particulier en l'apercevant ?

— Il semblait avoir gravi l'escalier en hâte. J'ai eu l'impression fugace mais très nette qu'il cherchait à reprendre son souffle.

— Vous a-t-il paru agité ?

— Je ne l'ai vu qu'une seconde, et durant cette seconde j'ai eu l'impression toujours fugace mais toujours nette qu'il était en proie à une grande agitation.

C'est avec la même froideur qu'un juge aurait exposé la preuve décisive à un jury, songea Appleby. Cette image le poussa à tenter une attaque violente :

— Vous croyez Titlow coupable ?

Il n'obtiendrait aucune réaction d'Empson de

cette manière, se dit-il. Le silence qui s'étira lui indiqua qu'il venait de poser une question sans réponse possible. Enfin Empson parla :

— Je serai heureux de voir la justice rendue, mais je suis très loin de pouvoir accuser Titlow.

Et il continua, avec l'air d'aborder un aspect subsidiaire du problème pour sauver Appleby d'une situation embarrassante :

— Il y a, par exemple, ce qui s'est réellement passé. Le coup de feu, fatal ou non, a retenti alors que Titlow se trouvait en présence de Slotwiner.

— Cela peut avoir été arrangé, objecta Appleby.

— Admettons, dit Empson en contemplant de nouveau le feu. Avez-vous découvert comment? Y a-t-il le moindre indice d'une telle chose, veux-je dire?

Appleby se fit évasif.

— Le stratagème aurait raté s'il en était resté le moindre indice.

Brusquement il changea de sujet :

— Pourquoi vous êtes-vous rendu à la loge du gardien, Mr. Empson? Vous disposez ici d'un téléphone. Pourquoi ne pas l'avoir contacté pour savoir si votre paquet était arrivé, et vous le faire apporter?

— Nous ne dérangeons pas inutilement les employés du collège. Par ailleurs un peu de marche m'est bénéfique.

Sans être tout à fait une rebuffade, la réponse était définitive, et Appleby constata qu'il n'avait plus que quelques interrogations auxquelles satisfaire :

— Pendant tout le reste de la soirée, de vingt et une heures trente à vingt-deux heures quarante, puis à partir de vingt-deux heures cinquante, vous êtes resté ici, sans que quiconque vienne vous importuner ?

— Sans que quiconque vienne m'importuner, oui.

— Personne ne vous a rendu visite ?

— Personne.

— Et personne n'a téléphoné ?

— Personne.

Toute insistance était vaine, et Appleby allait se lever pour prendre congé quand quelque chose, peut-être l'écho d'une tension à peine perceptible dans la dernière réponse, l'incita à poser une dernière question :

— Vous-même, vous n'avez téléphoné à personne ?

La pause qui suivit ne dura qu'une fraction de seconde, et la pression accrue des doigts sur le pommeau de la canne pouvait n'être qu'une illusion, pourtant une excitation soudaine envahit l'inspecteur. Dans l'esprit auquel il se colletait, il sentait à cet instant un calcul plus intense que ceux qu'il avait jusqu'alors décelés. *Empson hésitait sur sa réponse : Oui ou Non ?* Et ce moment, affirma l'intuition temporairement débridée d'Appleby, marquait un tournant décisif dans l'affaire de St. Anthony...

— J'ai appelé Umpleby peu après vingt-deux heures, dit Empson sans se départir de son calme. La raison de ce coup de fil est sans importance aucune.

3

Tantripp, le gardien en chef, était au service de St. Anthony depuis son adolescence. Il semblait comprendre qu'il lui incombait d'aider au mieux la police, mais à l'évidence il pensait que la présence d'inspecteurs dans l'enceinte de la vénérable institution indiquait la fin d'un monde. Aussi Appleby commença-t-il leur entretien par une question impersonnelle :

— J'aimerais que vous m'expliquiez le fonctionnement de l'installation téléphonique dans le collège.

Tantripp se révéla tout disposé à le renseigner sur ce sujet. Le téléphone était arrivé à St. Anthony longtemps après lui, et c'était une innovation que le brave homme jugeait pour le moins critiquable. De plus, des améliorations avaient été apportées au système dans un passé récent, améliorations envers lesquelles il se montrait encore plus réservé. Il y avait une ligne dans sa loge pour les étudiants, une autre dans les cuisines, une dans les appartements du président, avec un poste dans son bureau en plus de celui du couloir, et un chez chaque professeur du collège. A l'origine, toutes les communications passaient par un standard installé dans la loge du gardien. Ce dispositif avait fonctionné quelques années, mais le traitement des appels requérait l'attention presque constante de Tantripp. C'est pourquoi, il y a peu, un système automatique à cadran avait remplacé l'ancien pour les appels internes. Toute personne désirant une communication avec l'extérieur de l'établissement passait toujours par le gardien, mais les échanges *intra muros* ne le concernaient plus. Hélas, dès son installation ce système avait montré des défaillances sérieuses et avait mis un temps avant d'être totalement opérationnel. En partie pour cette raison, et aussi à cause du conservatisme académique et de la distraction générale des enseignants, ceux-ci n'avaient pas été privés de la possibilité de faire passer leurs communications internes par le standard.

— La nuit où est décédé le président, dit Appleby sans préambule, le Pr Empson a-t-il fait relayer son appel par le standard ?

— Oui, monsieur, répondit Tantripp avec un peu de gêne mais sans hésiter. C'est ce qu'il a fait. Il a appelé ici vers vingt-deux heures.

— Vous souvenez-vous de ce qu'il a dit ?

— Il a dit : « Passez-moi le président, s'il vous plaît, Tantripp. »

— Il aurait pu l'obtenir directement ?

— Bien sûr. Il lui suffisait de composer le 01. Mais le Pr Empson est un de ceux qui ne se sont pas habitués à l'automatique et ne l'utilisent jamais.

— Vous êtes certain que c'était le Pr Empson, et que l'appel venait bien de son appartement ?

La question emplit Tantripp d'une vague perplexité.

— Eh bien, monsieur, je *pense* qu'il venait de son appartement. Je le sais tout de suite grâce aux témoins lumineux sur le standard, bien sûr... quand je pense à les regarder : très souvent je ne m'occupe que du destinataire que je dois connecter. C'était bien la voix du Pr Empson, mais maintenant que vous le faites remarquer, il est vrai qu'il pouvait téléphoner de n'importe où. N'importe où dans le collège, je veux dire. Une chose est certaine : c'était bien lui, car plus tard je lui ai parlé de cette communication.

— Vous lui en avez parlé ?

— Oui, monsieur. Son paquet postal était là depuis le début de la soirée, et quand il est venu le chercher à vingt-deux heures quarante-cinq j'ai soudain pensé que j'aurais pu le lui annoncer quand il avait téléphoné plus tôt. Je me suis donc excusé de ne pas l'avoir prévenu quand il m'avait demandé la communication avec le président.

— Et qu'a-t-il répondu ?

— Il a simplement eu un geste de la main pour montrer que c'était sans importance, et m'a dit « Ce n'est pas grave, Tantripp », ou quelque chose de ce genre, puis il est reparti.

— Quels autres appels sont passés par votre standard cette nuit-là, vous en souvenez-vous ?

— Seulement deux, monsieur. Le président a demandé un numéro à l'extérieur. Bien évidemment, j'ignore l'identité du destinataire. Je l'ai simplement branché sur le central de la ville.

— Quelle heure était-il ?

— Juste avant vingt-deux heures trente.

— Et l'autre appel ?

— Il venait du doyen, monsieur, à propos de gentlemen qui avaient été consignés. Je me rappelle qu'il a terminé de me parler au moment où ma pendule, là, marquait vingt-deux heures cinquante-cinq.

Pendant quelques minutes encore Appleby interrogea Tantripp sur ses propres déplacements. Gott avait vu juste quand il avait dit que le gardien prouverait sans difficulté qu'il se trouvait dans sa loge au moment supposé du meurtre. Et le doyen était maintenant hors de cause. Mais c'est à Empson que pensait Appleby tandis qu'il retraversait les cours enténébrées. La raison pour laquelle l'universitaire n'avait pu nier avoir téléphoné à Umpleby était claire. Non seulement il était passé par le système manuel, et donc s'était ainsi fait reconnaître par le gardien, mais encore il avait implicitement admis avoir demandé cette communication lorsque Tantripp en avait fait état plus tard. Pourtant, pendant une fraction de seconde, il avait songé à le nier à Appleby, à proférer un mensonge qui aurait été immanquablement percé à jour. Cela alors que l'esprit d'Empson n'était pas du genre à envisager même un court instant une attitude insensée... Se pouvait-il que cette communication téléphonique ait eu un contenu sinistre ? En ce cas, pourquoi ne pas avoir profité de la discrétion offerte par l'automatique ? Malgré ces contradictions, Appleby avait l'intuition de toucher au cœur de l'énigme...

Il était un peu plus de vingt-trois heures et l'inspecteur se dirigeait vers son appartement pour passer la seconde nuit de son séjour dans le collège. L'image de ses quartiers provisoires entraîna celle de Gott, et par association d'idées le souvenir de sa curieuse recommandation de ne pas perdre de temps pour éliminer les employés de la liste des suspects. En ce qui concernait le gardien en chef, il venait de le faire... Appleby franchit la grille ouest et entra dans Orchard Ground.

Les portes-fenêtres forcées du bureau du président étaient maintenant fermées par un cadenas dont il possédait une clef ; il pénétra dans la pièce, referma les rideaux derrière lui et alluma les appliques murales. Il planait toujours sur l'endroit une ambiance lugubre, avec les ossements éparpillés, les cendres dans l'âtre et, au-dessus, les têtes de mort dessinées sur les lambris. A présent, pourtant, l'ensemble dégageait plus une impression de laideur que d'étrangeté. Tout cela était rebattu, absurde — mais toujours mystérieux. Appleby ne perdit pas de temps. Il alluma le lampadaire, s'assit dans le fauteuil d'Umpleby et sonna. En moins de trente secondes, Slotwiner était devant lui, aussi imperturbable que si son maître était toujours vivant pour l'appeler. Cette fois, il gratifia l'inspecteur de la petite inclinaison du chef réservée à ceux dont il reconnaissait le statut à l'intérieur du collège. Un homme impavide, estima Appleby, certainement pas du genre à sursauter en entendant la sonnette installée dans les appartements d'un mort. Avec lui le policier décida d'essayer une entrée en matière originale :

— Slotwiner, dit-il, nous avons dû vous considérer comme suspect.

— Vous devez envisager toutes les possibilités, monsieur.

— Nous avons la certitude que la détonation que vous et Mr. Titlow avez perçue ne correspond pas au coup de feu mortel. C'était un leurre.

— Oui, monsieur. J'ai toujours eu cette hypothèse à l'esprit.

— Vraiment ! En ce cas, vous avez peut-être une petite idée de la raison d'un tel artifice ?

— Je peux en imaginer plus d'une, monsieur. Par exemple, il aurait pu être destiné à procurer un alibi à Mr. Titlow ou à moi-même, en supposant que l'un de nous deux soit coupable. Je suis sûr que cette éventualité sera étudiée au plus près.

Son discours policé mis à part, Slotwiner se tirait bien de la discussion, et Appleby opta pour la franchise :

— Si le président n'a pas été tué par le coup de

feu que vous et Mr. Titlow avez entendu, il a très probablement été assassiné ailleurs que dans ce bureau, quelque part dans Orchard Ground, à un endroit où le bruit de la circulation pouvait masquer la détonation. Je dois calculer les temps d'après ce point de départ. Pouvez-vous m'apprendre quelque chose qui vous soit profitable ?

Slotwiner réfléchit un instant.

— Je vois ce que vous entendez par là, monsieur. Je pense pouvoir fournir au moins un alibi partiel. J'imagine que suivre le président dans le bureau, puis dans le verger, l'assassiner et revenir plus tard avec le... le corps et les ossements prendrait au moins sept ou huit minutes ?

Appleby approuva. En fait, son estimation était un peu plus large, car il y incluait le trajet jusqu'à la Maison des jeunes fellows puis le retour avec le fauteuil roulant.

— Eh bien, monsieur, je ne suis pas resté seul pendant un tel laps de temps, après vingt-deux heures trente. Mrs. Hugg, la cuisinière, essayait sans beaucoup de succès de remplir une grille de mots croisés à l'office, et elle est venue à plusieurs reprises me demander conseil. « Un animal sauvage en huit lettres, commençant par P », ce genre de choses. Si je peux oser une suggestion, interrogez-la. Mais pour la période avant vingt-deux heures trente — en supposant, bien sûr, que le président était déjà mort et que j'aie feint de lui apporter son alcool —, je crains de ne pas avoir d'alibi.

— Ne vous faites pas de souci, dit tranquillement Appleby qui commençait à avoir confiance en Slotwiner. Je sais que le président était encore en vie juste avant vingt-deux heures trente : il a passé un coup de fil. Vous êtes au courant ?

Slotwiner parut se détendre un peu.

— Je suis soulagé, monsieur, si je puis me permettre. Mais je ne sais rien de cette communication : le poste du président était branché et il pouvait téléphoner sans que j'en sois averti. Il parlait toujours doucement dans ces occasions, et de mon office au bout du couloir sa voix était inaudible. De fait, quand je suis là, je ne perçois presque jamais les conversations dans les appartements du président. Pourtant je dois vous parler de quelque chose que j'ai entendu. Je pense avoir entendu les ossements.

— Pardon ?

— Oui, monsieur. Peu avant l'arrivée de Mr. Titlow, il se trouve que je suis sorti de l'office dans le couloir. Je me souviens avoir alors pris conscience d'un bruit curieux provenant du bureau, très différent de ceux que pouvait faire le président quand il remuait une chaise ou des livres, et que je n'arrivais pas à identifier. Puis-je, monsieur... ?

Appleby acquiesça et le digne Slotwiner passa à l'action aussitôt. En un moment il ramassa la majorité des ossements, qu'il enveloppa dans un journal. Il tendit le tout à l'inspecteur.

— Si vous voulez bien avoir l'amabilité de me prêter votre concours, monsieur...

Le majordome sortit de la pièce en refermant la porte derrière lui. Intrigué autant qu'amusé, Appleby attendit d'entendre un appel lointain et inclina le journal, de sorte que les os cascadèrent sur le sol. Dans leur chute, ils produisirent un bruit très singulier. Un instant plus tard, Slotwiner revenait dans le bureau. Il était en proie à une agitation manifeste.

— C'était exactement cela, monsieur!

Appleby posa alors la question cruciale :

— Pouvez-vous situer dans le temps le moment où vous avez entendu ce bruit?

— Avec une marge de cinq minutes, oui, monsieur. C'était entre vingt-deux heures quarante-cinq et vingt-deux heures cinquante.

Appleby s'accorda une minute pour incorporer autant qu'il lui était possible cette information à tout ce qu'il savait déjà, puis il reprit son interrogatoire. Le majordome n'avait rien entendu d'autre et ne pouvait jeter aucune lumière complémentaire sur les événements de cette nuit fatale. Questionné en termes généraux sur les relations d'Umpleby avec les différents professeurs, il se fit plus réservé. C'était une ligne d'enquête plus délicate à suivre, mais Appleby ne laissait jamais ses bonnes manières interférer avec son travail. Et présentement son insistance fut payée de retour. Slotwiner finit par admettre qu'il était très conscient des tensions qui avaient troublé St. Anthony au cours de ces dernières années, et il en vint à narrer par le menu une scène à laquelle il avait assisté peu auparavant. Umpleby avait organisé une sorte de réunion dans son bureau, avec Titlow et Pownall. Que cette entrevue orageuse se soit éternisée, Slotwiner ne pouvait le dire. Mais à un certain moment Umpleby, qui semblait un hôte pointilleux, l'avait appelé pour servir le thé. Le majordome avait trouvé que l'atmosphère était tendue entre les trois hommes, alors même que (ou peut-être parce que) presque rien n'avait été dit en sa présence. Pourtant, quand il avait ouvert la porte un peu plus tard dans l'intention d'apporter une autre assiette de toasts beurrés, Pownall parlait avec une véhémence qui l'avait arrêté net. Il avait alors entendu Pownall faire une déclaration remarquable : « Président, vous pouvez vous réjouir qu'il faille être deux pour qu'il y ait meurtre, car vous êtes une victime rêvée ! » Après quoi Slotwiner s'était silencieusement retiré dans son office. Avec les toasts beurrés.

Appleby se demanda s'il les avait mangés.

CHAPITRE XV

1

Le second et dernier matin de son séjour à St. Anthony, Appleby eut droit, comme la veille, à une visite matinale de Dodd. Ses cambrioleurs étaient sous les verrous, capturés dans une embuscade sans faille aux premières heures du jour. De sorte que Dodd était en proie à une gaieté turbulente et inhabituelle. Il affecta une sollicitude exagérée pour la sécurité d'Appleby durant la nuit, fit le tour de son appartement pour s'assurer que rien ne lui avait été volé puis, passant à une autre préoccupation, s'intéressa aux progrès qu'il avait faits dans ses études — quels cours il suivait, et s'il avait bon espoir d'obtenir son diplôme ? Pour couronner le tout et après un accès d'hilarité mal maîtrisé, il demanda qui avait tué le Dr Umpleby.

— Eh bien, fit Appleby, prudent, il pourrait bien s'agir de Ransome.

— Ransome !

— Oh, il rôde alentour sous un déguisement, depuis plusieurs jours. C'est lui qui m'a assommé l'autre nuit.

— Ah ! s'exclama Dodd, triomphant. Et qui

doutait de leur affirmation que Ransome se trouvait en Asie ? Ha, ha ! ils sont malins...

— D'un autre côté, le coupable pourrait bien être Titlow ; il ferait un assassin très convenable, vous savez.

Dodd en avait assez entendu sur la soirée précédente pour subodorer les raisons d'une telle proposition.

— Le coup de feu qui aurait été arrangé ?

— Précisément.

Dodd se campa devant le feu de cheminée et parut se dilater à la chaleur.

— Il est possible, dit-il, que nous puissions vous aider un peu.

— Vous avez encore abattu un peu du sale travail, n'est-ce pas ? fit Appleby en souriant.

— C'est Kellett. Un homme consciencieux, ce Kellett. Il est reparti en chasse ce matin.

— Ah ! Une fois de plus quand j'étais plongé dans un profond sommeil. Qu'a-t-il découvert, cette fois ?

Dodd reprit son sérieux pour répondre :

— Kellett a pensé à regarder les canalisations. C'est extraordinaire, la fréquence avec laquelle des choses compromettantes ou révélatrices tombent dans les canalisations. Il a vérifié une sorte de ventilateur dans Orchard Ground, et voici ce qu'il a trouvé...

Dodd sortit de sa poche une longueur entortillée de fil de fer.

— Kellett l'a découvert dans cet état ?

— Oui.

— Cela semble trop court pour être vraiment utile, murmura pensivement Appleby après un moment. Je ne vois pas très bien...

— On peut imaginer une sorte de gadget, proposa Dodd, avec des poids, ce genre de choses...

— Ou qu'un plombier a essayé de nettoyer un tuyau ou une canalisation avec, répliqua Appleby, sceptique.

— Et il l'aurait *laissé* dedans ?

— Les plombiers oublient continuellement des choses un peu partout, fit Appleby sans grand humour, car il semblait penser à autre chose.

Pourtant il ajouta :

— Non, je suis d'accord avec vous, il est peu probable qu'un plombier oublie une telle chose dans une canalisation, surtout entortillée de la sorte...

— Ne conviendrait-il pas de l'envoyer à Scotland Yard pour qu'ils la photographient ?

Après un instant de surprise, Appleby partit d'un rire bas.

— Je me demande si votre sergent à la triste mine nous apportera des nouvelles aujourd'hui ? En attendant, si vous et moi allions avoir une discussion sérieuse avec Fausse Barbe ?

— En Asie, vraiment... railla Dodd pour lui-même.

Mr. Ransome se trouvait dans son appartement habituel sis dans Surrey Court, et ils le surprirent alors qu'il était en pleine conversation téléphonique avec le propriétaire du *Three Doves*. Oui, il était le client parti dans des circonstances insolites, la nuit dernière ; oui, il était bien Mr. Ransome, de St. Anthony's College ; oui, tout allait bien ; non, rien de grave n'était arrivé ; il s'agissait d'un pari ; il voulait qu'on lui réexpédie ses bagages — cela, pour le côté Ransome de la conversation. La mention de l'établissement actuellement sous les feux de l'actualité en conjonction avec une histoire aussi peu importante causait une évidente inquiétude à l'autre bout du fil. Ransome était empourpré et réprimait mal son hilarité quand il raccrocha le combiné et se tourna vers ses visiteurs. Mais il se calma en un instant et leur parla avec ce qui ressemblait fort à une cordialité candide.

— Oh, je vous en prie, prenez un siège ! Je suis horriblement désolé, pour l'autre nuit. J'aurais vraiment dû m'excuser hier soir. Mais en toute honnêteté, mon séjour dans cette panière en osier était tellement inconfortable que j'étais vraiment *furieux*... Et juste avant le dîner, en plus ! Vous ai-je blessé sérieusement ? Un acte honteux, j'en ai peur. Vraiment honteux. Je vous présente toutes mes excuses. Bah, il faut aller au bout de ce que l'on entreprend, n'est-il pas vrai ? Enfin, tout dépend du bout, bien sûr... Je ne parle pas d'assassinats ni de ce genre d'horreurs, mais quand il s'agit seulement d'assommer un homme, eh bien... Vous ne croyez pas ? Si vous aviez été à ma place, je veux dire ?

Ransome paraissait débiter cet appel ingénieux mais hasardeux avec le plus grand naturel. C'était un homme jeune aux cheveux blond-roux, affligé d'une calvitie prématurée et sujet à des gesticulations aussi désordonnées que ses propos. Qu'une personne aussi distraite ait pu frapper Appleby sur le crâne avec juste la force nécessaire pour l'assommer semblait représenter une chance extraordinaire, mais ce n'était certainement pas quelqu'un capable de mettre seul au point un cambriolage réussi. Spécimen parfait du futur universitaire distant et lunatique, qui capitalisait peut-être consciemment les avantages de son « personnage », tel était Ransome. Ou, comme se le dit un Appleby gagné par la prudence, tel voulait-il se présenter au monde. Sentant que Dodd allait s'engager dans un discours comminatoire au sujet d'une agression sur un de ses collègues, l'homme du Yard intervint en hâte :

— Inutile de discuter de cet incident mineur pour l'instant, Mr. Ransome. Nous venons vous entretenir de la mort du Dr Umpleby. Je ne doute pas que vous compreniez à quel point votre position est malencontreuse. De l'aveu de tous, vous vous trouviez secrètement dans les parages du collège, sous un déguisement, au moment du meurtre. De plus vous n'étiez pas en termes très amicaux avec la victime, c'est le moins que l'on puisse dire.

Ransome avait l'air consterné.

— Gott ne vous a donc rien dit à ce sujet ? Notre cambriolage, l'histoire des alibis et le reste ? Est-ce que tout cela n'est pas clair ?

— La situation semble assez simple, Mr. Ransome. Pour être lavé de tout soupçon, vous devez prouver quels ont été vos déplacements entre vingt-deux heures trente et vingt-trois heures, mardi. Mr. Gott et vos autres collègues sont confrontés à la même nécessité pour se disculper.

— Par le Ciel ! s'exclama Ransome avec une ingénuité remarquable. Je croyais qu'il sautait aux yeux que le coupable était ce pauvre Haveland, avec ses os dispersés et je-ne-sais-pas-quoi...

— Monsieur, vous devez faire votre possible pour satisfaire notre légitime curiosité concernant vos déplacements. Du moins, il serait prudent et raisonnable que vous adoptiez cette ligne de conduite. L'inspecteur Dodd ici présent prendra par écrit toute déposition que vous jugerez utile de faire. Selon la formule consacrée, je me dois de vous préciser que tout ce que vous direz pourra être légalement retenu contre vous.

— Oh, je vois ! Mais il me faut un peu de temps pour rassembler mes souvenirs, vous comprenez ?

Ransome balaya la pièce d'un regard distrait mais toujours détendu.

— Et si vous et votre collègue me posiez simplement des questions ? Ce serait une bonne manière de procéder, non ?

— Comme vous voudrez. Vous êtes arrivé du *Three Doves* mardi soir, si je ne me trompe ?

— Oui, après dîner. J'ai débarqué du bus au bout de la rue, à vingt-deux heures trente.

— Et qu'avez-vous fait pendant l'heure suivante, avant de partir en reconnaissance dans l'enceinte du collège, à vingt-trois heures trente ?

La réponse de Ransome fut immédiate, mais assez déconcertante :

— J'ai essayé de percer les mystères du talent euboïque !

La respiration soudain lourde de Dodd paraissait indiquer qu'il estimait l'honneur de la loi bafoué. De son côté Appleby ne perdit rien de son flegme.

— Le talent euboïque, Mr. Ransome ?

— Oui. C'est un peu en dehors de mon domaine habituel, bien sûr, mais il m'est subitement venu une idée à ce sujet dans le bus. Boeckh, comme vous ne l'ignorez pas, évalue le rapport du talent attique à 100 pour 72, et j'ai subitement eu la révélation que...

Ici, Ransome s'interrompit et prit une expression dubitative :

— Mais je ne sais pas si cela vous intéresse vraiment ?

— Je serais très intéressé de savoir *où* vous vous êtes livré à ces passionnantes spéculations.

— Où ? Est-ce si important ? Oui, bien sûr, ça

l'est. Je suis terriblement désolé, mais je ne m'en souviens vraiment plus. J'étais tellement absorbé par ce problème, voyez-vous, que j'ai quasiment oublié toute cette histoire de cambriolage. Alors que c'était de la plus extrême importance, évidemment. Je me souviens qu'il a fallu que je coure ! Ce qui vous prouve à quel point j'étais pris par mes réflexions, parce que j'étais très désireux de récupérer les résultats de mes travaux que m'avait confisqués ce vieux bouc d'Umpleby... Je me demande où j'ai bien pu réfléchir au talent euboïque...

— Peut-être vous remémorez-vous la méthode que vous avez adoptée pour réfléchir à ce problème ? Étiez-vous assis, par exemple, pour écrire ?

Ransome bondit sur ses pieds, joyeux comme un enfant.

— J'y suis ! s'écria-t-il. Sur une sorte de menu de restaurant ! J'y ai inscrit des notes en rapport avec mon sujet. Oui, je suis allé directement dans un salon de thé — cet endroit dans Archer Street qui est ouvert jusqu'à minuit. J'y suis resté tout le temps, jusqu'à environ vingt-trois heures vingt. Ce n'est pas magnifique, ça ? Quelle chance j'ai !

— Pensez-vous qu'ils auront gardé un souvenir de votre passage chez eux ?

— Oh, j'en suis même certain, avec la barbe et tout le reste ! Il y a eu un petit problème. Ils m'ont servi un thé des Indes... C'est souvent ce qu'ils font dans ce genre d'endroit, vous savez, conclut Ransome comme s'il leur conseillait amicalement de se méfier.

— Eh bien, en attendant que votre déclaration soit vérifiée, je ne pense pas que nous ayons à vous importuner plus longtemps. Encore une chose : qu'est-ce qui vous a fait penser que Haveland était le meurtrier ?

Ransome fit une grimace pour exprimer son désarroi.

— Oh non ! Ne croyez pas que je l'accuse de meurtre. Ça avait seulement l'air d'être ce qu'on disait. Parce qu'il a un peu perdu la boule naguère, je suppose.

— Mais c'était il y a longtemps, non ?

— Oh, oui, plutôt. Bien qu'il ait eu une sorte de rechute lors de mon dernier retour ici. Mais il s'est remis très vite. Un type bien, ce Haveland. Très érudit.

— Voudriez-vous m'en dire plus sur cette rechute que vous venez de mentionner ?

— Oh, c'était il y a deux ou trois ans, pendant les vacances. Il s'est senti mal en point et il est allé séjourner dans une sorte de maison de repos — dans un endroit reculé —, près de Burford, chez un certain Dr Goffin, afin que personne ne soit au courant. Personne excepté moi : je lui ai rendu visite en cachette.

— Je vois.

— Mais vous savez, Mr. Appleby, il y a quelque chose qui m'inquiète vraiment. Croyez-vous que je puisse garder mes documents — ceux que nous avons repris dans le coffre de ce vieux bouc ?

— Mr. Ransome, fit Appleby avec gravité et au grand dam d'un Dodd éberlué, je vous déconseille de parler de ces papiers à la police tant qu'elle ne cherchera pas à vous en parler. Je vous souhaite une excellente journée.

2

— Vos remarques sur le texte sont très confuses, déclara Mr. Gott.

— Oui, monsieur, répondit Mike d'un ton humble.

— Vous n'avez vraiment pas de cervelle, mon pauvre ami.

— Non, bien sûr que non, approuva l'étudiant.

— A l'avenir, évitez le caquetage et écrivez de façon plus limpide. Vous pouvez écrire de manière très limpide, le savez-vous ?

— Merci, monsieur, dit Mike d'un ton peu convaincu.

— Tenez-vous à l'écart des grands raisonnements, et vous réussirez très bien. En fait, vous irez loin.

La réponse balbutiée par le jeune homme se fondit dans le silence et la fumée de pipe. L'heure solennelle qui constituait le point d'orgue de la semaine tirait à sa fin. L'essai avait été lu et loyalement critiqué. Les dix minutes restantes seraient dévolues au plaisir du tabac et à un silence méditatif ponctué d'une conversation décousue.

— Aujourd'hui, nous sommes le 5 novembre[1], lâcha Mike après un moment et, comme son directeur d'études ne semblait pas juger l'observation d'un grand intérêt, il ajouta : Les crétins vont faire éclater des pétards, tout ça...

— Sans aucun doute.

— Comme à Chicago pendant la guerre des gangs, avec tous ces coups de feu.

— A peu près, oui.

— Vous rappelez-vous l'année dernière, monsieur ? Titlow était doyen suppléant parce que le doyen était absent, et Boosey Thompson lui a lancé

1. Jour de fête nationale, qui commémore la Conspiration des poudres menée par Guy Fawkes (1605). *(N.d.T.)*

un pétard, et Titlow s'est avancé lentement vers lui et lui a confisqué tout son arsenal.

— Très peu édifiant, répondit Gott d'un ton absent, mais soudain il tourna un regard étincelant vers son élève. Mike, qui vous a donné l'idée de cette réflexion ?

— L'idée, monsieur ?

— Mon cher, vous êtes un très brave garçon. Mais comme je viens de vous le dire, vous n'avez pas de cervelle. Qui vous a fait penser à cela ?

— Euh... c'est David Edwards qui a...

— La suggestion de David Edwards sera transmise à qui de droit, annonça Gott avec une satisfaction manifeste.

Le silence régna pendant quelques minutes, puis Mike revint à la charge :

— Il y a autre chose... David trouve très dommage qu'on ne nous en ait pas dit plus sur les circonstances précises de la mort de notre pauvre président.

— Quel intérêt peut avoir David Edwards pour la mort du pauvre président ?

— David pense qu'il détient peut-être un renseignement utile. Si seulement il pouvait savoir ce que serait un renseignement utile...

— J'ai du mal à croire qu'il fasse preuve d'une logique aussi faible. Mais déballez ce qu'on vous a mis dans le sac, mon ami.

— Je pense, dit l'étudiant d'un ton déférent, que vous êtes dur, monsieur. Mais c'est ainsi. Mardi soir, David a travaillé à la bibliothèque assez tard. Le Dr Barocho était présent, ainsi que plusieurs autres personnes, et David s'était installé sur une des armoires basses, près de la fenêtre nord — vous connaissez l'habitude qu'ont certains étudiants de s'asseoir sur ces armoires — et bien sûr il faisait plutôt noir au-dehors. Alors que David jetait un coup d'œil à l'extérieur, il a aperçu un rayon lumineux, et quelqu'un.

Gott posa sa pipe sur la table d'un geste lent.

— Il a *reconnu* quelqu'un, vous voulez dire ?

— Oui, David l'a reconnu. A la lumière qui venait du bureau du président. Il n'a été visible qu'un instant, quand il en est sorti...

— Sorti !

— Oui. Par les portes-fenêtres du bureau, et David a juste eu le temps de l'identifier. Après coup, il s'est demandé comment cette personne allait pouvoir ressortir d'Orchard Ground, parce qu'il ignorait si elle possédait une des clefs qui ouvrent les grilles. Mais bien sûr il était tout à fait normal qu'elle rende visite au président, aussi David ignore si ce détail a une quelconque importance dans l'enquête. Comme il le dit, les circonstances qui entourent le décès du pauvre président sont restées tellement nébuleuses...

— Quelle heure était-il ?

— Oh, c'était juste avant vingt-trois heures.

Pendant une minute, Gott rumina en silence.

— Qui est la personne aperçue par David ? dit-il enfin.

— David s'est refusé à le révéler. Mais nous avons l'affaire bien en main, monsieur !

— *Vous* avez l'affaire bien en main !

— Oui : David, l'inspecteur Bucket et moi. Voyez-vous, David a mené son enquête et il a découvert une chose intéressante à propos de cette personne qu'il a vue : elle a un moyen discret et très pratique pour entrer et sortir du collège...

Gott se redressa sur son siège.

— Voulez-vous dire pour entrer et sortir d'Orchard Ground ?

— Oh non, juste pour entrer et sortir d'un des principaux bâtiments de St. Anthony.

— Tas de jeunes idiots ! explosa Gott. Pourquoi n'êtes-vous pas allés raconter tout cela à la police ? Et où est David Edwards, en ce moment ?

— Eh bien... il est sur la piste. Et quant à moi, monsieur, si vous voulez bien m'excuser...

Avant que Gott ne puisse s'interposer, Mr. Michel de Guermantes-Crespigny s'était éclipsé.

3

C'est un bibliographe très excité qui accosta Dodd et Appleby dans la cour quelques minutes plus tard. Gott leur rapporta les propos de son élève. Dodd rechignait à croire que St. Anthony n'était pas un sous-marin, mais par cette disposition d'esprit qui était tout à son honneur il admit la possibilité d'une négligence dans les recherches et suggéra une inspection encore plus complète des lieux. Pourtant Gott exposa un problème préliminaire :

— Même si cette issue existe, il est difficile de définir son rôle dans ce que nous savons des faits. Car d'après le précieux Edwards cette issue ne se trouve pas dans Orchard Ground mais ici, dans la partie principale du collège. Et il n'était pas sûr que la personne qui est sortie par les portes-fenêtres eût en sa possession une des clefs. Il doit pourtant savoir que les quatre hommes qui logent dans la Maison des jeunes fellows ont chacun une clef. Il s'agirait donc de quelqu'un d'autre qu'eux, et ce quelqu'un qui rend visite au président sans que cela étonne un étudiant devait bien sortir ensuite d'Orchard Ground. Comment s'y est-il pris? L'existence possible d'une issue secrète dans l'autre partie du collège semble sans rapport.

— C'est certes troublant, fit Dodd d'un ton un peu bref, car il n'était pas pour coopter comme collègue un profane, même un de ses auteurs favoris. Je laisse le côté troublant à Appleby ici présent, car j'ai bien l'intention de vérifier si votre jeune étudiant a dit vrai.

— Pourquoi ne pas attendre que l'entreprenant Edwards revienne après avoir suivi sa piste? proposa Appleby.

Dodd refusa tout net. Il allait s'éloigner derrière Gott rappelé par ses devoirs d'enseignant, quand une diversion se matérialisa sous l'apparence du sergent triste dans les yeux duquel on pouvait encore discerner le souvenir d'une nuit passée à Londres. Le policier avait une lettre pour Appleby. La lui ayant donnée, il se retira avec une certaine hâte. Un moment, Appleby soupesa l'enveloppe officielle dans sa main ouverte.

— Eh bien, qu'en pensez-vous? Il n'y avait pas d'empreintes digitales sur la barre du fauteuil roulant. Aurons-nous plus de chance avec le revolver?

— Non, répondit Dodd, je suis sûr que non.

Appleby ouvrit le courrier et prit connaissance du message. Après un instant de silence, il dit d'un ton égal :

— Les empreintes de Pownall.

4

Le sandwich au bar du *Berklay* avait été laborieusement avalé et Appleby était parti pour une promenade en solitaire le long du fleuve, afin de réfléchir dans le calme. Il commença par reprendre la formule qu'il avait élaborée alors qu'il se tenait entre les appartements de Pownall et de Haveland, la veille :

Il pouvait prouver qu'il ne l'avait pas fait ici et maintenant. Il ne pouvait pas prouver qu'il ne l'avait pas fait là et en vingt minutes — à supposer qu'il y ait des indices de sa culpabilité.

Il avait ajouté une phrase, il s'en souvenait :

Un homme efficace : il a rechargé le revolver pour qu'il soit retrouvé avec une seule balle manquante.

Et il y avait eu une question :

Et la seconde balle ?

Mentalement, Appleby repoussa cette dernière interrogation et modifia la phrase ajoutée :

Pas besoin de recharger ; pas de second coup de feu ; un simple pétard.

Mais un moment plus tard l'écho de la première phrase lui revint :

Un homme efficace : il... pour qu'il soit retrouvé...

Là était le problème. Un simple coup de chiffon aurait ôté toute empreinte digitale de l'arme. Pownall était un homme assez gauche, du moins physiquement. Après tant d'ingéniosité, dans cet oubli, peut-être, s'était manifestée une maladresse équivalente de son esprit. Il se pouvait qu'il ait fait quelque chose pour effacer ses empreintes mais n'y ait pas apporté un soin suffisant. De nos jours, les chimistes accomplissaient des miracles. Appleby se rappelait l'anecdote authentique qu'il avait racontée à Deighton-Clerk sur ces criminologues allemands qui parvenaient à relever des empreintes à travers des gants...

Tous les détails cadraient-ils ? D'abord les horaires de Haveland. Ce dernier se trouvait avec Deighton-Clerk de vingt-deux heures quarante à vingt-deux heures cinquante. C'était le laps de temps qui ne convenait pas *(il pouvait prouver qu'il ne l'avait pas fait ici et maintenant).* Pownall avait-il pu être certain que Haveland quitterait le doyen — et donc se retrouverait sans alibi *(il ne pouvait pas prouver qu'il ne l'avait pas fait...)* — avant vingt-trois heures ? Certainement il y avait un moyen qui lui avait permis d'en être assuré. Pour commencer, il pouvait fort bien savoir que Haveland ne passait voir le doyen qu'*un court moment.* Si Pownall détenait cette information, et avait tué Umpleby dans son propre appartement de la Maison des jeunes fellows à vingt-deux heures quarante...

Appleby creusa cette hypothèse. Même avec le bruit de la circulation, personne n'aurait couru le risque de tirer un coup de feu à l'intérieur du bâtiment. Il reprit. A vingt-deux heures quarante, Pownall avait abattu Umpleby dans Orchard Ground en sachant qu'*à cet instant Haveland se trouvait en compagnie du doyen.* Il était allé chercher le fauteuil roulant dans la réserve, y avait installé le cadavre, volé les ossements appartenant à Haveland et transporté l'ensemble dans son propre appartement. Le tout avait été terminé à vingt-deux heures quarante-cinq. Ensuite, il avait attendu. Pendant qu'il attendait, la tête d'Umpleby avait basculé de côté, et Pownall s'était rendu compte trop tard que du sang tombé du front de sa victime avait maculé son tapis... Appleby marchait à grandes enjambées nerveuses. Tous les détails allaient-ils s'assembler ? Demeurait le problème posé par la toge de Barocho. Si seulement on pouvait prouver que son possesseur l'avait laissée chez Pownall ! Celui-ci s'en serait servi pour entourer la tête du mort. Puis, quelques minutes après vingt-deux heures cinquante, il avait entendu Haveland qui réintégrait son appartement, sur le même palier. Peut-être Pownall avait-il entrouvert sa porte pour vérifier que son collègue rentrait seul, donc sans alibi. Une minute plus tard, Pownall était sorti avec son horrible fardeau et avait entrepris le trajet jusqu'au bureau d'Umpleby. Il avait procédé à la disposition du cadavre et des ossements, puis au déclenchement du pétard au bon moment, avant d'effectuer un retour rapide avec le fauteuil roulant vide, qu'il avait replacé dans la réserve ; et il avait jeté le revolver trop vite essuyé là où Haveland, dans son agitation et son déséquilibre mental, aurait pu le lancer.

Quels autres éléments s'inséraient dans cette théorie ? La version de Pownall, débitée pour expliquer le maquillage du tapis, tendait à accuser Haveland tout en disculpant son auteur. Elle suggérait que Haveland avait tué Umpleby, s'était rendu compte de son échec à incriminer son voisin, et que durant une crise mentale momentanée il avait renoncé à effacer ses traces et avait virtuellement signé son crime avec les ossements. Deux autres faits concordaient. Pownall, avec Empson, savait que Haveland avait souhaité que le président soit

« emmuré dans un de ces sinistres tombeaux ». Et c'est encore Pownall qui, dans un accès de colère, avait dit à Umpleby qu'il ferait « une victime rêvée ».

Et maintenant, qu'est-ce qui ne s'accordait *pas* à cette hypothèse ? Ici Appleby se força à la prudence. Tout n'avait pas besoin de cadrer, c'était là la différence entre son travail et le passe-temps de Gott. Dans un roman bien construit, tous les détails *donnés* au cours de la narration doivent être cohérents entre eux. Mais dans la vie réelle il y a toujours des choses inexpliquées, des énigmes mineures qui ne seront jamais résolues. Il en était tout particulièrement ainsi des *impressions*, comme le savait fort bien Appleby : des éléments qui paraissaient très révélateurs pendant le déroulement d'une affaire finissaient parfois par ne plus importer. Pourtant... Appleby aimait que chaque détail trouve sa raison, et que ses impressions successives soient corroborées par les faits.

Le premier des éléments qui ne s'insérait pas dans le schéma était la déclaration de Slotwiner à propos du cliquetis d'ossements entendu entre vingt-deux heures quarante-cinq et vingt-deux heures cinquante. C'était un peu trop tôt si Pownall n'était sorti qu'après avoir attendu le retour de Haveland de chez Deighton-Clerk. Mais pour un écart de deux ou trois minutes, on ne devait pas se braquer. Ensuite, il y avait l'histoire toujours obscure racontée par l'étudiant de Gott. Était-ce une fausse piste de plus ? S'il avait bien compris (mais il en avait eu une version trop indirecte pour y accorder beaucoup de crédit), la révélation du jeune homme paraissait trop liée à l'affaire pour être une simple coïncidence. Quelqu'un qui n'était pas un des occupants de la Maison des jeunes fellows avait quitté le bureau *juste avant vingt-trois heures.* Ce visiteur possédait un moyen secret d'entrer dans St. Anthony et d'en sortir. C'était une complication perturbatrice, et plus tôt le jeune Mr. Edwards pourrait être interrogé, mieux cela serait.

Il y avait encore un élément qui ne s'accordait pas à cette construction. D'après ce même étudiant, c'était Titlow et non Pownall qui avait confisqué les pétards à Boosey Quelque-Chose un an plus tôt. Néanmoins ce détail n'avait rien de très significatif : toute la théorie autour du pétard n'était d'ailleurs pas nécessaire et ne représentait rien de plus qu'une hypothèse facile. Il n'existait aucune raison réelle d'exclure les deux coups de feu, ou même deux revolvers. Plus Appleby repassait les faits au crible de sa raison et moins ceux-ci semblaient s'opposer à la version qu'il venait d'échafauder. En dehors de ce qui pouvait se révéler une simple plaisanterie d'étudiants, il n'y voyait aucune objection solide. Seules certaines impressions éprouvées, auxquelles il lui était difficile d'assigner une valeur, continuaient à entretenir un doute diffus. Et jusqu'à ce qu'elles trouvent leur place dans le schéma, l'affaire le laisserait mal à l'aise, même s'il la considérait comme presque élucidée.

Mais plus d'une fois par le passé, se répéta-t-il, il s'était vu obligé de ne pas tenir compte de simples impressions vers la fin de son enquête : alors pourquoi rechignait-il tant à faire de même aujourd'hui ? Bientôt il crut avoir identifié la source de ses doutes. Plus nettement qu'à l'habitude, il avait été marqué à St. Anthony par nombre de personnalités. Considérée sous cet angle, l'image de Pownall complotant contre Haveland supportait mal un examen rigoureux : elle omettait les divers moments dans ses contacts avec l'un ou l'autre où l'inspecteur s'était cru tout près de saisir le fil qui menait au cœur de l'énigme. Il se rappelait toujours de façon très vivace cette fraction de seconde pendant laquelle Empson avait hésité entre le « oui » et le « non » — mystérieusement, pour un sujet où il s'était montré incapable d'user de faux-semblants. Or Appleby avait connu des instants comparables avec Titlow, et même avec Slotwiner à la mention d'une bougie. La tache de cire. Les *Deipnosophistes*. Une longueur de fil de fer entortillé. Un détail à propos du revolver... Appleby était revenu à des indices matériels qui, sans constituer réellement des obstacles, ne cadraient pas avec sa théorie.

Il avait marché le long de la rivière sans prêter attention à l'environnement. Mais quelque chose lui fit lever la tête : le passage rythmique et laborieux d'un huit barré qui remontait le courant. Peut-être s'agissait-il de l'équipe de St. Anthony, et pour se changer les idées il observa l'équipage. Celui-ci semblait en fin d'une longue course ; l'esquif avançait à allure moyenne ; le barreur, un petit individu criard et enrobé, faisait de son mieux pour conserver la cadence :

— Souquez... souquez... souquez ; *dedans*... dehors, *dedans*... dehors...

Soudain une voix plus grave s'éleva juste à côté d'Appleby qui tressaillit : l'entraîneur qui suivait ses sportifs sur la berge, à bicyclette.

— Les yeux fixés sur l'embarcation, Deux ! *En retard*, Six ! *En retard*, Six ! Un... deux... trois... quatre... cinq... six... sept... huit... neuf... dix... Bon sang, *lâchez*, Six !

Lâchez ! Un autre souvenir énigmatique :

l'étrange insistance de Pownall à commencer son histoire par le rapport détaillé d'un rêve. Comment pouvait-il juger une telle chose importante, s'il était innocent ? Quel objectif poursuivait-il en parlant d'un songe, s'il était coupable ? S'il était coupable... Appleby se trouva alors confronté au nœud de l'affaire. Pourquoi ce spécialiste assez falot de l'histoire antique aurait-il assassiné le Dr Umpleby ? Et pourquoi aurait-il commis le crime impardonnable de faire accuser un innocent ? Ces probabilités psychologiques dont Gott avait fort à propos refusé de discuter constituaient l'élément le plus déroutant de l'énigme. Il ne pouvait y avoir qu'une explication raisonnable à tout cela, et les faits ne s'y accordaient pas. A moins... à moins qu'une clef ne réside, comme il l'avait dit en plaisantant à Gott, dans l'anecdote de De Quincey sur Kant — cet indice insolite que lui avait donné Titlow...

Il quitta le bord de la rivière et s'engagea sur des chemins qui serpentaient dans la campagne. Rien de tel pour réfléchir à l'affaire en cours qu'une promenade solitaire. Brusquement il se remémora la mise en garde facétieuse de Dodd lui recommandant de veiller à ne pas se faire assommer de nouveau durant une balade dans les bois. Cette éventualité paraissait peu probable ; le regard d'Appleby erra sur le paysage bucolique qui s'étendait autour de lui, et ce simple coup d'œil lui fit prendre conscience d'une succession de circonstances fort intéressantes.

La première fut le passage d'un vieux gentleman à bicyclette, non pas un assaillant potentiel, mais un objet de curiosité, car Appleby reconnut un des chargés de cours de St. Anthony, le vénérable

Pr Curtis. Celui-ci semblait si absent que l'inspecteur s'émerveilla qu'il ne roule pas tout droit dans le fossé. Peut-être méditait-il sur quelque aspect de la curieuse légende des Os de Klattau, ou sur la présence de ceux de Haveland près d'un certain cadavre. Bien qu'il parût perdu dans ses pensées, Appleby eut la très nette impression qu'il était également possédé par une attente joyeuse, tel un enfant qui sait qu'un gâteau l'attend à la maison.

Curtis avait dépassé Appleby d'une centaine de mètres sans remarquer l'inspecteur quand ce dernier regarda derrière lui et aperçut une automobile qui venait de surgir d'un tournant du chemin. Aussitôt l'inspecteur se glissa derrière une haie pour observer le véhicule, car pour un policier une voiture puissante qui se maintient à une allure de dix kilomètres à l'heure est un spectacle toujours propre à intriguer. C'était une magnifique De Dion, d'un modèle récent, occupée par trois jeunes gens d'apparence vaguement familière, et qui suivait à distance le professeur. Appleby comprit qu'il avait sous les yeux l'élève de Gott et ses amis « sur la piste ». Laissant la De Dion prendre un peu d'avance, l'homme du Yard revint sur le chemin et entreprit de filer la procession à marche forcée. L'après-midi de novembre était très froid, et un vent léger mais mordant soufflait.

Par chance le trajet fut de courte durée. Moins d'un kilomètre et demi plus loin, Appleby rattrapa la voiture abandonnée sur le bas-côté de la route. A quelque cinquante mètres de là, il arriva devant un cottage érigé à l'écart de la route, au milieu d'un jardin de belles proportions et bien entretenu. Le policier repéra aussitôt la bicyclette de Curtis appuyée contre le mur près de la porte d'entrée, et les poursuivants du professeur accroupis de manière caricaturale sous une des fenêtres. A cet instant, les trois étudiants se relevèrent et entamèrent leur retraite, non pas avec la hâte penaude de gamins pris sur le fait mais assez rapidement, comme sous le coup de la déception. Ils atteignirent le portail et tombèrent presque dans les bras d'Appleby.

— L'inspecteur de Scotland Yard !

Celui-ci toisa sévèrement le trio et son regard s'arrêta sur son homme.

— Mr. Edwards ? fit-il d'un ton sec.

— C'est bien moi, dit l'étudiant en s'écartant un peu plus du portail.

Appleby alla droit au but.

— Mr. Edwards, affirmez-vous avoir vu le Pr Curtis quitter le bureau du Dr Umpleby vers vingt-trois heures, mardi ?

Le jeune homme réagit sans hésiter, avec l'air d'avoir pris sa décision depuis longtemps déjà :

— Oui, monsieur, je l'affirme.

— Vous êtes catégorique ?

De nouveau l'étudiant répondit aussitôt, non sans finesse :

— Oui, monsieur, tout à fait catégorique. On y voyait mal et il n'était pas facile d'identifier quelqu'un dans la nuit. Mais c'était lui, pas de doute.

— Et maintenant, pouvez-vous me dire ce qui se passe ? fit Appleby en désignant le cottage.

Cette fois, Mr. Edwards et ses compagnons trahirent une gêne subite.

— Quelque chose qui je le crains fort ne nous regarde absolument pas... En fait, monsieur, je crois qu'on pourrait l'appeler la dame de l'histoire.

Sans prendre aucune précaution, Appleby s'engagea sur l'allée menant à la maison et regarda par la fenêtre. Il découvrit une charmante illustration du simple bonheur domestique. Le Pr Curtis savourait un thé devant un feu de cheminée. Perchée sur le bras de son fauteuil et lui présentant des muffins, se tenait une jeune femme, le premier aperçu de féminité qu'ait jusqu'alors offert le mystère de St. Anthony.

5

— C'était exact, dit Dodd à Appleby quand celui-ci revint au collège. J'aurais dû le remarquer.

— Vous voulez parler du passage secret de Curtis ?

Dodd le regarda fixement.

— Vous avez appris ça ?

— Je savais qui était le propriétaire, mais pas ce qu'il possédait. Éclairez-moi.

— Eh bien, répondit Dodd, c'était assez malin, mais je n'aurais pas dû affirmer que St. Anthony était totalement imperméable. L'appartement de Curtis donne sur une petite ruelle en cul-de-sac qui débouche dans St. Ernulphus Lane. Ses fenêtres sont munies de barreaux comme toutes celles ouvrant sur la rue, mais si vous vous rendez là-bas vous découvrirez l'entrée d'une petite cave à charbon un peu plus loin dans le mur extérieur. Elle est bien verrouillée de l'intérieur. Passez dans la cour pour fouiner un peu et vous vous rendrez compte que la cave s'étend sous toute la largeur du bâtiment, et que la porte sur la cour est verrouillée. Le gardien en a la clef. Mais quand j'ai observé ces détails, je n'ai pas pris en considération la construction souvent singulière de ces établissements. Curtis dispose dans son appartement d'une porte qui donne directement sur la cave, de sorte qu'il peut se servir en charbon quand il le désire. Pourtant, il n'y a pas de charbon entreposé là ; l'endroit est propre et vide. Et il suffit à ce vieux dépravé de descendre dans la cave et de déverrouiller la porte pour sortir tranquillement dans l'impasse.

Appleby ne put retenir un rire enjoué.

— Je ne suis pas encore certain que le Pr Curtis soit un vieux dépravé, toutefois je le soupçonne de détenir quelques renseignements qui pourraient bien nous intéresser.

— Vous l'avez vu ?

— Je l'ai rencontré par hasard, pendant ma promenade. Il était assez occupé, mais j'ai pris mes dispositions pour aller bavarder bientôt avec lui dans son appartement universitaire. Rien de neuf ici ?

— Gott est hors de cause, fit Dodd un peu à contrecœur, comme si la perspective d'impliquer le célèbre Pentreith dans un meurtre ne pouvait être abandonnée qu'à regret. Une vérification de routine l'a totalement dédouané de tout soupçon. Une certaine Mrs. Preston vient régulièrement nettoyer le bureau des maîtres de discipline, en général entre sept et neuf heures du matin. Sa fille devant se marier le mercredi matin, elle a décidé de venir faire son travail tard mardi soir, en prenant soin de ne pas être vue des gentlemen. En revanche, elle les a très bien vus. Elle a été témoin de l'arrivée et du départ de Gott, quand il a quitté les lieux après l'apparition du maître de discipline senior.

— Peu passionnant, mais très concluant, approuva Appleby. Et pour Ransome ?

— Il se trouvait bien dans ce salon de thé, comme il l'a dit. Il a créé un petit scandale à propos du thé qu'on lui a servi, et que d'ailleurs il n'a pas bu. Il est resté assis à une table à griffonner des notes jusqu'à vingt-trois heures quinze, et soudain il est sorti en trombe comme s'il venait de se rappeler un rendez-vous important. Tout concorde. Qu'allons-nous faire, à présent ?

— Mais rien, Dodd, à part avoir une petite discussion avec Curtis, et réfléchir. Nous n'aurons pas d'autre indice, vous savez.

— Pas d'autre indice ?

— Je pense que non. Telles que je vois les choses, je n'en imagine pas d'autres — à part ce que pourra nous dire Curtis.

— Bon, fit Dodd, dubitatif, alors si c'est ainsi que vous voyez les choses...

A ce moment, on frappa à la porte et un des gardiens assistants apporta un télégramme. Appleby l'ouvrit, et pour Dodd l'expression qu'arbora l'homme du Yard ne pouvait signifier qu'une chose : du nouveau dans l'enquête.

— Le revolver, dit-il. Il porte également les empreintes d'Empson.

CHAPITRE XVI

1

— J'ai toujours pensé qu'en prenant ma retraite de professeur ici je ne pouvais faire mieux que m'installer en couple, expliqua le Pr Curtis. En réalité, mon mariage, bien que récent, a précédé ma cessation d'activité.

Le Pr Curtis se caressa la barbe d'une main lente et posa sur son visiteur un regard bienveillant où brillait l'intelligence. C'est sans doute par une formule aussi lucide et sereine qu'il devait débuter ses cours sur l'histoire des papes.

— Vous pouvez penser que je suis quelqu'un d'assez bizarre, Mr. Appleby, pour ne pas avoir averti mes collègues de cet événement domestique essentiel. Pour commencer, je pourrais — le puis-je ? — plaider l'existence d'un précédent. Vous vous rappelez bien sûr ce cher vieux Lethaby, qui était le doyen de Plumchester Cathedral ? Il était professeur honoraire ici, et il a fréquenté avec assiduité notre salle commune pendant dix ou douze ans. Il venait chaque semaine. Eh bien, ce n'est qu'après son décès, quand Umpleby nous représenta à ses funérailles, que nous avons appris qu'il était marié. Il n'en avait jamais parlé.

« Dans mon cas, j'ai pensé que l'annonce publique de mon union entraînerait des désagréments très précis, sur lesquels je ne tiens pas à m'étendre. Et pour le temps qu'il me reste à travailler — une question de quelques trimestres —, j'ai décidé d'opter pour la discrétion.

— Mrs. Curtis étant évidemment d'accord avec vous, glissa Appleby.

— Comme vous le dites, ma femme est en complet accord avec cette position. C'est une personne très méritante, Mr. Appleby, et je suis heureux qu'elle ait eu le plaisir de faire votre connaissance aujourd'hui. Mais, à part sur un point particulier, tout cela n'a aucun rapport avec les circonstances pénibles et déconcertantes que je vais bientôt aborder. Voici ce point particulier : ma décision de garder mon union clandestine entraînait certaines difficultés que vous comprendrez certainement. Cependant elles ont été minimisées par le fait qu'il se trouve à ma disposition, près de cette pièce, un moyen fort discret et très pratique de quitter le collège.

— Je sais, dit Appleby. La cave à charbon.

— C'est cela. Pendant longtemps, comme je crois l'avoir dit à votre collègue, je n'ai pas eu de clef du collège, et cette issue de secours — le visage de Curtis s'illumina de malice à cette petite plaisanterie — a été très utile. En laissant la porte — l'ouverture, devrais-je dire — qui donne sur la petite impasse déverrouillée la nuit, j'avais à l'occasion la possibilité de rentrer ou de sortir par là... J'en viens maintenant à la partie troublante de mon récit, poursuivit le Pr Curtis avec une suffisance débonnaire.

Appleby sortit son calepin et son crayon.

— Je vous demanderai ensuite de parapher votre déposition, dit-il, et je dois vous prévenir...

Curtis hocha la tête avec affabilité.

— Oui, Mr. Appleby, oui. Je crains de m'être placé du mauvais côté de la barrière, comme on dit. Mais tout a été si déroutant — si intensément déroutant — que j'ai attendu ces deux derniers jours pour voir quelle tournure prendraient les événements. Je pense que l'expression résume bien ma pensée : pour voir la tournure que prendraient les événements.

— Les événements auraient pu être précipités si vous étiez venu tout de suite me livrer les informations que vous détenez.

— Une observation indubitablement fondée, Mr. Appleby. Eh bien, allons-y...

Après une pause pour rehausser la familiarité de l'expression, le Pr Curtis se lança effectivement dans ses révélations :

— Le fait que j'ai la connaissance — si connaissance est un terme adéquat pour définir un tel enchaînement d'impressions — des événements survenus mardi soir est tout à fait fortuit. Elle résulte de ma décision prise peu après vingt-deux heures de rendre une petite visite à Titlow. Ce n'était pas par simple courtoisie que j'allais le voir. Un point controversé concernant un manuscrit de l'époque carolingienne me tracassait depuis quelque temps déjà, et j'ai soudain songé que Titlow pourrait m'aider à le résoudre. Il n'est bien sûr en aucune façon paléographe, mais c'est un épigraphiste distingué, n'est-ce pas, et j'ai pensé qu'il *pourrait* m'être de quelque secours. L'idée m'excitait beaucoup, aussi ai-je mis le document dans ma poche, et je me suis rendu chez lui. Mais pas directement, et c'est là que tout s'est compliqué.

« J'étais déjà dans Orchard Ground quand il m'est venu à l'idée que je pourrais également consulter Umpleby.

Le Pr Curtis prit un air sévère pour continuer :

— Je n'*approuvais* pas l'attitude de notre président ; depuis plusieurs années, il m'avait semblé envenimer la moindre controverse jusqu'à en faire une querelle, et c'est une tournure d'esprit qui ne sied pas à un universitaire, Mr. Appleby. Mais il jouissait d'une intelligence réellement remarquable. Et l'excitation que je ressentais à cet instant m'a poussé à frapper aux portes-fenêtres derrière lesquelles une lumière brillait à travers les rideaux. J'admets que ce comportement soit quelque peu familier, si l'on considère nos relations qui n'étaient en rien intimes. Enfin, bref, je suis entré dans le bureau et je lui ai exposé mon problème. Il s'est montré fort civil et immédiatement intéressé. Il faut ajouter au crédit de feu notre président que c'était un homme toujours prêt à élargir le champ du savoir humain. Je crois que nous avons passé une dizaine de minutes à étudier le document.

— Ce qui nous amènerait vers vingt-deux heures vingt-cinq, n'est-ce pas ? intervint Appleby.

— A peu près, oui. Umpleby a fait une ou deux remarques pertinentes, puis je l'ai quitté pour aller consulter Titlow, comme j'en avais eu l'intention à l'origine. Je suis reparti comme j'étais venu, par les portes-fenêtres, et c'est la dernière fois que j'ai vu Umpleby vivant.

« Après, eh bien, je me suis rendu droit chez Titlow. Enfin non, excusez ce manque de lucidité dans mes souvenirs : je ne suis *pas* allé directement chez lui. A mi-chemin de la Maison des jeunes fellows il m'est apparu qu'en plus du manuscrit carolingien j'aurais pu apporter d'autres documents présentant le même problème. J'ai donc traversé le verger dans la nuit pour rejoindre mon appartement en passant par la grille est et y prendre ce que je voulais. Bien entendu, j'avais oublié cette disposition vexatoire qui consiste à verrouiller les issues à vingt-deux heures quinze. Je suis arrivé d'un pas si enthousiaste devant les grilles que j'aurais bien pu me blesser en m'y cognant. Sur ce, je suis reparti vers la Maison des jeunes fellows. S'il se révélait nécessaire d'examiner les autres documents, je me suis dit qu'après tout Titlow possédait une clef et pourrait m'accompagner jusque chez moi. C'est au moment où j'approchais une nouvelle fois de mon but initial que j'ai reçu la première grande surprise de la soirée.

— Pourriez-vous dire à quelle heure précise elle s'est produite ? demanda Appleby avec gravité.

— Je le crois. J'allais bientôt devoir être très attentif, et par quelque opération rétrospective de l'esprit, ce besoin s'est appliqué aux événements antérieurs. Je me souviens que la demie a sonné un instant avant que je n'arrive à la grille est. Dans l'obscurité il m'a fallu environ trois minutes pour rebrousser chemin.

« Et alors, Mr. Appleby, j'ai pris conscience de la présence de Haveland. Il était immobile sur le seuil de la Maison des jeunes fellows, et la lumière du vestibule l'éclairait, pas en plein, mais assez pour que je l'identifie sans erreur possible. Je pense avoir discerné l'expression de son visage, qui m'a beaucoup étonné : je ne peux expliquer autrement pourquoi j'ai aussitôt fait halte. Il tenait un revolver délicatement, à deux mains, et il l'examinait avec quelque chose qui m'a paru proche de la fascination. Il n'est resté dans cette position que quelques secondes. L'instant suivant, il avait disparu dans les ténèbres extérieures, pour rentrer presque immédiatement dans le vestibule.

« Haveland, comme vous le savez, fut à une époque sujet à des problèmes nerveux, et ma première pensée a été qu'il allait attenter à sa propre vie. C'est pourquoi j'allais me précipiter à l'intérieur du bâtiment quand j'ai pris conscience d'une impression déroutante et tout à fait horrible : celle d'*avoir déjà entendu une détonation*. Dans mon esprit peu soupçonneux, j'avais rangé ce bruit parmi les manifestations sonores de la circulation abominable qui affecte les abords du collège. Mais à cet instant j'y ai reconnu un *coup de feu*. Je n'aurais pu dire *quand* je l'avais entendu : n'importe quand après avoir quitté le bureau du président.

« J'ai fait ce que je considère être une chose bien faible, Mr. Appleby, je le confesse. Je le sais, j'aurais dû aller voir Haveland sur-le-champ, ou au moins chercher l'aide de quelqu'un. Eh bien, non : j'ai hésité, et au lieu d'agir je suis retourné dans le verger pour réfléchir. J'étais déjà perplexe, mais j'ignorais que j'allais l'être bien plus encore !

Le Pr Curtis s'interrompit et gratifia Appleby d'un sourire aimable. Puis il reprit :

— J'ai marché au hasard, en proie à l'indécision, pendant environ cinq minutes...

— Nous arrivons donc à vingt-deux heures trente-neuf ou quarante, dit Appleby.

— Oui. Après ce laps de temps, j'ai décidé de prendre l'avis de Titlow à propos de cet incident étrange. Titlow est un homme d'une intelligence brillante, encore qu'inconstante. Toujours est-il que sur le moment il m'a semblé la personne de la situation, à qui je pourrais me confier. Je suis donc revenu vers la Maison des jeunes fellows, et pour la deuxième fois j'ai été témoin de quelque chose de *très* fâcheux. Titlow en personne sortait du bâtiment, et *il traînait ce qui à l'évidence était un corps humain*. Il l'a tiré juste en dehors du cercle lumineux projeté par l'éclairage du vestibule, l'a laissé tomber comme un sac de charbon, pour user d'une comparaison quelque peu vulgaire, et a disparu de nouveau à l'intérieur du bâtiment. J'étais très ébranlé.

« Je suis humilié de penser, continua Curtis avec toutes les apparences d'un calme affable, que mon devoir était une fois de plus très clair et qu'une fois de plus j'y ai failli. Il est indubitable que j'aurais dû rejoindre en hâte la victime et lui apporter toute mon assistance. Mais j'avais l'horrible conviction que le corps que j'avais aperçu était celui d'un homme *mort*, et cette idée a encore accentué mon trouble. J'ai battu en retraite dans le verger une seconde fois, et quelques minutes se sont écoulées avant que j'aie recouvré assez de calme pour agir. Je me suis alors dit que, dans des circonstances d'une gravité aussi extrême, il fallait que je me rende tout de suite chez le président. J'ai retraversé Orchard Ground jusqu'au bureau du Dr Umpleby... Je vous rappelle, Mr. Appleby, que l'horreur de ces événements était encore exacerbée par les ténèbres épaisses qui les enveloppaient.

« Le bureau du président était désert, et ce n'est qu'en le constatant que je me suis souvenu de ce qu'il m'avait dit : il comptait rendre visite au plus tôt à Empson. Quelques instants après mon départ, il avait dû lui aussi passer par les portes-fenêtres. Je ne soupçonnais alors aucunement son sort, mais j'ai compris que je n'avais d'autre solution que de retourner chez les jeunes fellows. Je suis donc ressorti et je n'avais fait que quelques pas au-dehors quand je me suis rendu compte de la présence d'une *chose* singulière qui avançait vers moi dans l'obscurité. A ce moment, j'étais tellement tendu que je me suis écarté du chemin et que je me suis dissimulé. Très vite la chose s'est révélée être un moyen de transport que je n'ai pu identifier sur-le-champ : un instant plus tard, il s'est arrêté devant les portes-fenêtres du bureau d'Umpleby et j'ai perçu les sons révélateurs de quelqu'un fournissant un effort physique intense. Puis les rideaux ont été repoussés quelques secondes, ce qui m'a permis d'apercevoir un spectacle horrible. *Pownall tirait d'un fauteuil roulant ce qui était à l'évidence le cadavre du président*. Quelques secondes plus tard, il avait disparu à l'intérieur du bureau avec son sinistre fardeau.

« Je ne ferai pas d'effet théâtral, dit le Pr Curtis après un petit silence du meilleur effet, pourtant il ne serait pas inutile pour traduire la force de la vision abominable qui s'est alors imprimée dans ma mémoire. Je me contenterai d'ajouter que j'ai alors fui dans le verger où j'ai passé quelques minutes supplémentaires, totalement horrifié et dérouté. En fin de compte, j'ai couru vers la Maison des jeunes fellows pour chercher conseil — j'irai jusqu'à dire : protection — auprès d'Empson. Dans l'enfer où je me retrouvais pris au piège — je ne crois pas que l'expression soit trop forte — il m'est apparu qu'il ne restait qu'un homme solide et sain d'esprit auquel m'adresser. J'ai gravi en hâte l'escalier jusqu'à l'appartement d'Empson. Il était absent. Mon seul recours me trahissait. L'image du bureau d'Umpleby me répugnait, mais plus encore la Maison des jeunes fellows, soudain. Je me suis précipité à l'abri du verger une fois encore, et là j'ai formé le plan qui me semblait le plus rationnel dans les circonstances actuelles. J'allais attendre quelques minutes pour que Pownall ait le temps de partir du bureau, puis j'y entrerais et j'alerterais les domestiques du président. J'ai donc consulté ma montre et me suis accordé cinq minutes. Ce temps écoulé, j'ai approché du bureau d'un pas ferme, j'ose le croire...

— Quelle heure était-il ? interrogea Appleby d'une voix où vibrait l'excitation.

— Deux ou trois minutes avant vingt-trois heures. Je suis passé par les portes-fenêtres et j'ai découvert le corps d'Umpleby qui gisait au milieu d'ossements. Mais j'ai aussi vu quelque chose de beaucoup plus révoltant. A l'autre extrémité de la pièce, près d'un des présentoirs à livres pivotants, et tellement absorbé dans une opération que je n'arrivai pas à définir qu'il est resté inconscient de mon arrivée, j'ai reconnu... Empson !

« J'ai alors décidé de me glisser sans bruit au-dehors mais, pour employer une expression familière, j'ai perdu la tête. Comme je l'ai dit auparavant, j'étais piégé : ma seule issue d'Orchard Ground était par les appartements du président, chose rendue impossible par la présence — la présence sinistre, je ne vois pas d'autre façon de la qualifier — d'Empson. Il est bouleversant pour un universitaire à la veille de la retraite de se retrouver incarcéré dans la cour d'un collège avec une accumulation de fous criminels.

Un temps le Pr Curtis se perdit dans la contemplation de cet effort allitératif. Puis il continua :

— De mes déplacements durant la demi-heure qui a suivi, je ne puis donner une relation précise. Peu après avoir quitté le bureau, il me semble avoir entendu une autre détonation ; je me rappelle avoir marché dans le verger, au hasard. Je n'ai réellement repris le contrôle de moi-même qu'en percevant des sons de voix et ce que j'ai cru être le brouhaha de l'alerte générale. Je me trouvais à l'extrémité d'Orchard Ground, près du portillon qui donne sur Schools Street, et j'ai subitement remarqué qu'on l'ouvrait. A la lumière d'un réverbère, j'ai discerné une personne barbue que je n'ai pu reconnaître et qui s'est immobilisée en entendant les voix. Mais j'avais aussi compris ma chance et j'ai foncé vers le portillon. J'ai pu l'atteindre avant qu'il ne se referme, et j'ai pris la fuite. J'étais tellement sur les nerfs que je me suis momentanément senti incapable d'une autre action. Quelques minutes plus tard, je me suis glissé dans mon appartement en passant par la cave à charbon. Et depuis ce moment j'ai attendu la suite des événements, comme je vous l'ai dit. Attendu que ce qui est à l'évidence une horrible conspiration soit dévoilée.

— Ce n'était pas une conspiration, affirma tranquillement Appleby.

2

Après Curtis, Barocho. C'est de l'Espagnol que vint la confirmation, dans un anglais remarquablement correct.

Oui, il avait fini par se souvenir de l'endroit où il avait oublié sa toge : dans l'appartement de Pownall... Oui, ses questions embarrassantes dans le réfectoire étaient destinées à Titlow. Il aimait voir la réaction des gens, et depuis le meurtre il avait remarqué chez Titlow une attitude qui l'avait poussé à le provoquer.

— Vous saviez pourtant qu'on estimait physiquement impossible que Titlow ait tué le président ?

— Non, je ne connaissais pas ces détails. D'ailleurs là n'est pas la question. Titlow n'aurait pas été capable de préméditer un meurtre.

Alors Appleby posa la question décisive :

— Les Titlow et consorts, falsifieraient-ils un texte ?

Barocho réfléchit et comprit le sens de la question.

— Les Titlow et consorts, répondit-il enfin avec un geste ample qui englobait tout le monde académique, ne falsifieraient pas un texte, car un texte appartient à l'univers de la connaissance pure, et dans cet univers il ne peut y avoir recherche de l'intérêt personnel. Mais dans le monde des affaires, la connaissance n'est pas sereine : fréquemment elle est obscurcie, parfois par la méchanceté, souvent par la stupidité. Dans le monde, la vérité peut requérir pour sa défense les armes du monde, et la nécessité justifiera leur utilisation. Les gens comme Titlow ne considèrent pas que le monde — *votre* monde, peut-être, *señor* — est très perceptif, ni très opiniâtre dans la quête de la vérité. Aujourd'hui, ils vivent à l'écart, beaucoup trop à l'écart. Quand soudain le monde leur impose ses crises, ses décisions, leur réponse est incertaine, fantasque, comparable à celle des enfants. Mais pour tout ce qui touche à l'intelligence, à la pensée, c'est eux qui jugent le monde puéril. De sorte que, bien que jamais ils ne falsifieraient un texte pour le faire circuler entre eux, ils pourraient, pour guider le monde... en diffuser une version simplifiée.

CHAPITRE XVII

1

Une fois de plus, l'acajou de la table reflétait la flamme des bougies dans leurs chandeliers en argent massif. Une fois de plus, le feu crépitait et sa lumière papillotante révélait l'un ou l'autre des universitaires disparus dont les portraits occupaient les murs de la salle commune. Une fois de plus, le rubis, l'or du porto et du xérès, l'éclat du cristal, l'arc-en-ciel des fruits avaient été emportés sans qu'on y touchât. A l'extérieur, un calme respectueux régnait sur les cours de St. Anthony, mais de la rue au-delà et des collèges voisins montait le crépitement intermittent des pétards, car on était au soir du 5 novembre... Et une fois de plus, Appleby était assis à une extrémité de la table, les professeurs de l'établissement assemblés autour de lui.

— Monsieur le doyen, messieurs, dit-il, les circonstances dans lesquelles votre président a trouvé la mort dans la nuit de mardi sont maintenant connues. Le Dr Umpleby a été assassiné par un de ses collègues.

Cette annonce froide provoqua la réaction voulue. L'assistance se figea. Seuls Barocho, dont le regard passa en revue ses collègues, et le Pr Curtis, dont la concentration était peut-être tournée vers les légendes de Bohême ou les manuscrits de l'époque carolingienne, offraient un visage serein.

— Dans un instant, continua Appleby, je vais demander un certain nombre de déclarations qui rendront plus clairs les faits. Néanmoins je pense que vous jugerez ces faits moins troublants si vous me permettez d'établir un point préliminaire.

« Nous parlons du meurtre comme du plus choquant des crimes, et c'est exactement cela. Rien ne ressort plus clairement dans mon expérience professionnelle que les effets surprenants que le choc d'un assassinat peut avoir sur l'être humain. Mis en présence d'un homicide volontaire, sommé de prendre une décision et d'agir, un homme fera ce qu'il n'aurait jamais envisagé de faire s'il s'imaginait simplement dans les mêmes circonstances. Car le meurtre est accompagné par la peur, et quand nous sommes sous l'emprise de la peur nous sommes sous celle d'une personnalité primitive. Dans de telles conditions, notre raison peut pendant un temps être oblitérée et devenir l'esclave de cette peur. Qu'un assassinat survienne dans une société aussi paisible, protégée et ordonnée que la vôtre, et ce choc peut être très violent : il peut contrôler les actes d'un homme à l'humeur instable non pas pendant quelques minutes mais des heures et même des jours durant, plus particulièrement si cette peur est substantielle et réelle, c'est-à-dire le produit d'un danger que même l'esprit le plus rationnel ne peut ignorer. La nuit de mardi, comme vous allez l'apprendre, le danger a pris un cours étrange à St. Anthony... Mais bien que le danger et la peur puissent nous faire perdre la tête un certain temps, tôt ou tard la normalité reprend ses droits. Nous évaluons alors nos actes selon ses paramètres, et découvrons peut-être que nous devons avouer un comportement temporairement insane. Je ne peux en dire plus et je vais demander la première déposition... Mr. Titlow ?

2

— Dès le début, j'ai eu la conviction que Pownall avait tué Umpleby, commença Titlow. Très rapidement j'en suis venu à penser qu'il avait tenté de me faire accuser du crime pour éviter les conséquences de son acte. Mais, n'eussent été l'horreur et — comme l'a fort justement noté Mr. Appleby — la peur que cette déduction a fait naître en moi, j'aurais rapidement vu la vérité. La vérité est que j'avais des preuves presque concluantes de la culpabilité de Pownall. *Presque*, mais pas totalement. Dès que j'ai compris cela — ce qui m'est arrivé lors d'un entretien avec Mr. Appleby tôt hier matin —, j'ai aussi compris que je devais raconter ce que j'avais fait. Quand je le lui ai dit cet après-midi, j'en étais arrivé, pour reprendre sa formulation, à juger ma conduite sous l'emprise de la peur selon les paramètres de la normalité.

« Voici mon histoire. Mardi soir, je suis revenu de la salle commune vers vingt et une heures trente, et je me suis installé pour lire jusqu'à l'heure habituelle de ma visite au président. J'étais tellement intéressé par ma lecture que j'ai laissé deux choses importantes survenir : le feu a beaucoup baissé et j'ai perdu le sens du temps écoulé. En conséquence du premier oubli, j'ai eu froid et je me suis levé pour fermer la fenêtre donnant sur le verger; en conséquence du second, j'étais plongé dans cet ouvrage et à un moment j'ai cru entendre vaguement l'horloge sonner vingt-deux heures alors que ce devait être la demie. Avant de la fermer, je me suis penché par la fenêtre pour voir s'il pleuvait, car je voulais savoir si je devrais prendre un parapluie pour me rendre chez le président. C'est alors que j'ai aperçu le Dr Umpleby en personne qui entrait dans la lumière dispensée par le plafonnier de l'entrée, sous moi. Il allait pénétrer dans la Maison des jeunes fellows quand il a été arrêté par quelqu'un qui le hélait depuis l'obscurité d'Orchard Ground. J'ai reconnu la voix de Pownall. Il parlait sur un ton tendu, mais bas. "Président, a-t-il dit, c'est vous ?" Et Umpleby a répondu : "Oui, je viens voir Empson." La phrase suivante de Pownall m'a laissé stupéfait : "Empson est ici, président, a-t-il dit. Il a fait une mauvaise chute. Pourriez-vous m'aider ?" A ces mots, Umpleby a tourné les talons et s'est enfoncé dans le verger et la nuit. J'allais les appeler et descendre pour leur prêter assistance quand je me suis dit que tous deux seraient capables de faire ce qui convenait, d'autant qu'Empson n'aimerait pas que trop de gens soient au courant de ce malencontreux incident. Aussi me suis-je replongé dans mon livre. Pourtant je n'ai pu m'empêcher d'éprouver l'impression gênante que la chose était un peu étrange : pour quelle raison Empson s'était-il trouvé dans le verger en pleine obscurité ? Après quelque temps j'ai trouvé encore plus insolite que mes collègues n'aient pas ramené Empson chez lui. J'ai alors craint qu'Empson n'ait été si sérieusement blessé qu'il ne pouvait être transporté. Et j'ai décidé d'aller me renseigner.

« Je suis sorti sur le palier, et j'ai eu un choc : j'*entendais Empson qui se déplaçait chez lui.* Je savais que personne n'était monté à l'étage, et pourtant je ne pouvais me tromper : le sol de l'appartement d'Empson est en parquet, et vous comprendrez aisément que je suis familier du bruit de ses pas et de sa canne. Pendant un moment, je suis resté bras ballants, interdit. Ensuite, je me suis dit que Pownall avait dû faire une erreur, et qu'il s'était trompé sur l'identité de la personne blessée. Je suis descendu au rez-de-chaussée, et je pense que la logique aurait voulu que je frappe à la porte de Pownall. Je ne sais quel sentiment d'inquiétude m'a poussé à sortir dans le verger. Là je suis tombé par hasard sur le corps d'Umpleby qui gisait à terre, un revolver à côté de lui.

« Le choc, comme Mr. Appleby l'a charitablement expliqué, a été très grand ; pendant un long moment, après avoir vu la blessure mortelle à son front, je n'ai rien pu faire que rester sur place et trembler de la tête aux pieds. Puis j'ai consulté ma montre. Il était vingt-deux heures quarante. Le crime n'avait pu être commis plus de huit minutes auparavant, mais je ne l'ai pas compris. Souvenez-vous que je croyais qu'il était juste vingt-deux heures passées quand je me suis levé de mon fauteuil pour aller fermer la fenêtre, et dans l'intervalle qui avait suivi, mon sens du temps écoulé s'était complètement brouillé. Mais j'avais une opinion, ou plutôt une conviction fondée sur ce que j'avais vu : Pownall avait attiré Umpleby dans le verger sous le prétexte qu'il avait besoin de son aide et avait commis l'indicible. Il m'est revenu à l'esprit avec une extraordinaire intensité une scène dont j'avais été témoin quelques jours plus tôt, durant laquelle Pownall avait déclaré à Umpleby qu'il était "né pour être assassiné" ou quelque chose de ce genre. A cet instant, j'ai pris conscience d'un fait vital : j'étais le seul témoin de ce qui venait d'arriver, que ce soit ce soir-là dans Orchard Ground ou quand Pownall avait prononcé la phrase que je viens de citer...

« Presque sans réfléchir à ce que je faisais, j'ai commencé à transporter, moitié en tirant, moitié en portant, le corps d'Umpleby vers la Maison des jeunes fellows. Et là, je suppose dans l'idée de mettre le criminel devant les conséquences de ses actes, je l'ai amené directement dans le salon de Pownall. La pièce était dans le noir, et j'ai allumé une lampe. Puis je suis passé dans sa chambre : s'il était là, je voulais le faire sortir. Et il était bien là : il dormait ! C'est l'horreur de cette constatation, je crois, qui a déterminé ma conduite ultérieure : moins d'une heure après avoir commis l'irréparable, ce monstre dormait !

« Je suis resté un long moment à réfléchir, m'a-t-il semblé, mais peut-être ne s'est-il écoulé en fait que soixante secondes. Pownall avait tué Umpleby, et il ne s'en souciait pas plus que cela. Sur le revolver, je savais qu'on ne retrouverait aucune empreinte : et pour preuve je n'avais que l'histoire que je pourrais raconter, celle d'une phrase sinistre que j'avais entendue, et des observations incertaines faites de la fenêtre de l'étage dans l'obscurité... Mon regard s'est alors posé sur le cadavre et j'ai constaté qu'un peu de sang avait coulé de la blessure et était tombé sur le tapis. *Et cette tache de sang représentait une preuve matérielle.*

Autour de la longue table, l'assistance écoutait dans un état de consternation qui tournait peu à peu à l'horreur. Deighton-Clerk formula ce que tous commençaient à comprendre :

— Et vous avez décidé d'*incriminer* Pownall ?

Sans prêter attention à la question, Titlow continua :

— J'ai conseillé à Mr. Appleby de se référer à une assertion de Kant. Kant soutenait qu'il n'existait pas de circonstance imaginable qui justifiât un mensonge — pas même pour détourner un meurtrier de la piste de sa victime. Mais tandis que j'étais devant le cadavre d'Umpleby, un impératif très différent a surgi. Si l'habileté d'un meurtrier ne pouvait être vaincue que par un mensonge, alors il fallait proférer un mensonge, ou l'accomplir. J'étais confronté à un dilemme moral...

Pendant un moment, le doyen réfuta cette opinion d'une voix passionnée. Dans le silence qui suivit, les explosions sporadiques des pétards à l'extérieur crépitèrent comme un feu nourri sur un champ de bataille. Puis Titlow reprit :

— Deighton-Clerk a raison. Et Mr. Appleby aussi. J'étais sujet à un bref accès de folie. Je me suis vu dans une situation très étrange qui exigeait une décision immédiate. J'étais alors dominé par cette considération : si je ne faisais rien, la cause était entendue, à savoir qu'un assassin dormait dans la pièce voisine et que jamais il ne serait démasqué. A l'inverse, si j'agissais selon ce que m'avait suggéré le tapis souillé de sang, rien ne serait irrévocable. Si l'ombre d'un doute me venait plus tard, si la réflexion me le dictait, je pourrais annuler l'effet ou l'acte par un simple mot. Je ne pensais pas alors avoir des raisons de regretter d'agir ainsi, et je ne le pense toujours pas. Mais cela n'a pas d'importance. J'ai donc agi. J'ai déchiré deux pages de l'agenda d'Umpleby et je les ai fait imparfaitement brûler dans un cendrier. Ensuite j'ai traîné le corps dehors, dans le verger, ce qui était à l'évidence nécessaire. Et je suis revenu avec le revolver.

Titlow s'interrompit, et pendant cette pause apparut son sens théâtral, comme si un instant son imagination débridée s'était manifestée pour adoucir la situation dans laquelle il se trouvait.

— Je me suis alors souvenu d'un détail crucial. Pendant l'alerte au feu que nous avions eue il y a quelques années, Pownall s'était révélé être une personne sujette à un sommeil très profond. Cela donnait à mon plan une chance substantielle de réussite, ai-je estimé. Je suis donc retourné chez lui avec le revolver que je tenais par le canon, enveloppé dans mon mouchoir, et je suis entré dans la chambre. Pownall dormait à poings fermés, les bras allongés sur la couverture. J'ai pris son poignet droit avec une extrême prudence et j'ai doucement pressé la crosse de l'arme contre son pouce. Il a bougé dans son sommeil, et je me suis glissé hors de la chambre en pensant que je ne l'avais pas réveillé. Puis je suis allé jeter le revolver dans la réserve, où je pensais qu'il serait très certainement découvert, et je me suis retiré à l'étage, dans mon appartement... Mais ce n'est que la première partie de l'histoire. Et si j'avais besoin que la culpabilité de Pownall me soit confirmée, la seconde partie l'a fait. D'une manière très brutale. Car Pownall a retourné la situation à mes dépens.

Il y eut quelques signes d'agitation autour de la table — des mouvements de jambes ici, un toussotement là. Le Dr Barocho se roulait une provision de cigarettes. Lambrick crut atténuer la tension en se levant pour aller mettre une bûche dans l'âtre.

Curtis observait Appleby avec un intérêt vague, comme s'il essayait d'identifier une lointaine connaissance. Titlow revint à son récit :

— J'ai décidé qu'il valait mieux faire ce que je fais toujours chaque semaine, c'est-à-dire me rendre chez Umpleby à vingt-trois heures pour ma visite habituelle du mardi. Quand on découvrirait qu'il avait disparu de son bureau, je pourrais donner l'alerte, et peut-être diriger les recherches sur l'appartement de Pownall... Je me suis présenté à vingt-trois heures sonnantes à la porte d'entrée du président. J'avais à peine échangé quelques mots avec son majordome quand nous avons entendu une détonation provenant du bureau. Nous nous sommes précipités. Je ne pouvais agir autrement, mais je savais déjà que quelque diablerie était en cours.

— Quelque diablerie était en cours ! répéta Deighton-Clerk, sans quitter son collègue d'un regard fasciné.

— Le cadavre gisait là, au milieu des ossements. J'ai aussitôt compris que j'avais dû réveiller Pownall et qu'il était l'auteur de toute cette mise en scène. Apparemment pour accuser Haveland. Heureusement j'ai eu assez de présence d'esprit pour envoyer Slotwiner téléphoner, ce qui m'a permis de fouiner dans la pièce. Il flottait dans l'air une odeur de poudre, évidemment, mais aussi une autre odeur, celle d'une bougie qu'on vient d'éteindre en la soufflant. Alors j'ai compris : le coup monté de Pownall visait à m'incriminer, moi... C'était diaboliquement habile, et si je n'étais pas allé à l'autre extrémité de la pièce j'aurais été pris au piège. Il avait tout fait pour démontrer que j'avais assassiné Umpleby et essayé de faire accuser quelqu'un d'autre tout en me forgeant un alibi faussement inébranlable. Voici comment il avait raisonné : si le coup de feu qui avait tué Umpleby avait été entendu par Slotwiner et par moi, ni le majordome ni moi ne pouvions être l'assassin. Il s'ensuivait que si une telle détonation était effectivement entendue puis qu'on découvrait qu'il s'agissait d'un leurre, alors celui-ci avait pour objectif de fournir un alibi à Slotwiner ou à moi. Et si pour produire ce leurre on utilisait quelque chose qui pouvait être lié à ma personne, alors les présomptions s'accumuleraient contre moi, et me mettraient en grande difficulté. C'est exactement ce qu'il s'était ingénié à faire. A l'autre bout de la pièce, sur le dernier rayonnage d'un présentoir à livres tournant, il avait installé derrière quelques volumes un dispositif correspondant à celui que j'aurais utilisé pour simuler une détonation. C'était un bout de chandelle et ce qui restait d'un pétard — en tout point semblable à ceux qu'ils font exploser dehors en ce moment, et identique à ceux que j'avais confisqués à un étudiant turbulent un an plus tôt. Avec un peu de pratique, un tel stratagème pouvait avoir été déclenché avec précision au moment choisi pour donner un alibi à son auteur. Si je ne l'avais pas découvert, vous voyez ce qu'on aurait conclu : que je n'avais pas eu l'occasion de subtiliser les traces de ma ruse. Mais j'ai tout juste eu le temps d'empocher le reste du pétard et le morceau de bougie, puis de remettre les livres en place avant le retour de Slotwiner.

L'extraordinaire récit de Titlow était terminé. Appleby ne permit aucun répit aux universitaires abasourdis.

— Pr Empson, commanda-t-il d'un ton cassant.

3

— Je savais, moi, que c'était Titlow qui avait assassiné Umpleby, dit tranquillement Empson.

Dans la salle commune, on ne réagissait plus. Deighton-Clerk semblait avoir épuisé sa réserve d'indignation. Ransome s'était à l'évidence réfugié dans de hautes spéculations euboïques. Curtis somnolait. Titlow lui-même resta impassible devant l'accusation.

— Je savais que Titlow avait tué Umpleby et qu'il avait élaboré une machination machiavélique pour incriminer un innocent. Et je savais que je courais moi-même un certain danger. Pourtant, la seule connaissance de la culpabilité de Titlow ne m'aurait pas poussé à agir comme je l'ai fait ni, je crois, la conscience du péril qui me menaçait. Mais quand j'ai vu l'ignoble avantage tiré de l'infortune d'un autre homme pour tenter de l'envoyer à la potence, je n'ai plus hésité. Titlow m'avait toujours paru souffrir d'un certain déséquilibre, et cette impression m'a poussé à renverser la situation plus vite. Car je ne pouvais voir — et c'est toujours le cas — aucun mobile rationnel pour lequel Titlow aurait assassiné Umpleby et cherché à incriminer Haveland, et sans doute moi... mais l'évidence s'imposait : c'est ce qu'il avait fait.

« Il est remarquable de constater tout ce dont on peut être témoin dans un environnement familier sans se poser de questions ni être le moins du monde intrigué. La nuit de mardi, j'ai aperçu Titlow qui traînait le corps d'Umpleby dans Orchard Ground — *et sur le moment cela n'a éveillé en moi aucun soupçon*. Je sais, mon manque de réaction est incroyable. C'est pourtant la stricte vérité. Vers vingt-deux heures quarante j'ai décidé de me rendre à la loge du gardien pour y chercher un paquet d'épreuves, celles de mon nouvel ouvrage. J'étais impatient de les avoir en main et cela m'a rappelé certains passages dont je n'étais pas satisfait. Il ne fait pas de doute que ces pensées occupaient mon esprit quand je suis sorti de la Maison des jeunes fellows, mais je n'étais pas assez oublieux de mon environnement pour ne pas voir Titlow. Il était à quelque distance dans le verger, pas très loin toutefois car la lumière derrière moi suffisait à révéler ce qu'il faisait. Il tirait un corps humain inerte vers la Maison des jeunes fellows. Comme je l'ai dit, à cet instant je n'y ai pas prêté attention. Ou, pour être plus exact, mon esprit a déformé l'image de ce que j'avais vu, suffisamment en tout cas pour permettre une explication presque normale. Je me suis dit que Titlow avait trouvé quelqu'un ivre mort dans le verger et qu'il allait l'amener chez lui. Un instant de réflexion prouve que cette hypothèse était très improbable, et le fait de l'avoir imaginée et acceptée au lieu d'être intrigué par quelque chose d'aussi étrange constitue une observation scientifique intéressante, mais nullement incompréhensible. J'étais à moitié décidé à passer le rejoindre pour lui offrir mon aide à mon retour. Donc je me suis simplement rendu chez le concierge, l'esprit totalement concentré sur ces sections de mon livre que je désirais modifier.

« En revanche ce qui s'est passé ensuite contient, d'après moi, un intérêt scientifique réel. Le gardien, qui comme vous le savez tous est un homme aimant l'exactitude, a laissé entendre que j'avais récemment passé un coup de fil au président, ce qui était faux. En temps normal, j'aurais simplement pensé qu'il avait commis une erreur, et j'aurais peut-être pris la peine de remonter jusqu'à sa source, mais plus probablement, parce que d'autres choses plus importantes m'absorbent, j'aurais oublié l'affaire. Néanmoins, en cette occasion, j'ai été instantanément *inquiet*, presque paniqué. C'était une réaction tout à fait extraordinaire, et une introspection immédiate — et, je pense, professionnelle — m'a permis de faire la relation entre cette soudaine inquiétude et *ce que je venais de voir dans Orchard Ground.* La corrélation de ces faits troublants a déclenché en moi non pas un vague trouble mais une extrême agitation. L'image déformée que je m'étais imposée de la scène aperçue dans le verger s'est dissipée sur-le-champ pour être remplacée par ce dont j'avais réellement été le témoin involontaire : Titlow qui traînait furtivement un cadavre entre les arbres. Instantanément, j'ai établi un lien entre cette scène macabre et cette histoire de communication téléphonique qu'on m'attribuait à tort. Une prudence instinctive m'a dicté de ne pas détromper le gardien, et je me suis hâté hors de sa loge, l'esprit chaviré. Il venait de m'apparaître avec une intensité fulgurante que dans ce collège paisible où j'avais passé la majeure partie d'une existence sans drame rôdait un danger soudain. C'était pour moi une notion fantastique. Mais son caractère fantastique était quelque chose dont je n'avais conscience qu'intellectuellement; en revanche, sa *réalité* était immédiate et me submergeait. J'avais l'impression que mon sang s'était glacé.

« Il me serait difficile d'expliquer pourquoi j'ai alors agi comme je l'ai fait. Je suppose que j'avais reconnu *qui* Titlow traînait, et que cette révélation s'était aussitôt enfoncée au plus profond de mon subconscient. Quoi qu'il en soit, en retournant d'un pas d'automate vers la Maison des jeunes fellows, je suis allé frapper aux portes-fenêtres du bureau du président, et j'ai jeté un regard à l'intérieur. Et là mes yeux ont découvert l'horreur. Umpleby gisait sur le sol, la tête étrangement enveloppée dans une toge. Je suis entré, et j'ai cherché son pouls. Il était mort. Ce n'est qu'en me relevant que j'ai remarqué les ossements et les têtes de mort dessinées au-dessus de la cheminée...

« Dans une telle situation, même un homme lent d'esprit se mettrait à cogiter furieusement. Pour ma part, j'ai compris en une trentaine de secondes. Titlow avec le corps d'Umpleby ; aucune alarme lancée ; cette mise en scène avec des ossements que je savais appartenir à Haveland — l'ensemble ne pouvait avoir qu'une signification : Titlow essayait d'incriminer Haveland. Il voulait se servir d'une faiblesse de Haveland — depuis longtemps oubliée — dans le pire but concevable. Toutefois il avait agi en négligeant l'aspect psychologique des choses. Scientifiquement parlant, j'avais la certitude absolue que jamais Haveland n'aurait assassiné Umpleby pour ensuite signer délibérément son crime de cette manière. Même si je n'avais pas aperçu Titlow avec sa victime, je n'aurais pu être trompé... mais trop souvent les évidences scientifiques ne sont pas des preuves devant la loi.

« Et soudain mon esprit est revenu à cet appel téléphonique qui m'était faussement attribué, *à dessein*, ce qui maintenant ne pouvait également avoir qu'une interprétation : on cherchait à m'impliquer dans le crime, d'une façon ou d'une autre. J'ai alors compris combien le danger était grand, et proche. Si un homme possédant les talents de Titlow avait élaboré une telle folie, il l'avait *bien* élaborée. Quels autres artifices avait-il préparés, quelles fausses preuves incontournables tenait-il encore en réserve, je l'ignorais. Je savais seulement que leur découverte était une question de minutes. Et avant que ces minutes ne s'écoulent, je devais contre-attaquer. Une réflexion rapide m'a prouvé qu'il n'y avait qu'une manière d'échapper au traquenard. Le crime devait retomber de façon convaincante sur celui qui l'avait commis.

Empson parlait maintenant avec sa sécheresse de ton habituelle. Il marqua un temps d'arrêt, que Deighton-Clerk mit à profit pour s'exclamer :

— Empson, vous aussi allez nous dire que...

— ... que j'ai fait ce que dans une situation identique vous aussi auriez fait, enchaîna Empson. Si vous aviez réussi à y penser. Considérez ma position. Par le plus pur des hasards, j'avais découvert un coup monté visant à nous incriminer, Haveland et moi, dans des proportions qui m'étaient encore inconnues. Je n'avais aucune raison de croire qu'en donnant simplement l'alarme à cet instant précis je parviendrais à déjouer les plans du criminel. De plus j'entretenais très peu d'espoirs quant à la capacité de la police de percer à jour un stratagème aussi ingénieux. Personne, il est vrai, n'aurait pu prévoir l'arrivée d'un inspecteur aussi perspicace que Mr. Appleby.

« J'ai donc arrêté un plan, lequel était analogue à celui dressé par Titlow pour imputer le crime à Pownall dans le récit très ingénieux qu'il vient de nous faire. *Il fallait qu'il soit évident dès le premier instant que Titlow avait assassiné Umpleby*, tel était mon postulat de départ. Si dans les faits je ne parvenais pas à prouver que Titlow était le meurtrier, je pensais être en mesure de démontrer *qu'il avait tout fait pour ne pas être inquiété.* Pour cela, je devais exposer la fausseté de son alibi. Je comptais qu'il s'efforcerait d'agir comme de coutume et viendrait rendre son habituelle visite au président, à vingt-trois heures. En conséquence, si j'arrivais à faire croire que le meurtre d'Umpleby se produisait juste au moment où Titlow se trouvait dans l'entrée avec le majordome, *et si j'arrangeais les choses de sorte que cette simulation soit découverte*, j'aurais atteint mon objectif.

« C'est alors que je me suis souvenu de ce qui s'était passé un an plus tôt. Titlow avait remplacé le doyen et avait confisqué des pétards à un étudiant. J'avais toutes les raisons de supposer que lesdits pétards se trouvaient toujours dans son appartement, dans un quelconque tiroir... En quelques secondes j'avais établi mon plan.

« Je me suis glissé hors du bureau, j'ai passé la grille et je suis venu dans cette salle commune, qui à cette heure était déserte. J'ai pris un morceau de bougie à l'un des chandeliers que vous avez devant vous, sur cette table. Puis je suis retourné en hâte chez moi et j'ai laissé la porte ouverte de façon à entendre les mouvements de Titlow. Puis j'ai attendu. Assez vite, il est sorti comme je l'espérais, pour aller feindre sa visite à Umpleby. Dès qu'il a disparu dans l'escalier, je me suis introduit chez lui et il ne m'a pas fallu longtemps pour mettre la main sur ce que je désirais : un pétard. Ensuite, je me suis lancé sur la piste de Titlow et je me suis introduit dans le bureau avant qu'il ait atteint la porte des appartements du président. Je disposais d'environ une minute et demie. Je suis allé aussitôt à l'autre bout de la pièce, j'ai allumé la chandelle que j'ai posée sur le rayonnage supérieur d'une bibliothèque et je l'ai cachée derrière quelques volumes. Il m'a suffi d'attendre que le majordome ouvre la porte d'entrée pour allumer la mèche du pétard à la flamme de la bougie, laquelle devait suggérer un système de mise à feu primitif mais efficace. J'ai posé le pétard à côté et je suis ressorti du bureau aussi vite que mes jambes me l'ont permis... Je ne crois pas avoir commis d'erreur, conclut-il.

— A vous, Mr. Pownall, dit Appleby.

4

— Mes actes lors de la soirée de mardi, fit Pownall, n'étaient dictés que par une seule et excellente raison : je savais que Haveland avait assassiné Umpleby et qu'il essayait de me faire accuser à sa place.

Deighton-Clerk étouffa un grognement plaintif. Barocho se contenta d'approuver d'un hochement de tête ; Curtis émergea de sa torpeur et prisa. Avec une lenteur curieuse, la tête de Pownall pencha de côté selon une attitude caractéristique chez lui. Il entrecroisa les doigts et dit :

— Empson, dans la version révoltante et embrouillée qu'il donne des choses, explique cependant comment on peut être témoin d'un fait inhabituel sans en penser grand-chose, pour peu qu'on ne se méfie pas. C'est ainsi que tout a commencé pour moi ce soir-là. Comme tout le monde ici le sait, j'ai coutume de me coucher très tôt — souvent vers vingt et une heures trente. Mardi dernier, j'étais un peu en retard. Il devait être vingt-deux heures quand je suis sorti de chez moi pour aller chercher un peu d'eau chaude à l'office. C'est à ce moment que j'ai entendu quelqu'un qui téléphonait de l'appartement de Haveland, en face de chez moi. Tout ce que j'ai saisi a été « C'est vous, président ? », puis je me suis éloigné. Mais la voix était celle d'Empson et j'ai été assez surpris qu'il passe un appel de chez Haveland. J'estime être resté une demi-minute à l'office, et tout ce temps j'avais vue sur le vestibule. Je n'ai rien entendu d'autre à mon retour, car la porte de Haveland avait été refermée. Mais j'ai vu quelque chose qui m'a instantanément étonné, et dont j'aurais dû saisir toute la bizarrerie. J'ai levé les yeux vers l'étage alors que je rentrais chez moi, et j'ai aperçu Empson en personne, qui descendait vers le petit palier à mi-chemin entre les deux niveaux, apparemment pour aller prendre du charbon dans le placard. Je me suis demandé comment il avait pu aller à l'étage sans que je le voie passer, mais je n'y ai pas prêté assez attention pour comprendre que c'était physiquement impossible.

« Je suis allé directement au lit et comme toujours je me suis endormi presque aussitôt. Pourtant l'incident m'était resté à l'esprit et je crois qu'il s'est immiscé dans mes rêves. Quelqu'un y parlait d'une voix étrange, contrefaite, et dans ce même songe s'est glissé ce que je pense maintenant être le coup de feu qui a tué Umpleby. Puis j'ai imaginé quelqu'un ou quelque chose qui me prenait le poignet, et cela m'a réveillé. Comme je l'ai dit à Mr. Appleby, j'ai su à l'instant qu'on était entré dans ma chambre.

« Je ne peux expliquer l'histoire que Titlow nous a racontée, mais les éléments qu'il a mentionnés — les taches de sang et les pages arrachées puis brûlées —, je les ai en effet retrouvés dans mon salon. Je me suis alors précipité au-dehors, et j'ai découvert le cadavre du président... Vous savez avec quelle acuité on peut se remémorer la voix de quelqu'un, n'est-ce pas ? A cet instant, celle que j'avais entendue plus tôt m'est revenue très clairement à la mémoire, et je l'ai identifiée avec une certitude totale : c'était celle de Haveland qui imitait le timbre d'Empson. Par ce moyen, il était patent que Haveland avait attiré Umpleby dans le verger. Il l'y avait assassiné et cherchait maintenant à m'incriminer par une variété d'indices fabriqués de toutes pièces.

« Haveland était un meurtrier. Partant de cette évidence, je me suis souvenu d'une anecdote très révélatrice qu'Empson m'avait relatée, et que nous avons tous entendue l'autre soir : Haveland avait lancé à Umpleby qu'il souhaitait le voir emmuré dans un de ses sinistres tombeaux. Cela m'a donné une idée, et j'ai entrevu le moyen d'échapper à une fausse accusation et d'aider à ce que justice soit rendue.

« Je me suis précipité dans l'appartement de Haveland. Il était sorti. J'ai pris les ossements, les ai emportés dans la réserve et les ai placés sur le repose-pieds du fauteuil roulant. J'ai ensuite poussé celui-ci dans le verger, j'y ai assis le cadavre d'Umpleby, j'ai enveloppé sa tête dans la toge de Barocho puis je suis revenu avec le tout dans mon salon. Quelques secondes plus tard, j'ai entendu Haveland qui rentrait chez lui. Dès qu'il a refermé sa porte, je suis ressorti, avec le fauteuil roulant et son chargement, et je me suis dirigé vers le bureau du président. Le reste, vous le devinez sans peine. Moins de six minutes après avoir découvert le corps d'Umpleby et le coup monté de Haveland contre moi, j'avais arrangé dans le bureau une version très réussie du souhait réel exprimé par l'assassin quand il avait parlé de tombeaux sinistres. J'ai pensé que cela suffirait à le faire justement accuser.

De nouveau le silence s'abattit sur la salle commune, et c'est encore le doyen qui le rompit :

— Mr. Appleby, quelle lumière pouvez-vous jeter sur ces amas de contradictions ? Et où se trouve Haveland ? Pourquoi ne participe-t-il pas à notre réunion ?

Automatiquement, chacun se tourna vers l'autre extrémité de la table, là où Haveland avait pris place deux soirs plus tôt, en face d'Appleby. Le siège était maintenant occupé par Ransome, qui poussa un petit « Oh... » gêné devant l'attention générale dont il était soudain l'objet.

— Il n'y a pas de contradiction, monsieur le doyen, répondit Appleby d'une voix paisible. Nous n'avons entendu que la vérité, en ce qui concerne les actes de chacun. Il se trouve que cette nuit de mardi un membre de ce collège était par hasard présent dans Orchard Ground et a été témoin d'une série de faits qui concordent avec tout ce qui vient d'être dit. Les renseignements que m'a fournis ce gentleman m'ont mis en position d'obtenir les récits qui viennent d'être détaillés ici.

« Je répète que chacun des intervenants a dit la vérité telle qu'il la connaît. Mais chacun a agi selon une optique différente de ce qui s'était réellement passé, et ces optiques différentes découlaient d'abord du dessein du meurtrier, ensuite de la première affirmation de Mr. Titlow... Vous avez demandé où se trouve Mr. Haveland. Haveland, qui est l'assassin de votre président, s'est tué ce soir en résistant à son arrestation.

5

— Haveland a abattu Umpleby, continua Appleby, mais il n'avait aucune intention de laisser sa signature près du corps. Qu'il n'ait pas disposé les ossements près du cadavre, le Pr Empson était prêt à l'affirmer avec toute l'autorité que lui confère son savoir. Pourtant, et bien que passionné par ce qu'il considérait comme un ignoble stratagème visant à diriger les soupçons sur Haveland, le Pr Empson n'était pas préparé à débattre de la normalité de Haveland en termes généraux ; pour lui, une telle discussion aurait distrait l'intellect de l'élément scientifique qu'il jugeait prépondérant : *Haveland n'était pas homme à signer délibérément son crime*. Mais il y avait un autre paramètre, plus important encore : Haveland souffrait du genre d'anormalité mentale qui ne perd jamais un lien même ténu avec la raison. Prenez son mobile. Il était un candidat potentiel à la présidence, comme vous me l'avez révélé, monsieur le doyen. De même que le Pr Empson, comme je l'ai appris par une remarque du Pr Curtis que m'a rapportée l'inspecteur Dodd. Quand Haveland a décidé de supprimer Umpleby et de faire accuser Empson (car tel était son plan à l'origine), il agissait avec cette combinaison d'imbécillité morale et de sens logique qui caractérise ce genre de personne.

« Il possédait un remarquable don d'imitation. Il y a deux jours, dans cette salle, il vous a choqués en parodiant Mr. Deighton-Clerk, et il y a suffisamment bien réussi pour frapper un esprit intéressé par de tels détails... A vingt-deux heures, il a téléphoné à Umpleby en contrefaisant la voix d'Empson et en passant par le standard que tient le gardien, afin que l'appel laisse une trace. Umpleby s'est rendu à la Maison des jeunes fellows pour honorer un rendez-vous avec Empson, croyait-il, peu après vingt-deux heures trente. Le plan de Haveland était d'une grande simplicité. Il a épié le président dans le verger, et à nouveau il a imité la voix d'un autre — cette fois celle de Pownall — pour attirer Umpleby dans l'obscurité. Profitant du bruit de la circulation dans Schools Street pour masquer la détonation, il l'a tué d'une balle et a laissé le revolver à côté du corps. Sur cette arme, comme je peux le démontrer, il s'était assuré que figuraient les empreintes d'Empson. Cela fait, il est allé directement chez le doyen pour lui rendre une petite visite ordinaire de dix minutes. Ensuite, il est retourné sans tarder dans son appartement. Pour lui, l'affaire était terminée. La force de son plan résidait dans son extrême simplicité, comme je l'ai dit.

« Mr. Titlow a trouvé le cadavre à vingt-deux heures quarante et, malheureusement, il a conclu que Mr. Pownall était l'assassin. C'est pourquoi il a pris d'extraordinaires dispositions pour que son confrère n'échappe pas à la justice. Mais en agissant ainsi, il a réveillé Pownall et celui-ci, en découvrant le meurtre, d'une part, a déduit avec justesse que Haveland était le coupable, et, d'autre part, s'est trompé en pensant que c'est Haveland également qui avait tenté de le faire accuser. Il a bien deviné les implications découlant de l'appel téléphonique qu'il avait surpris, sans se douter de l'intervention de Titlow dans l'affaire. Il a rapidement exécuté le plan qui avait germé dans son esprit, et a disposé le corps et les ossements dans le bureau, avant vingt-deux heures cinquante... juste à temps pour être aperçu par le Pr Empson. A son tour ce dernier, en voyant Titlow qui traînait le corps dans la Maison des jeunes fellows et alerté par le faux appel téléphonique qu'on lui attribuait, a cru que Titlow avait assassiné Umpleby, qu'il cherchait à incriminer Haveland, et sans doute lui. En réaction, il a imaginé une manière de faire retomber les soupçons sur Titlow, lequel en s'introduisant dans le bureau du président a découvert le mécanisme du faux coup de feu à temps pour en faire disparaître presque toute trace.

« Messieurs, de toutes ces subtilités a résulté une enquête quelque peu complexe. Les investigations criminelles complémentaires révéleront la folie qui a provoqué le décès du Dr Umpleby... Il n'y a rien d'autre à ajouter, me semble-t-il.

Un très long silence suivit. Puis Deighton-Clerk fit un signe à Titlow qui pressa le bouton de la sonnette. Un instant plus tard, la porte donnant sur l'autre salle commune s'ouvrit.

— *Le café est servi !*

CHAPITRE XVIII

Il était tard. La Bentley jaune — envoyée pour signifier la satisfaction officielle en réponse à la brève annonce du succès — attendait devant les grilles de St. Anthony. Appleby, déjà vêtu de son manteau, Dodd, encore un peu abasourdi, et Gott, ouvertement admiratif, savouraient un cognac généreusement servi dans l'appartement de l'universitaire. L'homme du Yard récapitula l'affaire.

— Umpleby a été assassiné au moment du changement de clefs, donc dans des conditions qui restreignaient l'accès à la victime à un petit groupe de personnes. Il existait des explications variées à cet élément importun. L'une était que les possibilités d'accès n'étaient pas telles qu'elles paraissaient être, que le meurtrier disposait d'un moyen secret pour entrer dans le verger et qu'il se servait des circonstances pour brouiller les pistes. Une autre, qu'il avait arrangé les choses de cette façon par simple divertissement, qu'il appartenait au groupe des possesseurs de clefs et nous donnait ici un point de départ, par défi. On pouvait également imaginer que le coupable était un membre de ce groupe, mais qu'il voulait en faire accuser un autre et cherchait de la sorte à limiter le nombre des suspects. La théorie d'un crime perpétré pour incriminer un innocent était bien sûr la clef de toute l'affaire. Tout ce qui est arrivé tendait vers cette piste. Le seul problème, c'est que tout indiquait trop *nettement* cette piste.

« Tout d'abord, il y a eu de fortes présomptions d'un coup monté contre Haveland. Très vite j'ai associé à cette donnée le nom de Pownall, car il avait déjà *désigné* Haveland pendant un épisode qui par la suite a révélé le schéma de toute l'affaire. Plus tard Pownall a encore désigné Haveland, quand il a raconté une histoire pour expliquer l'étrangeté de son propre comportement. Il semblait donc raisonnable de soupçonner que dans ses dires Pownall inversait ingénieusement les faits. D'après sa version, Haveland avait supprimé Umpleby et tenté de le faire accuser puis, dans un moment de folie et une fois son plan exécuté, avait signé son forfait avec les ossements. J'ai alors conjecturé que Pownall avait tué Umpleby et tout fait pour incriminer Haveland. Quand il est devenu évident que l'heure et le lieu du crime avaient été maquillés, j'ai entrevu un mobile solide pour ces deux tromperies. En changeant l'heure apparente du meurtre, Pownall s'assurait que Haveland n'avait pas d'alibi ; en modifiant le lieu, il traduisait un souhait particulièrement macabre émis par Haveland.

« J'ai envisagé cette hypothèse plus ou moins simpliste assez longtemps. Mais elle ne me satisfaisait pas. Tout d'abord parce que le revolver avait été placé dans un endroit où il était certain qu'on le découvrirait, et de manière à constituer un autre indice contre Haveland. Petit accroc à ma théorie, la crosse portait les empreintes de Pownall. Si celui-ci avait abattu Umpleby avec cette arme, il avait fait preuve d'une négligence assez incroyable. Une fois encore, j'étais intrigué par une impression très nette que j'avais eue lors de mon entretien avec Pownall : celle que son histoire était un mélange de vérités et de mensonges. Or je ne pouvais insérer dans mon hypothèse cette complication et d'autres éléments qui me semblaient avoir un rapport avec le meurtre.

« Ainsi, j'étais convaincu que d'une façon ou d'une autre Titlow et Empson avaient un rôle actif dans l'énigme. J'avais eu avec ces deux hommes des entrevues très éclairantes. Titlow, individu *fantasque*, tendait toute sa volonté à croire qu'une personne en particulier était coupable. Il avait curieusement incorporé toute l'affaire dans une philosophie de l'histoire — il était alors visiblement dans un état de confusion intellectuelle —, mais le tout se résumait à ceci : s'il y avait quelque chose d'incroyable à penser que X avait assassiné Umpleby, alors lui, Titlow, avait un devoir à accomplir... Et aussitôt il m'a jeté en pâture une référence étonnante à Kant : je devais renverser l'affirmation selon laquelle le devoir de vérité supplante le devoir de protéger la société du crime.

« Il y avait là quelque chose que toute théorie sur le meurtre se devait d'expliquer et de prendre en compte. Et cette considération s'appliquait également aux résultats de mon entretien avec Empson. Celui-ci avait un coupable X en tête, lui aussi. Il était choqué que, contrairement aux attentes de la science et de l'expérience, X ait assassiné Umpleby — c'est du moins ce que j'ai déduit de son attitude. Pour lui, X n'était évidemment pas Haveland, car Empson a montré une sorte de passion dans son affirmation de l'innocence de Haveland. Il y avait aussi deux autres éléments à prendre en compte. Quand a surgi la possibilité que la détonation entendue dans le bureau soit un leurre, Empson a insisté pour savoir si on avait trouvé la moindre trace d'un dispositif permettant d'imiter la détonation. Le second détail incontournable était son hésitation notable à propos de la communication téléphonique. C'est resté une énigme pour moi, jusqu'à ce qu'on découvre les empreintes de Pownall et d'Empson sur le revolver. Cette révélation a bien sûr légitimé l'éventualité d'un plan élaboré contre Empson, et un appel téléphonique contrefait trouvait alors sa place dans un complot destiné à l'incriminer. Pourquoi Empson avait-il *presque* nié avoir passé ce coup de fil, alors qu'il savait que le gardien l'aurait immanquablement contredit ? La réponse est venue naturellement : parce qu'il savait que quelqu'un avait passé cet appel pour le faire accuser, et il avait failli me l'avouer... En même temps, j'ai compris comment les empreintes d'Empson pouvaient s'être retrouvées sur le revolver. Je me suis souvenu que l'arme m'avait suggéré une image restée diffuse. Sa crosse courbe en ivoire. Elle offrait une ressemblance singulière avec le pommeau de la canne d'Empson. J'ai imaginé que quelqu'un avait pu l'attacher à un quelconque bâton et la tendre à Empson dans l'obscurité d'un de ces vestibules avant de le retirer en s'excusant de la méprise. Il en résulterait sans aucun doute une empreinte digitale imparfaite d'Empson, plus imparfaite encore que celle prise par Titlow à Pownall pendant son sommeil. Mais même des empreintes légères comme celles d'un doigt sec sur une surface peu propice peuvent permettre une identification, de nos jours. Ici nous avons l'exemple d'un progrès de la criminologie détourné non pas une mais deux fois dans la même affaire. Ce qui a valeur d'avertissement pour ce qui est de la fiabilité à accorder à la détection "scientifique".

« Puis il y a eu le fil de fer entortillé qu'a trouvé Kellett dans un tuyau d'écoulement. Vous auriez pu deviner, Dodd. C'était le cousin du système que j'avais fabriqué pour préserver les empreintes ! Enfermée dans une petite cage semblable, l'arme pouvait être tenue et actionnée assez aisément sans que pour autant l'on efface les empreintes qu'elle portait déjà.

« A ce stade, nous disposions d'un nombre embarrassant d'indices qui suggéraient une possible machination. Contre Haveland : les ossements. Contre Empson : les empreintes et l'appel téléphonique contrefait. Contre Pownall (si l'on acceptait que sa déposition contienne une part de vérité) : les taches de sang, les pages arrachées à l'agenda et les empreintes. Contre Titlow, seul dans le groupe des jeunes fellows, il ne semblait pas y avoir de coup monté. J'ai donc essayé de l'isoler un peu en tant qu'unique criminel. J'ai joué avec l'idée qu'il essayait de faire peser les soupçons sur ses trois autres collègues. Puis je m'y suis pris différemment et j'ai tenté de trouver des indices démontrant qu'il cherchait à s'assurer un alibi. J'ai pris en compte la suggestion d'Edwards à propos des pétards, et ma propre observation d'une tache de cire sur le rayonnage. Mais cela ne me plaisait pas et j'ai imaginé que la tache de cire était la seule preuve restante d'un stratagème contre Titlow. J'ai même réfléchi à la possibilité que la fausse détonation soit un artifice destiné à accuser Titlow. Mais là, je savais que je m'aventurais sur le terrain de la spéculation pure.

« J'avais donc les quatre hommes de la Maison des jeunes fellows impliqués dans une étrange série d'événements. Je me suis mis à chercher un *fil conducteur* à l'ensemble. Il y a une minute j'ai dit que, dès le début de l'enquête, Pownall avait désigné Haveland. C'était le soir de mon arrivée, dans la salle commune. Mais ce n'était pas tout. Il n'est pas exagéré de dire que l'atmosphère était lourde d'insinuations. Une analyse de ce qui avait été dit ou sous-entendu produisit ces constatations : Pownall avait désigné Haveland, Haveland avait désigné Empson, Empson avait désigné Titlow, et Titlow avait désigné Pownall. Rien n'était plus schématique que ce résultat : certainement il donnait un fil conducteur et une direction. Pouvais-je en trouver le commencement ? Existait-il une correspondance entre leur façon de s'accuser et un élément connu ou suspecté quant à la direction donnée par les indices falsifiés ? Je n'ai pu trouver qu'un lien : les insinuations de Haveland visaient Empson, et j'avais quelque raison de voir en Haveland à la fois l'imitateur probable de la voix d'Empson (il avait un talent pour cela) et la personne qui avait mis par quelque subterfuge les empreintes d'Empson sur la crosse du revolver (il m'avait demandé avec un intérêt très marqué si on avait retrouvé l'arme).

« J'ai donc expérimenté une autre approche. *Haveland avait tué Umpleby et s'efforçait de faire accuser Empson.* Cela a été avéré. Mais je suis passé de celle-là à une autre qui elle s'est révélée erronée : *Titlow avait soupçonné la culpabilité de Haveland et avait disposé les ossements autour du cadavre afin de faire retomber le meurtre sur Haveland*, et maintenant il s'interrogeait sur la moralité de tels agissements et sur sa certitude quant à l'identité du meurtrier. J'ai bientôt dû renoncer à cette piste, car les sous-entendus de Titlow avaient été dirigés non contre Haveland mais contre Pownall...

« Néanmoins, à ce stade de mon raisonnement, je n'étais pas disposé à abandonner l'hypothèse de la culpabilité de Haveland car, de façon assez paradoxale, la notion d'un coup monté par quelqu'un contre Haveland balayait l'obstacle principal de la théorie de sa culpabilité. De faux indices accusant Haveland le protégeaient, en réalité, parce qu'ils étaient falsifiés *de manière très peu convaincante* : Haveland, comme le savait Empson, n'était pas homme à signer son crime de la façon suggérée.

« Depuis le début, Haveland faisait le meurtrier le plus plausible. Quand il cherche un assassin au sein d'un groupe humain, un enquêteur sait l'importance qu'il faut accorder à des précédents dénotant un esprit sujet au déséquilibre. Dans la vie réelle, les tueurs se trouvent rarement parmi les commissaires de police ou dans les cabinets ministériels ; on les découvre dans la frange la moins normale de l'humanité. Face à un meurtre, n'importe qui peut avoir une conduite plus ou moins singulière, mais la perpétration d'un crime est, disons, un travail de spécialiste. Deighton-Clerk, je crois, a détecté en Haveland l'assassin potentiel, et il a aussitôt oblitéré cette intuition dans son esprit selon un processus qu'Empson jugerait “très intéressant sur le plan scientifique”. La première remarque spontanée que m'a faite Deighton-Clerk m'a dévoilé le cours inconscient de ses pensées. Entre Umpleby et Haveland, il y avait de la haine...

« J'avais alors brûlé presque toutes mes cartouches. En suivant la chaîne Haveland-Empson-Titlow-Pownall-Haveland, je pourrais peut-être éclaircir un peu l'affaire, et même parvenir à un stade où je serais en mesure d'extraire une parcelle de vérité pure à ces gens. Mais j'étais déjà presque persuadé d'une chose : jamais je ne verrais Haveland ou un de ses collègues sur le banc des accusés. Quoi que ces quatre personnes aient pu faire, elles avaient produit une telle masse de complications qu'aucun avocat de la défense ne raterait cette aubaine.

Appleby se leva et posa son verre sur la table.

— Je ne croyais qu'à moitié à l'histoire de Titlow, mais mon observateur anonyme d'Orchard Ground a représenté le petit coup de pouce de la chance qui m'a permis d'imposer enfin un enchaînement cohérent d'explications. Et la façon dont Haveland a préféré réagir est une bénédiction qui couronne le tout. Son suicide évite le scandale à St. Anthony, des dépenses considérables à la Couronne et un certain nombre de nuits sans sommeil à un policier harassé...

Appleby appliqua une tape amicale sur l'épaule de Dodd et se dirigea vers la porte. Avant de la franchir, il se retourna et sourit à Gott.

— J'espère avoir le plaisir de vous revoir. En attendant, j'ai un petit cadeau pour vous.

— De quoi s'agit-il ?

— D'un titre pour le livre que vous n'écrirez peut-être jamais : *Les Sept Suspects*.

Cet ouvrage a été réalisé par la
SOCIÉTÉ NOUVELLE FIRMIN-DIDOT
Mesnil-sur-l'Estrée
pour le compte des Éditions 10/18
en avril 1998

Imprimé en France
Dépôt légal : mai 1998
N° d'édition : 2895 - N° d'impression : 42716